中國古典文學基本叢書

黄庭堅全集

第八册

〔宋〕黄庭堅 著
劉琳
李勇先 點校
王蓉貴

中華書局

第八册目録

附録五　歷代評論……二三七一
總評……二三七一
評文……二三八五
評詩……二三八八
評詞……二三五一
附録六　黄庭堅著作歷代敘録……二三五九
附録七　本書主要參考書目……二三七五
再版後記……二三九一
《黄庭堅全集》人名索引……一

附録五　歷代評論

總評

蘇軾《答黄魯直一首》　軾始見足下詩文於孫莘老之坐上，聳然異之，以爲非今世之人也。莘老言：「此人，人知之者尚少，子可爲稱揚其名。」軾笑曰：「此人如精金美玉，不即人而人即之，將逃名而不可得，何以我稱揚爲？」然觀其文以求其爲人，必輕外物而自重者，今之君子莫能用也。其後過李公擇於濟南，則見足下之詩文愈多，而得其爲人益詳，意其超逸絶塵，獨立萬物之表，馭風騎氣，以與造物者游，非獨今世之君子所不能用，雖如軾之放浪自棄與世闊疏者，亦莫得而友也。今者辱書詞累幅，執禮恭甚，如見所畏者，何哉？軾方以此求交於足下，而懼其不可得，豈意得此於足下乎？（略）《古風》二首，託物引類，真得古詩人之風，而軾非其人也。聊復次韻，以爲一笑。秋暑，不審起居何如？未由會見，萬萬以時自重。

又《舉黄魯直自代狀》　蒙恩除臣翰林學士，伏見某官黄某，孝友之行追配古人，瑰瑋之文妙絶當世，舉以自代，實允公議。

又《仇池筆記》 黄魯直詩文如蝤蛑、江瑶柱，格韻高絶，盤飧盡廢。然不可多食，多食則發風動氣。

蘇轍《答黄庭堅書》 轍之不肖，何足以求交於魯直？然家兄子瞻與魯直往還甚久，轍與魯直舅氏公擇相知不疏，讀君之文，誦其詩，願一見者久矣。性拙且懶，終不能奉咫尺之書，致殷懃於左右。乃使魯直以書先之，其爲愧恨可量也。自廢棄以來，頽然自放，頑鄙愈甚。見者往往嗤笑，而魯直猶有以取之。觀魯直之書所以見愛者，與轍之愛魯直無異也。然則書之先後，不君則我，未足以爲恨也。比聞魯直吏事之餘，獨居而蔬食，陶然自得。蓋古之君子不用於世，必寄於物以自遣。阮籍以酒，嵇康以琴，阮無酒，嵇無琴，則其食草木而友麋鹿有不安者矣。獨顔氏子飲水啜菽，居於陋巷，無假於外而不改其樂，此孔子所以嘆其不可及也。今魯直目不求色，口不求味，此其中所有過人遠矣，而猶以問人，何也？聞魯直喜與禪僧語，蓋聊以是探其有無耶？

李之儀《跋山谷帖》 紹聖中，詔元祐史官甚急，皆拘之畿縣，以報所問，例悚息失據。獨魯直隨問爲報，弗隨弗懼，一時慄然，知其非儒生文士而已也。既而得罪，遷黔南，徙戎，凡五六年而後歸。展轉嘉、眉，謁蘇明允墓，上峨眉山，禮普賢大士，下巫峽，訪神女祠，寓荆渚。久之，召爲吏部郎，辭不拜，就假太平守。逾年方到官，纔七日而罷。所至遮道迎觀如李泰和，其去也見思如文翁。自是屹屹宇宙間，幾與三蘇分路揚鑣矣。嗚呼，充之至此，可無憾于踐形者。

又《跋山谷帖》 魯直於親舊間，上承下逮，一以恩意爲主。故先生長者，往往爲之斂衽，不獨以其文詞翰墨。而張向者，其從母兄也，爲夔路轉運判官，輒奏徙魯直以避嫌，而向亦不能顯。嗚呼，聖日其可欺邪！

秦觀《與黄魯直簡》 每覽《焦尾》《弊帚》兩編，輒悵然終日，殆忘食事，昔人千里命駕，良有以也。歲暮苦寒，不審行李已達何地？奉惟榮養吉慶。昨揚州所寄書中，得《次韻莘老斗野亭》詩，殊妙絶。來者雖有作，不能過也。及辱手寫《龍井》《雪齋》兩記，字畫尤清美，殆非鄙文所當，已寄錢塘僧摹勒入石矣。幸甚，幸甚。比又得真州所寄書及手寫樂府《十月十三日泊江口》篇，諷味久之，竊已得公江上之趣矣。

晁補之《書魯直題求父揚清亭詩後》 魯直於治心養氣，能爲人所不爲，故用於讀書爲文字，致思高遠，亦似其爲人。陶淵明泊然物外，故其語言多物外意，而世之學淵明者處喧爲淡，例作一種不工無味之辭，曰吾似淵明，其質非也。

又《初與文潛入館魯直貽詩并茶硯次韻》 黄侯閲世如傳郵，自言何預風馬牛。草經不下天禄閣，詩入雞林海上州。兼陳九鼎燦玉鉉，並綴五冕森珠旒。

釋惠洪《山谷老人贊》　蓋九州以醉眼，而其氣如神；藻萬物以妙語，而應手生春。排黄龍之三關。則凡聖之情，不敢呵止；豎寶覺之一拳，則背觸之意，不立鮮陳。世波雖怒，而難移砥柱之操；詩名雖富，而不救卓錐之貧。情如維摩詰，而欠散花之天女；心如赤頭璨，而著折角之幅巾。豈平章佛法之宰相，乃檀越叢林之韻人也耶！

又《跋山谷所遺靈源書》　熙寧、元豐之間，西安出二偉人：徐德占一旦興草萊，與人主論天下事，若素宦于朝；黄魯直氣摩雲霄，與蘇東坡并馳而争先。二公皆名震天下，聖世第一等人也。而詩詞所寓，翰墨之妙，拳拳服膺于靈源大士如此，則知彼上人者，必有大過人者耳。

又《跋四君子帖》　秦少游舌頭無骨，王定國察見淵魚，山谷口業猶在，道鄉習氣不除。

又《跋東坡山谷帖》　東坡、山谷之名，非雷非霆，而天下震驚者，以忠義之效，與天地相始終耳，初不止于翰墨。

李彭《讀山谷文》　折玉摧蘭事竟空，貯雲含霧思無窮。仙階忽列通明觀，人世猶稱太史公。絳帳老生悲籍湜，傳鐙嫡子有徐洪。以那爲首聊披拂，三絶韋編對晚風。

呂本中《東萊呂紫微師友雜志》 范元實嘗謂黄魯直禪學於祖母仙源君，曰魯直參禪別高於常人，仙源君言如汝所言，除是有兩箇佛也。

張守《跋周君舉所藏山谷帖》 山谷老人謫居戎僰，而家書周諄，無一點悲憂憤嫉之氣，視禍福寵辱，如浮雲去來，何繫欣戚？世之淺丈夫，臨小得失，意色俱變，一罹禍辱，不怨天尤人，則哀呼求免矣。使見此書，亦可少愧也。

胡仔《苕溪漁隱叢話》前集卷四九 元祐文章，世稱蘇、黄，然二公當時争名，互相譏誚。東坡嘗云：「黄魯直詩文，如蝤蛑、江瑶柱，格韻高絶，盤飧盡廢。然不可多食，多食則發風動氣。」山谷亦云：「蓋有文章妙一世，而詩句不逮古人者。」此指東坡而言也。二公文章，自今視之，世自有公論，豈至各如前言，蓋一時争名之詞耳。俗人便以爲誠然，遂爲譏議，所謂「蚍蜉撼大樹，可笑不自量」者耶？

陳善《捫蝨新話》上集卷一 魯直嘗言東坡文字妙一世，其短處在好駡爾。予觀山谷渾厚，坡似不及。

又 後山居士言蘇明允不能詩，歐陽永叔不能賦，曾子固短于韻語，黄魯直短于散語，子瞻詞如詩，少游詩如詞。此論得今人之短。

又 蘇黄文字妙一世，殆是天才難學，然亦尚有蹊徑，可得而尋。東坡常教學者但熟讀《毛詩·國風》與《離騷》，曲折盡在是矣；又或令讀《檀弓》上、下篇。魯直亦云：「文章好奇，自是一病。學作議論文字，須取蘇明允文字觀之，并熟看董、賈諸文。」又云：「欲作楚辭，追配古人，直須熟讀《楚辭》，觀古人用意曲折處講學之，然後下筆。譬如巧女文繡妙一世，若欲作錦，必得錦機乃能作錦。」觀其所論，則知其不苟作，不似今之學者，但率意爲之，便以爲工也。世人好談蘇、黄多矣，未必盡知蘇、黄好處。

沈作喆《寓簡》卷八　黄魯直離《莊子》《世説》一步不得。

朱弁《風月堂詩話》　黄魯直始專集取古人才語以敘事，雖造次間必期於工，遂以名家。二十年前士大夫翕然效之，至有不治他事而專爲之者，亦各一時所尚而已。

林光朝《讀韓柳蘇黄集》　蘇、黄之别，猶丈夫女子之應接。丈夫見賓客，信步出將去，如女子則非塗澤不可。

汪應辰《書張士節字敘》　聞之前輩，魯直疏通樂易，而其中所守，毅然不可奪。紹聖初坐史院事，所對不少屈，于同時史官中得罪最遠，轉徙萬里，流落累年。會徽宗即位，召之，不即就，于還朝諸公中獨不復用。崇寧間，前之得罪于紹聖、元符者，特不用而已耳。而魯直以言語觸諱，獨再被謫。閑居談説名義易耳，顛沛之際，則已失措，或者一更患難，不復人色，顧乃追究鄉之持論，以爲講學未精。若其摧沮撼頓，至于再三，而卒以不悔，視死生禍福，曾不芥蔕，可信其爲信道之篤也。張才叔以正直名一時，于魯直獨師事焉，彼誠有以服其心也。

洪邁《武寧縣山谷先生祠堂記》 先生瑰琦之文妙當世，孝友之行配古人，蘇長公愛之重之，同時名勝略相推第，顧自以爲莫及。而事與時忤，頓撼抑揠，流連館下，毫陛寸遷，擢（財）〔纔〕秉筆螭頭，又不使拜。受郡甫入境，即以罷聞。在史官書鐵龍爪事，謫黔徙戎。記承天塔院，竄宜州死。翰墨落人寰，隨輒掃空，讀其書者，或牽聯得咎。于斯時也，夫豈豫卜異日顯晦哉！

張孝祥《跋山谷帖》 豫章先生孝友文章，師表一世，咳唾之餘，聞者興起，況其書又入神品，宜其傳寶百世。恭聞徽宗皇帝評公之書，謂如抱道足學之士，坐高車駟馬之上，横斜高下，無不如意。聖人之言，經也，晚學小生，尚安所云！

朱熹《朱子語類》卷一三〇 黄山谷慈祥之意甚佳，然殊不嚴重。書簡皆及其婢妮，艷詞小詩先已定以悦人，忠信孝弟之言不入矣。

羅大經《鶴林玉露》丙編卷二 山谷詩騷妙天下，而散文頗覺瑣碎局促。

鄭少微《山谷贊》 卓卓涪波，水月一境。拔思天淵，詩壇筆陣。洛陽紙貴，慈恩葉盡。碑照四裔，屨滿户外。皤不能拒，輒代皤對。我困欲眠，了汝三昧。

黄震《黄氏日抄》卷六五　涪翁孝友忠信，篤行君子人也。世但見其嗜佛老，工嘲咏，善品藻書畫，遂以蘇門學士例目之。今愚熟考其書，其論著雖先《莊子》而後《語》《孟》，至晚年自刊其文，則欲以合于周、孔者爲内集，不合于周孔者爲外集。其説經雖尊荆公而遺程子，至他日議論人物，則謂周茂叔人品最高，謂程伯淳爲平生所欣慕。方蘇門與程子學術不同，其徒互相攻詆，獨涪翁超然其間，無一語黨同。方荆公欲挽俞清老削髮半山，涪翁亦屢諫不容，且識《列子》爲有禪語，而謂普通中事本不從葱嶺來。此其天資高明，不緇不磷，豈蘇門一時諸人可望哉！况公雖以流落無聊，平生好交僧人，游戲翰墨，要不過消遣世慮之爲，而究其所能垂芳百世者，實以天性之忠厚、吾儒之論説。至若禪家句眼，不可究詰其是非者，等于戲劇，于公豈徒無益而已哉！讀涪翁之書，而不于其本心之正大不可泯没者求之，豈惟不足以知涪翁，亦恐自誤。

劉壎《隱居通議》卷一八　世言杜子美長於詩，其無韻者輒不可讀；曾子固長於文，其有韻者輒不工；東坡詞如詩，少游詩如詞。此數公者，皆名儒大才，俱不免有偏處。予謂山谷亦然。山谷詩律精深，是其所長，故凡近於詩者無不工，如古賦與夫贊銘有韻者率入妙品，他如記、序、散文，則殊不及也。

李治《敬齋古今黈》卷八　人言山谷之於東坡，常欲抗衡而常不及，故其詩文字畫，别爲一家，意若曰：「我爲汝所爲，要在人後；我不爲汝所爲，則必得以名世，成不朽。」此其爲論也隘矣。凡人才之所得千萬，而蔑有同之者，是造物者之大恒也。鳧自爲短，鶴自爲長，鳧豈爲鶴而始短吾足，鶴豈爲鳧而始長吾脛也哉？

袁桷《劉敏叔畫八君子圖贊·黄太史》　沄沄脩水，誕弘文明。維太史氏，穎敏之功，由彼岐嶷，揚譽上京，服襲瑰瑋，綜覈文藝，剖析幽翳。謝鮑前驅，屈宋擁彗。玄言逍遥，夙昔超詣。正宗江西，斂衽嗣裔。厠身著庭，正氣果毅。筆者未成，削者已繼。秉畀濁流，孰怨孰尤。不怛其化，心君天游。精神滿腹，瞻望不足。烝烝孝友，猶在眉目。清塵高風，曷其有終。

《書禪室隨筆》卷三　宋人推廣山谷所得深於子瞻，曰：「山谷真涅槃堂裏禪也。」

袁衷等《庭幃雜録》卷下　黄、蘇皆好禪，談者謂子瞻是士夫禪，魯直是祖師禪，蓋優黄而劣蘇也。人皆知二公終身以詩文爲事，然二公豈淺淺者哉！子瞻無論其立朝大節，即陽羨買房焚券一細事，亦足砭污起懦。魯直與人書，論學論文，一切引歸根本，未嘗以區區文章爲足恃者。《餘冬序録》嘗類其語，如云：「學問文章，當求配古人，不可以賢於流俗自足。孝弟忠信是此物根本，養得醇厚，使根深蒂固，然後枝葉茂耳。」又云：「讀書須一言一句，自求己身，方見古人用心處。如欲進道，須謝外慕，乃得全功。」又云：「置心一處，無事不辦。讀書先令心不馳走，庶言下有理會。」又云：「學問以自見其性爲難，誠見其性，坐則伏於几，立則垂於紳，飲則形於尊彝，食則形於籩豆，升車則鸞和與之言，奏樂則鐘鼓爲之説，故無適而不當。至於世俗之學，君子有所不暇。」又云：「學問須從治心養性中來，濟以玩古之功。三月聚糧，可至千里，但勿欲速成耳。」此等處，皆汝輩所當服膺也。

陳宏緒《寒夜録》卷上　豫章在宋以詩文著者，黄山谷、胡少汲也。

釋大訢《題黄山谷詩後》　蘇子瞻薦魯直，有曰：「瑰偉之文，妙絶當世。孝友之行，追配古人。」平生盡之。其詩與字畫，特餘事爾。後魯直參禪老晦堂，聞桂香悟道，故超然於患難死生之表，而視子瞻之論，又大有徑庭矣。因觀《答任道教授》詩，評之如此，使魯直復生，必以予言爲然。

孫承恩《古像贊·黄文節公山谷》　孝友天性，文學夙成。詩擅名家，匹休少陵。礪世困窮，忘情寶貴。黨錮諸賢，公實無愧。

張萱《疑耀》卷七　黄山谷道機禪觀，皆臻其妙，獨不言命，其詩文爲星命家作者絶少。其與趙言、柳彦輔兩人，一方士，一日者，僅見於《外集》遺文而已。觀其誌非熊之墓，慨歎夫命之不可恃，日者之不可憑，猶曰：「此爲非熊歎耳。」若其答林爲之，有曰「由命非由拙」，而《放言》亦云「廢興宜有命」。乃知君子不可不知命，罕言之可也。

王原祁《佩文齋書畫譜》卷六七《御製書畫跋・跋黄庭堅墨蹟後》 黄庭堅、秦觀、晁補之、張耒輩，游於蘇軾之門，當時稱「蘇門四學士」。而庭堅爲尤著，時人至以配軾，稱蘇黄。其文章、學問固卓犖不群，而行、草書亦自成一家。

馬曰琯《題慶遠守查恂叔修復黄文節公祠堂記後》 雙井黄公古君子，節義文章彪信史。幾回遷謫赴炎荒，三載宜州終老死。木落江澄見本根，鑪香隱几道心存。當年鍾乳詩留卷，此日龍溪水抱門。龍溪之水供齋沐，遺愛桐鄉敦薄俗。煙去閣遠失前規，蘋藻祠荒誰繼續。賢守清風迥絶倫，拋梁頌罷曲迎神。瓣香直下涪翁拜，南北山頭萬古春。

盧世㴶《涪軒記》 平生喜讀山谷先生書，喧寂寒暑，攜册與俱，蓋二十五年于此矣。余更悠然有意乎其爲人也，每想其慈祥愷悌，清真瀟灑，無衆寡大小，一御以至誠之氣象，輒體氣欲仙，柴棘自化，因嘆世安得有斯人也，即執鞭結襪，有餘榮矣。

楊希閔《黄文節公年譜序》 山谷生平極有道氣，行事具循坊表，觀其深契濂溪德器，可以想見。雖在蘇門，亦爲涑水、華陽所知，而於黨人之林，超然不爲所繫，未嘗偏立議論，真有鳳凰翔千仞氣象也。教後生子弟，諄諄以熟讀書史深求義味，不可以文人自了，至真至切，不腐不迂。履患難困阸，浩然以義命自安，無纖毫隕獲怨尤意。以其餘興寄梵夾緇流歌詞諧語，昧者例以爲真，而不知非也，是在於好學深思，心知其意者矣。

張宗泰《跋黄氏日抄讀荆公涪翁文》　山谷氣節文章，亞于東坡，故在當時極爲人士所推重。然好作淫詞艷説，爲秀法師所呵。普照塔前發願文，誓不復淫欲飲酒食肉，言詞驚動，竦人心目，厥後一一自破其戒，均不免文士放曠之習。《日鈔》以其於蜀、洛争黨之日，未嘗攻擊程子，故特多恕辭焉。

張佩綸《澗于日記》光緒十七年六月初九日　元祐諸賢，如山谷之罹黨籍，尤爲可嘆。山谷在元祐時入史局，兩次遷官，一爲趙挺之所彈，一爲韓川所駁，終不得進一階。書成，請封其母，蓋慮敘官必爲人所嫉也。乃命下之日，其母即卒，安康之名亦爲虚祝，殊可悲痛。服闋而朝局已變，謫命旋行。靖國之初，乞太平，六日而罷。後以文字之禍，貶死宜州。終其身竟無展眉舒氣之一日，較之義山之厄於令狐，不同一侘傺乎！

陳豐《辨疑四則》　世謂山谷著述，先《莊子》而後《語》《孟》，其説蓋本公集中《莊子内篇論》在前，《論孟斷篇》居後。以文章之次第，議學問之醇疵，何其謬乎！或因作文時有先後，或因文體分門編次，均不可考據。李氏編載《論語斷篇》，係公晚年删去，李氏以公雖自有去取，而在後學則不可没，因續入雜著中。由是觀之，其編次並非出公手。至公之尊崇孔、孟，全集具在，而所稱莊子，僅見於黄幾復詩并墓誌兩篇。蓋幾復謂莊子能斬伐俗學，而尊堯、舜、孔子，以語公，公故及之。其與幾復能尊莊子者，正以莊子之尊堯、舜、孔子也。厥後王氏經學行世，士大夫雅尚老莊，公戲幾復曰：「微言市之矣！」噫，市之云者，鄙之也，非先之也。

世有因説經，謂山谷尊荆公而遺程子者，亦非知公苦心也。荆公經學醇疵各半，歷代纂集經注，間多採擇。公在當時，寧非摘其醇者以爲表章乎，世曰尊之矣。公嘗言：「荆公六藝之學，其妙處端可不朽，但學者用其短處，以是覺醜耳。」他日又有詩云：「玉石恐俱焚，公爲區别否。」可見公於王氏經學斟酌盡善，取其至當不易者，以爲後人矜式，其苦心蓋如此。至於程子，則醇乎其醇者，無所謂去，又何所謂取，亦如光風霽月之于茂叔，欽仰之而已。如曰公尊荆公也，其濬川耙之用，則指爲兒戲；「諱勿令知」之語，則斥爲佞史，何也？抑謂其遺程子也，程子與東坡黨分洛、蜀，互相傾詆。公於東坡雖密，何竟無一言代爲左袒，而西風淚灑，反向伊川耶？然則公之尊荆公，節取也；公之遺程子，自居游、夏莫贊之列也。

世或以山谷通内典、交淄衣爲嫌者，亦學究之迂譚也。二教之在當時，徒衡其末，則不事生理，棄絶人倫，率天下後世以出於無用者。先儒屏之絶之，固宜然。溯其源，總不外於一誠，説玄説空，無非不覩不聞時心境。道者曰耳目盜心，佛者曰六根六賊，與孔子克己之訓互相發明。公事内典，實以其輔掖聖教，明心見性，通儒之學也。至於結納僧禪，尤其取益之地。公昔不解「吾無隱乎爾」之義，問晦堂，時巖桂正放，堂曰：「聞木樨花香否？」公曰：「聞。」堂曰：「吾無隱乎爾。」有僧如此，奉爲嚴師可也。公少作詩多艷語，秀禪戒之曰：「子以艷語動人，婬心不止，士大夫筆墨之妙，甘施於此乎？」公於是痛戒綺語。有僧如此，待之如畏友可也。昔俞清老欲從半山削髮，公力諍之曰：「欲以此爲可以遠俗，不知其政與俗人近爾。」觀此，則公之于釋氏可知矣，豈真慕其棄妻子、絶人倫，從事空寂之爲也乎？故夫人之學業，務探其本源，於交游則期於節取。茂叔之學得於希夷；韓退之諫迎佛骨，而在潮州則交接禪流。然則不棄二教，又何損于公乎！

或謂山谷詩一以生硬爲主，何所見之褊也！公詩祖陶宗杜，體無不備，而早年亦從事於玉溪生，故集中所登，慷慨沈雄者固多，而流麗芊綿者亦復不少。公有云：「寧律不諧，而不使句弱；用字不工，而不使語俗。」此則公之力追老杜者也。至晚年，則又洗盡鉛華，獨標雋旨，凡風雲月露與夫體近香奩者，洗剥殆盡，觀其「桃李春風一杯酒，江湖夜雨十年鐙」之句，文潛力稱奇特，而公以爲「此猶砌合，不若『石吾甚愛之，勿使牛礪角。牛礪角猶可，牛鬭殘我竹』數語乃可」云。至是其境詣實，有快閣江澄木落之妙，而其襟懷殆與淵明同。其夷猶沖淡，夫豈牛鬼蛇神如李賀輩之佶倔聱牙也耶！嗚呼，詩至殘唐，軟弱已極。

公以雄出之姿，起敝扶衰，至今名與大蘇彪炳宇宙。世人未覽全集，輒以「生硬」二字蔽之，不知公詩雖時作硬語，而老樸中自饒丰致。唐太宗曰：「我觀魏徵，更覺斌媚。」味斯旨也，可與讀公詩矣。

評文

秦觀《與蘇先生簡》四　黄魯直去年過此，出所爲文，尤非昔時所見，其爲人亦稱是，真所謂豪傑間出之士也。

阮閲《詩話總龜》前集卷八引《王直方詩話》　山谷嘗謂余曰：「凡作賦要須以宋玉、賈誼、相如、子雲爲師格，略依放其步驟，乃有古風。老杜咏吴生畫云：『畫手看前輩，吴生遠擅場。』蓋古人於能事，不獨求誇時輩，要須前輩中擅場耳。」

朱熹《朱子語類》卷一三九　江西歐陽永叔、王介甫、曾子固文章如此好，至黄魯直一向求巧，反累正氣。

又卷一四〇　後山、山谷好説文章，臨作文時，又氣餒了，老蘇不曾説，到下筆時，做得卻雄健。

韓淲《澗泉日記》卷下　鄒德久道山谷語云：庭堅最不能作議論之文，然每讀歐陽公、曾子固議論之文，決知此人冠映一代。公試觀此兩人文章合處以求體制，當自得之。言語固是學者之末，然行己之餘，既賢于雜用心，亦便當以古人爲準，要使體制詞氣不病耳。所謂甯越猶有速成之病，此可畏語也。

鄧肅《答黄德美書》　蘇、黄之文，幾於比肩，及其絶塵，黄且瞠若，豈筆力之罪耶？然東坡謫居海外，若不復振者，而剛大之氣，常充塞乎天地之間。山谷少不得意，則作小偈以贊王介甫，問於東坡微有譏焉。則生死富貴，已懾其氣爾，所以爲山谷者果安在哉？

李耆卿《文章精義》　學《楚辭》者多矣，若黄魯直最得其妙。魯直諸賦，如《休亭賦》《蘇李畫枯木道士賦》之類。他文愈小者愈工，如《跛奚移文》之類。但作長篇，苦於氣短，又且句句要用事，此其所以不能長江大河也。

陳模《懷古録》卷下　誠齋云：「小簡本朝惟山谷一人。」今觀《刀筆集》，不特是語言好，多是理致藥石有用之言，他人所以不及。

劉辰翁《答劉英伯書》　柳子厚、黄魯直説文最上，行文最澀。

方孝孺《與舒君》　宋之歐陽修、蘇軾、曾鞏，其辭似可謂之達矣。若李覯、樊宗師、黄庭堅之徒，則未也，於道則又難言也。

何良俊《四友齋叢説》卷二三　蘇東坡才氣浩瀚，固百代文人之雄。然黄山谷之文，蘊藉有趣味，時出魏晉人語，便可與坡老並駕。而其所論讀書作文，又諸公所未到，余時出其妙語以示知者。

又　山谷文，如《趙安國字序》《楊概字序》二篇，似知道者，豈尋常求工於文詞者，可得窺其藩籬哉。其他如《訓郭氏三子名字序》，又《王定國文集序》與《小山集序》《宋完字序》《忠州復古記》，皆奇作也。

又　山谷之文，只是蘊藉有理趣，但小文章甚佳。若較之蘇長公《司馬文正公行狀》及《司馬公神道碑》《富鄭公神道碑》《醉白堂記》諸作，規模宏大，法度嚴整，山谷遂瞠乎其後矣。

秦篤輝《平書》卷七　黄山谷五歲能誦五經，其終身所得止于是，何耶？朱子言山谷善言文，至作時便氣餒，毋亦所讀之經，未能實有所得與？

祝堯《古賦辨體》卷八　山谷諸賦中，此篇（按指《悼往賦》）猶有意味，他如《江西道院》《休寧煎茶》等賦，不似賦體，只是有韻之贊銘。

評詩

徐積《節孝先生語録》　陳無己謂予曰：「徐公善論人物，試令評黄魯直、張文潛之爲人。」予問之，公曰：「魯直詩極奇古可畏，進而未已也；張文潛有雄才，而筆力甚健，尤長於騷詞，但恨不均耳。」

蘇軾《答舒堯文》二　大抵詞律莊重，敘事精緻，要非囂浮之作。昔先零侵漢西疆，而趙充國請行；吐谷渾不貢于唐，而文皇臨朝嘆息，思起李靖爲將，乃知老將自不同也。晉師一勝城濮，則屹然而霸，雖齊、陳大國，莫不服焉。今日魯直之於詩是已。公自於彼乞盟可也，柰何欲爲兩屬之國，則犧牲玉帛焉得而給諸？不敢當！不敢當！即承來命，少資嘔噱。

又《書魯直詩後》其一　讀魯直詩，如見魯仲連、李太白，不敢復論鄙事。雖若不入用，亦不無補於世也。

又《書黄魯直詩後》其二　每見魯直詩文，未嘗不絶倒。然此卷語妙，殆非悠悠者所識，能絶倒者也，是可人。元祐元年八月二十二日，與定國、子由同觀。

魏泰《臨漢隱居詩話》 黄庭堅喜作詩得名，好用南朝人語，專求古人未使之一二奇字，綴葺成詩，自以爲工，其實所見之狹也。故句雖新奇，而氣乏渾厚。吾嘗作詩題編後云：「端求古人遺，琢抉手不停。方其拾璣羽，往往失鵬鯨。」蓋謂是也。

陳師道《答秦覯書》 僕於詩初無師法，然少好之，老而不厭，數以千計。及一見黄豫章，盡焚其稿而學焉。豫章以謂譬之弈焉，弟子高師一著，僅能及之，争先則後矣。僕之詩，豫章之詩也。豫章之學博矣，而得法於少陵，其學少陵而不爲者也，故其詩近之，而其進則未已也。故僕嘗謂豫章之詩如其人，近不可親，遠不可疏，非其好莫聞其聲。

陳師道《後山詩話》 黄詩韓文有意故有工，老杜則無工矣。然學者先黄後韓，不由黄、韓而爲老杜，則失之拙易矣。

又 詩欲其好，則不能好矣。王介甫以工，蘇子瞻以新，黄魯直以奇，而子美之詩，奇常、工易、新陳莫不好也。

又 唐人不學杜詩，惟唐彦謙與今黄亞夫庶、謝師厚景初學之。魯直，黄之子、謝之婿也。其于二父，猶子美之于審言也。然過于出奇，不如杜之遇物而奇也。三江五湖，平漫千里，因風石而奇爾。

秦觀《與參寥大師簡》 黄魯直近從此赴太和令，來相訪，爲留兩日，得渠新詩一編，高古妙絶，吾屬未有其比。僕頃不自揆，妄欲與之後先而驅，今乃知不及遠甚。其爲人亦放此，蓋江南第一等人物也。黄詩未有力盡翻去，且録數篇，嘗一臠足知一鼎味也。

張耒《贈无咎以既見君子云胡不喜爲韻八首》其五　詩壇李杜後，黄子擅奇勳。平生執羈靮，開府與參軍。舉詩秉筆徒，吟哦謾云云。安知握奇律，一字有風雲。

其七　黄子少年時，風流勝春柳。中年一鉢飯，萬事寒木朽。室有僧對談，房無妾持帚。此道人人事，誰令予獨不？

又《讀黄魯直詩》　江南宿草一荒丘，試讀遺編涕不收。不踐前人舊行迹，獨驚斯世擅風流。一尊華髮江邊客，萬里黄茅嶺外州。虎豹磨牙九關邃，重華可訴且南遊。（原注：辛巳歲，魯直見予黄州江上。）

晁補之《次韻王宗正定國與蘇翰林先生黄校書魯直唱和》　東國寬市征，西山休騎屯。時清詩人喜，洗濯出佳言。淵源蘇夫子，河入莆莒翻。軌轍校書君，駕驂盜驪奔。後來得濬沖，它人孰窺藩。譬余學禮素，婦祭盛於盆。不應麾門牆，尚許酌罇樽。夢天九門開，燦然列星繁。群公顧我喜，顔若白璧温。赤城何足躡，愁絶永嘉孫。

周行己《寄魯直學士》　當今文伯眉陽蘇，新詞的皪垂明珠。我公江南獨繼步，名譽籍甚傳清都。達人嗜好與俗異，誰欲海邊逐臭夫。小生結髮讀書史，隱憫每願脱世儒。

幾載俛首黌堂趨，爭唼粱藻從群鳧。野人鼓瑟不解竽，悠悠舉目誰與娱？幸有達者黄與蘇，誰復跼蹐如轅駒。古來志士恥沈没，參軍慷慨曳長裾。相知寧論貴賤敵，詩奏終使蘭艾殊。當時仲宣亦小弱，蔡公難其才不如。乃知士子名未立，須藉顯達齒論餘。嬰兒失乳投母哺，當亦飲食瓊漿壺。

吕本中《江西宗派圖序》　唐自李、杜之出，焜耀一世，後之言詩者，皆莫能及。至韓、柳、孟郊、張籍諸人，激揚奮厲，終不能與前作者並。元和以後至國朝，歌詩之作或傳者，多依效舊文，未盡所趣。惟豫章始大出而力振之，抑揚反覆，盡兼衆體，而後學者同作並和，雖體制或異，要皆所傳者一。故予録其名字，以遺來者。是爲序。

釋惠洪《少游魯直被謫作詩》　少游鍾情，故其詞酸楚；魯直學道休歇，故其詩閒暇。

釋惠洪《冷齋夜話》卷一　山谷云：「詩意無窮，而人之才有限，以有限之才，追無窮之意，雖淵明、少陵不得工也。然不易其意而造其語，謂之换骨法；窺入其意而形容之，謂之奪胎法。」如鄭谷《十日菊》曰：「自緣今日人心别，未必秋香一夜衰。」此意甚佳，而病在氣不長。西漢文章雄深雅健者，其氣長故也。曾子固曰：「詩當使人一覽語盡而意有餘，乃古人用心處。」所以荆公《菊》詩曰：「千花萬卉彫零後，始見閒人把一枝。」東坡則曰：「萬事到頭終是夢，休休休，明日黄花蝶也愁。」又如李翰林詩曰：「鳥飛不盡暮天碧。」又曰：「青天盡處没孤鴻。」然其病如前所論。山谷作《登達觀臺》詩曰：「瘦藤拄到風煙上，乞與遊人眼界開。不知眼界闊多少，白鳥去盡青天回。」凡此之類，皆换骨法也。

又卷四　用事琢句，妙在言其用不言其名耳。此法唯荆公、東坡、山谷三老知之。（略）山谷曰：「管城子無食肉相，孔方兄有絶交書。」又曰：「語言少味無阿堵，冰雪相看有此君。」又曰：「眼見人情如格五，心知世事等朝三。」格五，今之蹙融是也。《後漢》注云：「常置人于險處耳。」然句中眼者，世尤不能解，語言者，蓋其德之候也。故曰：有德者必有言。

又卷一〇　黄魯直使余對句，曰：「呵鏡雲遮月。」對曰：「啼妝露着花。」魯直罪余于詩深刻見骨，不務含蓄。余竟不曉此論，當有知之者耳。

洪朋《懷黄太史》　詩家今獨步，舅氏大名稀。屈宋堪奴僕，曹劉在指揮。禪心元詣絶，世事更忘機。最喜熊兒去，遥憐雁羽飛。九秋悲偃月，萬里寄摩圍。昭代新周典，明年歸未歸。

又《跋山谷帖用其韻》　學書右軍盡善，下筆少陵有神。無復向來金馬，可惜埋此玉人。

壓倒詩中宰相，鼓行文苑宗公。毒霧瘴氛作祟，英姿爽氣成空。

洪芻《洪駒父詩話》 山谷父亞父詩自有句法。山谷書其《大孤山》《宿趙屯》兩詩，刻石於落星寺。兩詩警拔，世多見之矣。（略）山谷句法高妙，蓋其源流有所自云。

吕本中《東萊吕紫微師友雜志》 尹彦明在經筵，嘗從容説：「黄魯直如此做詩，不知要何用？」

何谿汶《竹莊詩話》卷一引吕本中《與曾吉甫論詩帖》 近世次韻之妙，無出蘇、黄，雖失古人唱酬之本意，然用韻之工，使事之精，有不可及者。

阮閲《詩話總龜》後集卷二〇 徐師川云：「作詩回頭一句最爲難道，如山谷詩所謂『忽思鍾陵江十里』之類是也。他人豈如此，尤見句法安壯。山谷平日詩多用此格。」

又卷三一引《童蒙詩訓》 老杜歌行與長韻律詩，後人莫及；而蘇、黄用韻下字用故事處，亦古所未到。晉宋間人造語題品絶妙今古，近世蘇、黄帖題跋之類率用此法，尤爲要妙。

胡仔《苕溪漁隱叢話》前集卷八引吕氏《童蒙訓》 前人文章，各自一種句法。如老杜「今君起柂春江流，予亦江邊具小舟」，「同心不減骨肉親，每語見許文章伯」，如此之類，老杜句法也。東坡「秋水今幾竿」之類，自是東坡句法。魯直「夏扇日在摇」，「行樂亦云聊」，此魯直句法也。學者若能遍考前作，自然度越流輩。

又卷八引呂氏《童蒙訓》　淵明、退之詩，句法分明，卓然異衆，惟魯直爲能深識之。學者若能識此等語，自然過人。

又卷四二引《王直方詩話》　陳無己云：「荆公晚年詩傷工，魯直晚年詩傷奇。」余戲之曰：「子欲居工奇之間邪？」

又卷四七　張文潛曰：「以聲律作詩，其末流也，而唐至今詩人謹守之。獨魯直一掃古今，直出胸臆，破棄聲律，作五、七言，如金石未作，鐘磬聲和，渾然有律吕外意。近來作詩者頗有此體，然自吾魯直始也。」苕溪漁隱曰：古詩不拘聲律，自唐至今詩人皆然，初不待破棄聲律。詩破棄聲律，老杜自有此體，如《絶句漫興》《黄河》《江畔獨步尋花》《夔州歌》《春水生》，皆不拘聲律，渾然成章，新奇可愛。故魯直效之，作《病起荆州江亭即事》《謁李材叟兄弟》《謝答聞善絶句》之類是也。老杜七言如《題省中院壁》《望岳》《江雨有懷鄭典設》《晝夢》《愁强戲爲吴體》《十二月一日三首》；魯直七言如《寄上叔父夷仲》《次韻李任道晚飲鎖江亭兼簡履中南玉》《廖致平送緑荔枝》《贈鄭郊》之類是也。此聊舉其二三，覽者當自知之。文潛不細考老杜詩，便謂此體自吾魯直始，非也。魯直詩本得法于杜少陵，其用老杜此體何疑？

又　蘇、黄又有詠花詩，皆託物以寓意，此格尤新奇，前人未之有也。

又卷四八　苕溪漁隱曰：《童蒙訓》乃居仁所撰，譏魯直詩有太尖新、太巧處，無乃與《江西宗派圖》所云「抑揚反覆，盡兼衆體」之語背馳乎？

又引呂氏《童蒙訓》　學古人文字，須得其短處。（略）東坡詩有汗漫處，魯直詩有太尖新、太巧處。皆不可不知。

又卷四九引呂氏《童蒙訓》　讀《莊子》令人意寬思大敢作，讀《左傳》便使人入法度，不敢容易。此二書不可偏廢也。近世讀東坡、魯直詩，亦類此。

又引《王直方詩話》　山谷舊所作詩文，名以《焦尾》《弊帚》。少游云：「每覽此篇，輒悵然終日，殆忘食事，邈然有二漢之風，今交游中以文墨稱者，未見其比。所謂珠玉在傍，覺我形穢也。」有學者問文潛模範，曰：「看《退聽藁》。」蓋山谷在館中時，自號所居曰退聽堂。

胡仔《苕溪漁隱後集序》　余嘗謂開元之李、杜，元祐之蘇、黄，皆集詩之大成者，故群賢於此四公，尤多品藻，蓋欲發揚其旨趣，俾後來觀詩者，雖未染指，固已知其味之美矣。

又後集卷三一引呂氏《童蒙訓》　作文必要悟入處，悟入必自工夫中來，非僥倖可得也。如老蘇之於文，魯直之於詩，蓋盡此理也。

又後集卷三二　苕溪漁隱曰：後山謂魯直作詩過于出奇，誠哉是言也。如《和文潛贈无咎》詩：「本心如日月，利欲食之既。」《王聖涂二亭歌》：「絶去藪澤之羅兮，官于落羽。」洪玉父云：「魯直言羅者得落羽以輸官。」凡此之類，出奇之過也。

陳鵠《耆舊續聞》卷二引呂氏《童蒙訓》　自古以來語文章之妙，廣備衆體，出奇無窮者，唯東坡一人。極風雅之變，盡比興之體，包括衆作，本以新意者，唯豫章一人。此二者當永以爲法。

《王直方詩話》　山谷論詩文不可鑿空强作，待境而生便自工。每作一篇，先立大意；長篇須曲折三致意，乃成章耳。

阮閲《詩話總龜》前集卷九引《王直方詩話》　宋景文云：「詩人必自成一家，然後傳不朽。若體規畫圓，準矩作方，終爲人之臣僕。」故山谷詩云「文章最忌隨人後」，又云「自成一家始逼真」，誠不易之論。

又引《王直方詩話》　龜父云：朋見張文潛，言魯直楚詞誠不可及。晁无咎言魯直楚詞固不可及，而律詩，補之終身不敢近也。

又引《王直方詩話》　山谷惠余詩兩篇，一云「多病廢詩仍止酒」，一云「醉餘睡起怯春寒」。觀者以爲疵。余曰：説詩者不以文害辭，豈非謂此耶？

又引《王直方詩話》　「日月老賓送」，山谷詩也；「日月馬上過」，文潛詩也。其工拙有能辨之者。老杜云：「厨人語夜闌。」東坡云：「圖書跌宕悲年老，鐙火青熒語夜深。」山谷云：「兒女鐙前語夜深。」余爲當以先後分勝負。

又引《王直方詩話》 潘邠老云：陳三所謂「學詩如學仙，時至骨自换」，此語爲得之。然余見山谷有「學詩如學道」之句，陳三所得，豈苗裔耶？

許顗《彦周詩話》 黄魯直愛與郭功父戲謔嘲調，雖不當盡信，至如曰：「公做詩費許多氣力做甚？」此語切當，有益於學詩者，不可不知也。

又 作詩淺易鄙陋之氣不除，大可惡。客問：「何從去之？」僕曰：「熟讀唐李義山詩與本朝黄魯直詩而深思焉，則去也。」

張鎡《仕學規範》卷三九 魯直云：「隨人作詩終後人。」又云：「文章切忌隨人後。」此自魯直見處也。近世人學老杜多矣，左規右矩，不能稍出新意，終成屋下架屋，無所取長。獨魯直下語，未嘗似前人，而卒與之合，此爲善學。如陳無己力盡規摹，已少變化。

趙琦美《趙氏鐵網珊瑚》卷四《山谷詩三帖》温革跋 革頃與德麟游，聞元祐諸公言行之緒餘，及兹揭來，臨漳路鈐趙昌叔相與款厚，因出示山谷道人與其先丹陽君往來書帖及詩詞，想見前修風流餘韻，而貴公子樂善喜文之高致也。丹陽君，德麟之兄，而昌叔，德麟猶子也。然則好事喜賓客，蓋有家範云。温革叔皮父。

吴坰《五總志》　山谷老人自丱角能詩，送鄉人赴廷試云：「青衫烏帽蘆花鞭，送君直至明君前。若問舊時黄庭堅，責在人間十一年。」至中年以後，句律超妙入神，於詩人有開闢之功。始受知於東坡先生，而名達夷夏，遂有蘇、黄之稱。坡雖喜出我門下，然胸中似不能平也，故後之學者因生分别，師坡者萃於浙右，師谷者萃於江左。以余觀之，大是雲門盛於吴，臨濟盛於楚。雲門老婆心切，接人易與，人人自得，以爲得法，而於衆中求脚根點地者，百無二三焉。臨濟棒喝分明，勘辯極峻，雖得法者少，往往嶄然見頭角。如徐師川、余荀龍、洪玉父昆弟、歐陽元老，皆黄門登堂入室者，實自足以名家。噫，坡、谷之道一也，特立法與嗣法者不同耳。彼吴人指楚人爲江西之流，大非公論。

邵博《聞見後録》卷一九　晁以道問予：「梅二詩何如黄九？」予曰：「魯直詩到人愛處，聖俞詩到人不愛處。」以道爲一笑。

陳長方《步里客談》卷下　章叔度憲云：每下一俗間言語，無一字無來處。此陳無己、黄魯直作詩法也。

又　自古稱齊名甚多，其實未必然。(略)近代歐、梅、蘇、黄，而子瞻文章去黄遠甚，黄之詩律，蘇亦不逮也。

周紫芝《讀涪翁黔南詩作》　阿香名字本無雙，流落真成竄夜郎。早歲浪言腸是錦，只今空復鬢成霜。名傳故國猶驚座，詩入涪川尚滿囊。天爲少陵增秀句，故教遷客上瞿塘。

周紫芝《竹坡詩話》 山谷點化前人語，而其妙如此，詩中三昧手也。

蔡絛《西清詩話》卷中 魯直自黔南歸，詩變前體，且云：要須唐律中作活計，乃可言詩。如少陵淵畜雲萃，變態百出，雖數十百韻，格律益嚴，蓋操制詩家法度如此。

又 山谷詩妙脱蹊徑，言謀鬼神，無一點塵俗氣，所恨務高，一似參曹洞下禪，尚墮在玄妙窟裏。

又 黄魯直貶宜州，謂其兄元明曰：「庭堅筆老矣，始悟抉章摘句爲難，要當于古人不到處留意，乃能聲出衆上。」元明問其然，曰：「庭堅六言近體詩『醉鄉閑處日月，鳥語花間管弦』是也。」此優入詩家藩閫，宜其名世如此。

佚名《南窗紀談》 歐陽文忠公雖作一二十字小柬，亦必屬稿，其不輕易如此。今集中所見，乃明白平易，若未嘗經意者，而自然爾雅，非常人所及。東坡大抵相類，初不過爲文采爾。至黄魯直，始專集取古人才語以敘事，雖造次間必期於工，遂以名家，士大夫翕然傚之。

釋普聞《詩論》 老杜之詩，備于衆體，是爲詩史。近世所論，東坡長于古韻，豪逸大度；魯直長于律詩，老健超邁；荆公長于絶句，閑暇清癯，其各一家也。

張戒《歲寒堂詩話》卷上　世徒見子美詩之粗俗，不知粗俗語在詩句中最難；非粗俗，乃高古之極也。（略）近世蘇、黄亦喜用俗語，然時用之，亦頗安排勉强，不能如子美胸襟流出也。子美之詩、顔魯公之書，雄姿傑出，千古獨步，可仰而不可及耳。

又　黄魯直自言學杜子美，子瞻自言學陶淵明，二人好惡，已自不同。魯直學子美，但得其格律耳。（略）魯直云：「太白詩與漢、魏樂府争衡。」此語乃真知太白者。

又　詩以用事爲博，始于顔光禄，而極于杜子美；以押韻爲工，始于韓退之，而極于蘇、黄。（略）蘇、黄用事押韻之工，至矣盡矣，然究其實，乃詩人中一害。使後生只知用事押韻之爲詩，而不知咏物之爲工、言志之爲本，風雅自此掃地矣。

又　自漢、魏以來，詩妙于子建，成于李、杜，而壞于蘇、黄。（略）子瞻以議論作詩，魯直又專以補綴奇字，學者未得其所長，而先得其所短，詩人之意掃地矣。

又　五言律詩，若無甚難者。然國朝以來，惟東坡最工，山谷晚年乃工。山谷嘗云：「要須唐律中作活計，乃可言詩。」雖山谷集中，亦不過《白雲亭宴集》十韻耳。

又　孔子删詩，取其「思無邪」者而已。（略）國朝黄魯直，乃邪思之尤者。魯直雖不多説婦人，然其韻度矜持，冶容太甚，讀之足以蕩人心魄，此正所謂邪思也。魯直專學子美，然子美詩讀之，使人凜然興起，肅然生敬，《詩序》所謂「經夫婦、成孝敬、厚人倫、美教化、移風俗」者也，豈可與魯直詩同年而語耶！

又 王介甫只知巧語之爲詩，而不知拙語亦詩也；山谷只知奇語之爲詩，而不知常語亦詩也。

蔡正孫《詩林廣記》後集卷五引任淵云 山谷詩律妙一世，用意未易窺測，然置字下語，皆有所從來。

陳善《捫虱新話》下集卷三 歐陽公詩，猶有國初唐人風氣，公能變國朝文格，而不能變詩格。及荆公、蘇、黄輩出，然後詩格遂極于高古。

又下集卷四 黄魯直詩本是規模老杜，至今遂别立宗派，所謂當仁不讓者也。

吴可《藏海詩話》 學詩當以杜爲體，以蘇、黄爲用，拂拭之則自然波峻，讀之鏗鏘。蓋杜之妙處藏于内，蘇、黄之妙發于外。

又 七言律詩極難做，蓋易得俗，是以山谷别爲一體。

又 東坡豪，山谷奇，二者有餘，而于淵明則爲不足，所以皆慕之。

朱弁《風月堂詩話》卷上 東坡文章，至黄州以後，人莫能及，唯黄魯直詩時可以抗衡。晚年過海，則雖魯直亦瞠若乎其後矣。或謂東坡過海雖爲不幸，乃魯直之大不幸也。

又卷下 義山亦自覺，故别立門户成一家。後人挹其餘波，號西崑體，句律太嚴，無自然態度。魯直深悟此理，乃獨用崑體功夫，而造老杜渾成之地，今之詩人少有及者。此禪家所謂更高一著也。

黄徹《䂬溪詩話》卷一〇 山谷云：「詩者，人之性情也。非强諫争於庭，怨詈於道，怒鄰駡坐之所爲也。」余謂怒鄰駡坐，固非詩本指，若《小弁》親親，未嘗無怨；《何人斯》，「取彼譖人，投畀豺虎」，未嘗不憤。謂不可諫争，則又甚矣。箴規刺誨，何爲而作？古者帝王尚許百工各執藝事以諫，詩獨不得與工技等哉？

曹勳《跋黄魯直書父亞夫詩》 黄太史以詩專門，天下士大夫宗仰之，及觀其父所爲詩，則江西正脈，有自來矣。是父是子，嗚呼盛哉！

曾季貍《艇齋詩話》 山谷論詩，多取《楚辭》。

又 山谷詩妙天下，然自謂得句法於謝師厚，得用事於韓持國，此取諸人以爲善也。以此見昔人尊事前輩，不敢輕老成如此。

陳與義《簡齋詩集引》 詩至老杜極矣。東坡蘇公、山谷黄公奮乎數世之下，復出力振之，而詩之正統不墜。然東坡賦才也大，故解縱繩墨之外，而用之不窮；山谷措意也深，故游泳□味之餘，而索之益遠。大抵同出老杜，而自成一家，如李廣、程不識之治軍，龍伯高、杜季良之行己，不可一概詰也。近世詩家知尊杜矣，至學蘇者乃指黄爲强，而附黄者亦謂蘇爲肆。要必識蘇、黄之所不爲，然後可以涉老杜之涯涘。

葛立方《韻語陽秋》卷一　律詩中間對聯兩句，意甚遠而中實潛貫者，最爲高作。（略）魯直《答彦和》詩云：「天於萬物定貧我，智效一官全爲親。」《上叔父夷仲》詩云：「萬里書來兒女瘦，十月山行冰雪深。」（略）如此之類，與規規然在於媲青對白者，相去萬里矣。魯直如此句甚多，不能概舉也。

又卷二　詩家有换骨法，謂用古人意而點化之，使加工也。（略）劉禹錫云：「遥望洞庭湖水面，白銀盤裏一青螺。」山谷點化之，則云：「可惜不當湖水面，銀盤堆裏看青山。」孔稚圭《白苧歌》云：「山虚鐘磬徹。」山谷點化之，則云：「山空響筦絃。」盧仝詩云：「草石是親情。」山谷點化之，則云「小山作朋友」、「香草當姬妾」。學詩者不可不知此。

又　魯直謂東坡作詩，未知句法。而東坡題魯直詩云：「每見魯直詩，未嘗不絶倒。然此卷甚妙，而殆非悠悠者可識。能絶倒者已是可人。」又云：「讀魯直詩，如見魯仲連、李太白，不敢復論鄙事。雖若不適用，然不爲無補。」如此題識，其許之乎，其譏之也？魯直酷愛陳無己詩，而東坡亦不深許。魯直爲無己揚譽，無所不至，而無己乃謂「人言我語勝黄語」，何邪？

又卷三 山谷嘗與楊明叔論詩，謂以俗爲雅，以故爲新，百戰百勝。如孫吴之兵，棘端可以破鏃；如甘蠅飛衛之射，捏聚放開，在我掌握。與劉所論，殆一轍矣。

吴聿《觀林詩話》 山谷云：余從半山老人得古詩句法，云：「春風取花去，酬我以清陰。」

晁公武《郡齋讀書志》卷一九 蘇子瞻嘗見其詩於孫莘老家，嘆絶，以爲世久無此作矣，因以詩往來。（略）先是，秦少游、晁无咎、張文潛皆以文學游蘇氏之門，至是同入館，世號「四學士」。魯直之詩尤奇，世又謂之蘇、黄云。

吴曾《能改齋漫録》卷一〇 洪覺範《冷齋夜話》曰：「山谷云：『詩意無窮，而人之才有限。以有限之才，追無窮之意，雖少陵、淵明，不得工也。然不易其意而造其語，謂之换骨法；規模其意形容之，謂之奪胎法。』」予嘗以覺範不學，故每爲妄語。且山谷作詩，所謂「一洗萬古凡馬空」，豈肯教人以蹈襲爲事乎？唐僧皎然嘗謂：「詩有三偷：偷語，最是鈍賊，如傅長虞『日月光太清』，陳後主『日月光天德』是也；偷意，事雖可罔，情不可原，如柳渾『太液微波起，長楊高樹秋』，沈佺期『小池殘暑退，高樹早凉歸』是也；偷勢，才巧意精，略無痕迹，蓋詩人偷狐白裘手，如嵇康『目送歸鴻，手揮五絃』，王昌齡『手攜雙鯉魚，目送千里雁』是也。」夫皎然尚知此病，孰謂學如山谷，而反以不易其意，與規模其意，而遂犯鈍賊不可原之情耶？

姜特立《**看詩卷**》 蘇黄自是今時友，李杜還我異代豪。八十衰翁無老伴，唯渠終日話風騷。

周必大《**跋黄魯直蜀中詩詞**》 杜少陵、劉夢得詩，自夔州後頓異前作，世皆言文人流落不偶乃刻意著述，而不知巫峽峻峰激流之勢有以助之也。山谷自戎徙黔，身行夔路，故詞章翰墨日益超妙，觀此三帖蓋可知矣。

楊萬里《**鐙下讀山谷詩**》 天下無雙雙井黄，遺編猶作舊時香。百年人物今安在，千載功名紙半張。使我詩篇如許好，關人身事亦何妨，地鑪火暖鐙花落，且只移家住醉鄉。

楊萬里《**誠齋詩話**》 「明月易低人易散，歸來呼酒更重看」；又「當其下筆風雨快，筆所未到氣已吞」；又「醉中不覺度千山，夜聞梅香失醉眠」；又《李白畫像》「西望太白横峨岷，眼高四海空無人。大兒汾陽中令君，小兒天台坐忘身。平生不識高將軍，手涴吾足乃敢嗔」：此東坡詩體也。「風光錯綜天經緯，草木文章帝杼機」；又「澗松無心古鬚鬣，天球不琢中粹温」；又「兒呼不蘇驢失腳，猶恐醒來有新作」：此山谷詩體也。

王大成《**野老紀聞**》 林季野觀魯直詩，紬繹再四，云：「詩未必篇篇佳，但格制高耳。」

不好。

朱熹《朱子語類》卷一三九　古人文章，大率只是平説，而意自長。後人文章，務意多而酸澀。如《離騷》，初無奇字，只恁説將去，自是好；後來如魯直，恁地着力做，卻自是不好。

又卷一四〇　蘇、黄只是今人詩。蘇才豪，然一滚説盡無餘意；黄費安排。

又　蜚卿問山谷詩，曰：「精絶！知他是用多少功夫，今人卒乍如何及得。可謂巧好無餘，自成一家矣。但只是古詩較自在，山谷則刻意爲之。」又曰：「山谷詩忒好了！」

又　作詩先用看李、杜，如士人治本經；本既立，次第方可看蘇、黄以次諸家詩。

又　擇之云：「後山詩恁地深，他資質儘高，不知如何肯去學山谷？」曰：「後山雅健强似山谷，然氣力不似山谷較大，但卻無山谷許多輕浮底意思。然若論敘事，又卻不及山谷。山谷善敘事情，敘得盡，後山敘得較有疏處。若散文，則山谷大不及後山。」

陸九淵《象山先生全集》卷七《與程帥》　伏蒙寵貺《江西詩派》一部二十家，異時所欲尋繹而不能致者。一但充室盈几，應接不暇，名章傑句，焜耀心目，執事之賜偉哉！詩亦尚矣。原於賡歌，委於風雅。風雅之變，壅而溢焉者也，湘纍之騷又其流也。（略）杜陵之出，愛君悼時，追躡騷雅，而才力宏厚，偉然足以鎮浮靡，詩家爲之中興。自此以來，作者相望，至豫章而益大肆其力，包含欲無外，搜抉欲無秘，體制通古今，思致極幽眇，貫穿馳騁，工力精到，一時如陳、徐、韓、吕、三洪、二謝之流翕然宗之。由是江西遂以詩社名天下，雖未極古之源委，而其植立不凡，斯亦宇宙之奇詭也。

陳巖肖《庚溪詩話》卷下　本朝詩人與唐世相亢，其所得各不同，而俱自有妙處，不必相蹈襲也。至山谷之詩，清新奇峭，頗道前人未嘗道處，自爲一家，此其妙也。至古體詩，不拘聲律，間有歇後語，亦清新奇峭之極也。

謝堯仁《張于湖先生集序》　文章有以天才勝，有以人力勝。（略）黄山谷、陳後山專寓深遠趣味，以至唐末諸詩人，雕肝琢肺，求工於一言一字間，在於人力，固可以無恨，而概之前數公縱横馳騁之才，則又有間矣。

葉適《習學紀言》卷四七　至本朝初年，律詩大壞，王安石、黄庭堅欲兼用二體，擅其所長，然終不能庶幾唐人。

孫奕《履齋示兒編》卷一〇　客有曰：「詩人之工於詩，初不必以少壯老成較優劣。」余曰：殆不然也。醉翁在夷陵後詩，涪翁到黔南後詩，比興益明，用事益精，短章雅而偉，大篇豪而古。

敖陶孫《敖器之詩評》　山谷如陶弘景祇詔入宫，析理談玄，而松風之夢故在。

曹彦約《跋山谷所與黄令帖後》　以駢儷聲律吟咏情性，本朝如涪翁能幾見耳。雖不連珠，猶其爲連珠也。

姜夔《白石道人詩説》 語貴含蓄。東坡云：「言有盡而意無窮者，天下之至言也。」山谷尤謹於此。清廟之瑟，一唱三嘆，遠矣哉！後之學詩者，可不務乎？若句中無餘字，篇中無長語，非善之善者也；句中有餘味，篇中有餘意，善之善者也。

韓淲《澗泉日記》卷下 黄魯直詩如松生石間，雖偃蹇不大，而氣含風雲。

又 少游在黄、陳之上，黄魯直意趣極高。

戴復古《論詩十絶》 文章隨世作低昂，變盡風騷到晚唐。舉世吟哦推李杜，時人不知有陳黄。

嚴羽《滄浪詩話·詩辯》 國初之詩尚沿襲唐人。（略）至東坡、山谷始出己意以爲詩，唐人之風變矣。山谷用工尤爲深刻，其後法席盛行，海内稱爲江西宗派。

又《詩體》 元祐體（蘇、黄、陳諸公）。江西宗派體（山谷爲之宗）。

嚴羽《答吴景仙書》 坡、谷諸公之詩，如米元章之字，雖筆力勁健，終有子路事夫子時氣象。

史彌寧《和翟主簿》 太史騷壇峙豫章，詩豪角立壯顔行。遺風凛凛清人骨，飛露娟娟灑我裳。五字顧慚非應物，一鐙今幸屬仇香。玉堂蚤晚須椽筆，快寫平生錦繡腸。

陳模《懷古録》卷上　山谷卻得工部之雄而渾處，有才者便可壓成，故謝無逸古硬處不減魯直所作，然魯直卻有涵蓄、膾炙人齒頰處。

又卷中　山谷云：「爲文而無根蒂，譬如插無枝花，非不照曜風日，其萎悴也，可立而待，故作文者皆不可不浚其淵源。」山谷詩大率多用莊子事，後山用事語，句意亦多重復。「讀書破萬卷，下筆如有神」，杜工部之所以不可及也。

岳珂《寶真齋法書贊》卷一五《黄魯直詩稿帖跋》　右，山谷先生詩稿真蹟，凡九幅。論江西詩派，先生爲稱首，觀其鋟斲天巧，磅礴萬象，一字不苟作，謂詩非徒工，詎不信然？

程公許《贈修水黄君子行》　君家太史公，以文瑞吾宋。崛奇莊騷語，雅淡商周頌。學力探窅深，天巧妙機綜。風流被諸孫，璆琳富包貢。

包恢《石屏詩跋》　陶靖節言：「此中有真意，欲辨已忘言。」故讀書不求甚解。黄太史稱杜詩無一字無來處，然杜無意用事，真意至而事自至耳。黄有意用事，未免少與杜異，不知四詩三百篇用何古人事若語哉！

劉克莊《後村詩話》續集　山谷以崇寧甲申謫宜州，道由洞庭、潭、衡、永、桂，皆有詩。是歲五六月間至宜州。明年乙酉九月卒，年六十一。以集考之，在宜僅有七詩：《與黄龍清老》三首，《别元明》一首，《和范寥》二首，而絶筆於《乞鍾乳》一首。豈年高地惡而然耶？其《别元明》猶云：「術者謂吾兄弟俱壽八十。」谷亦不自料大期止此。少游在藤州，自作挽歌之屬，比谷尤悲哀。惟坡公海外筆力，益老健宏放，無憂患遷謫之態。黄、秦皆不能及，李文饒亦不能及。

劉克莊《江西詩派序·山谷》 國初詩人如潘閬、魏野，規規晚唐格調，寸步不敢走作。楊、劉則又專爲崑體，故優人有撏扯義山之誚。蘇、梅二子，稍變以平淡豪俊，而和之者尚寡。至六一、坡公，巍然爲大家數，學者宗焉。然二公亦各極其天才筆力之所至而已，非必鍛鍊勤苦而成也。豫章稍後出，會粹百家句律之長，究極歷代體製之變，蒐獵奇書，穿穴異聞，作爲古律，自成一家。雖隻字半句不輕出，遂爲本朝詩家宗祖，在禪學中比得達摩，不易之論也。其《内集》詩尤善，信乎其自編者。頃見趙履常極宗師之，近時詩人惟趙得豫章之意，有絶似者。

吴沆《環溪詩話》卷中 仲兄又問山谷拗體如何，環溪曰：（略）蓋其詩以律而差拗，于拗之中又有律焉。此體惟山谷能之。

又 環溪仲兄問曰：「山谷詩亦有可法者乎？」環溪曰：山谷除拗體似杜而外，以物爲人一體最可法。於詩爲新巧，於理亦未爲大害。仲兄云：「何謂以物爲人？」環溪云：山谷詩文中無非以物爲人者，此所以擅一時之名，而度越流輩也。然有可有不可。如「春至不窺園，黄鸝頗三請」，是用主人三請事。如詠竹云「翩翩佳公子，爲致一碧窗」，是用正事，可也。又如「殘暑已趨裝，好風方來歸，苦雨已解嚴，諸峰來獻狀」，謂殘暑趨裝，好風來歸，苦雨解嚴，諸峰獻狀，亦無不可。至如「提壺要酤我，杜宇賦式微」，則近於鑿，不可矣。不如把菊避席，雲月供帳，黄花韜光，白鷗起予，蘭含章而鳥許可，以至《演雅》一篇，大抵以物爲人，而不失爲佳句，則是山谷所以取名也。

林希逸《讀黄詩》　我生所敬涪江翁，知翁不獨哦詩工。逍遥頗學漆園吏，下筆縱横法略同。自言錦機織錦手，興寄每有《離騷》風。内篇外篇手分别，冥搜所到真奇絶。頡頏韓柳追莊騷，筆意尤工是晚節。兩蘇而下秦晁張，閉門覓句陳履常。當時姓名比明月，文莫如蘇詩則黄。黔南日月老賓送，白頭去作宜州夢。宜樓《家乘》誰得之，那知珠玉無散遺。生生忍苦琢詩句，飄泊不憂無死處。今人更病語太奇，哀公不遇今猶故。

又《黄紹谷集跋》　余初學爲詩，喜誦涪翁諸篇，謂其老骨精思，非積以歲月不能也。最後薌室、植齋所編《外集》《别集》，則有公七歲、八歲與二十以前所作，如《溪上吟》《青江引》《牧童晬日》《巖下放言》，與内篇殊不相上下。乃知「往昔十四五，出游翰墨場。斯文崔魏徒，以我似班揚」，非特子美爲然也。

羅大經《鶴林玉露》卷三　江西自歐陽子以古文起於廬陵，遂爲一代冠冕，後來者莫能與之抗。（略）至於詩，則山谷倡之，自爲一家，並不蹈古人町畦。象山云：「豫章之詩，包含欲無外，搜抉欲無祕，體製通古今，思致極幽眇，貫穿馳騁，工夫精到，雖未極古之源委，而其植立不凡，斯亦宇宙之奇詭也。開闢以來，能自表見於世若此者，如優鉢曇華，時一現耳。」楊東山嘗謂余云：「丈夫自有衝天志，莫向如來行處行。」豈惟制行，作文亦然。如歐公之文、山谷之詩，皆所謂不向如來行處行者也。

吴莘《視聽鈔》 黄魯直詩非不清奇，不知自立者翕然宗之，如多用釋氏語，卒推墮於甕瀆之中，本非其長處也。而乃字字剽竊，萬首一律，不從事於其本，而影響於其末，讀之令人厭。章茂深郎中，葉石林甥也。自言從小學作江西詩，石林每見之必顰蹙曰：「何用事此死聲活氣語也！」此言真有味。《石林詩話》談山谷之詩不容口，非不取之，惡夫學之者過也。

王應麟《困學紀聞》卷一八 山谷云：「學老杜詩，所謂刻鵠不成，猶類鶩也。」後山謂山谷得法於少陵。

又 山谷詩，晚歲所得尤深，鶴山稱其以草木文章發帝機杼，以花竹知氣驗人安樂。

劉辰翁《陳去非集序》 黄太史矯然特出新意，真欲與李、杜争衡於一字之頃，其極至寡情少恩，如法家者流。余嘗謂晉人語言，使一用爲詩，皆當掩出古今，無他，真故也。世間用事之妙，豈可馬尾而數，蟲魚而注哉！

元好問《中州集》乙集劉汲傳引《西巖集序》 黄魯直天資峭拔，擺出翰墨畦逕，以俗爲雅，以故爲新，不犯正位，如參禪着末後句爲具眼。江西諸君子翕然推重，别爲一派，高者雕鐫尖刻，下者模影剽竄。公言韓退之以文爲詩，如教坊雷大使舞，又云學退之不至，即一白樂天耳。此可笑者三也。

又丁集周昂《魯直墨迹》 詩健如提十萬兵，東坡真欲避時名。須知筆墨渾閑事，猶與先生抵死争。

王若虚《文辨》 〔世〕稱蘇、黄，而黄不如蘇，不必辨而後知。歐陽公以爲李勝杜，晏元獻以爲柳勝韓，江西諸子以爲黄勝蘇。人之好惡，固有不同者，而古今之通論，不可易也。

又 《後山詩話》云：「黄詩、韓文有意故有工，左、杜則無工矣。然學者必先黄、韓，不由黄、韓而爲左、杜，則失之拙易。」此顛倒語也。左、杜冠絶古今，可謂天下之至工，而無以加之矣。黄、韓信美，曾何可及，而反憂學者有拙易之失乎？且黄、韓與二家亦殊不相似，初不必由此而爲彼也。陳氏喜爲高論而不中理，每每如此。

又《山谷於詩每與東坡相抗門人親黨遂謂過之而今之作者亦多以爲然予嘗戲作四絶云》 駿步由來不可追，汗流餘子費奔馳。誰言直待南遷後，始是江西不幸時。

信手拈來世已驚，三江衮衮筆頭傾。莫將險語誇勍敵，公自無勞與若争。

戲論誰知是至公，蝤蛑信美恐生風。奪胎换骨何多樣，都在先生一笑中。

文章自得方爲貴，衣鉢相傳豈是真？已覺祖師低一著，紛紛法嗣復何人？

王若虚《滹南詩話》卷一 史舜元作吾舅詩集序，以爲有老杜句法，蓋得之矣，而復云由山谷以入，則恐不然。吾舅兒時便學工部，而終身不喜山谷也。若虚嘗乘間問之，則曰：「魯直雄豪奇險，善爲新樣，固有過人者，然於少陵初無關涉。前輩以爲得法者，皆未能深見耳。」舜元之論，豈亦襲舊聞而發歟，抑其誠有所見也？更當與知者訂之。

又卷二 東坡文中龍也，理妙萬物，氣吞九州，縱横奔放，若游戲然，莫可測其端倪。魯直區區持斤斧準繩之説，隨其後而與之争，至謂未知句法。東坡而未知句法，世豈復有詩人，而渠所謂法者，果安出哉？老蘇論揚雄，以爲使有孟軻之書，必不作《太玄》。魯直欲爲東坡之邁往而不能，於是高談句律，旁出樣度，務以自立而相抗，然不免居其下也。彼其勞亦甚哉！向使無坡壓之，其措意未必至是。世以坡之過海爲魯直不幸，由明者觀之，其不幸也舊矣。

又 王直方云：東坡言魯直詩高出古人數等，獨步天下。予謂坡公決無是論，縱使有之，亦非誠意也。蓋公嘗跋魯直詩云：「每見魯直詩，未嘗不絶倒，然此卷語妙甚，能絶倒者已是可人。」又云：「讀魯直詩，如見魯仲連、李太白，不敢復論鄙事，雖若不適用，然不爲無補于世。」又云：「如蝤蛑、江瑶柱，格韻高絶，盤餐盡廢，然多食則發風動氣。」其許可果何如哉！

又 山谷之詩有奇而無妙，有斬絶而無横放，鋪張學問以爲富，點化陳腐以爲新，而渾然天成、如肺肝中流出者不足也。此所以力追東坡而不及與？或謂論文者尊東坡，言詩者右山谷，此門生親黨之偏説，而至今詞人多以爲口實。同者襲其迹而不知返，異者畏其名而不敢非。善乎，吾舅周君之論也，曰：「宋之文章，至魯直已是偏仄處，陳後山而後不勝其弊矣。人能中道而立，以巨眼觀之，是非真僞，望而可見也。」若虚雖不解詩，頗以爲然。

又 山谷最不愛集句，目爲百家衣，且曰「正堪一笑」。予謂詞人滑稽，未足深誚也。山谷知惡此等，則藥名之作、建除之體、八音列宿之類，獨不可一笑耶？

又卷三 古之詩人雖趣尚不同，體制不一，要皆出于自得，至其辭達理順，皆足以名家，何嘗有以句法繩人哉？魯直開口論句法，此便是不及古人處，而門徒親黨以衣鉢相傳，號稱法嗣，豈詩之真理也哉！

又 魯直於詩，或得一句而終無好對，或得一聯而卒不能成篇，或偶有得而未知可以贈誰。何嘗見古之作者如是哉！

又　魯直論詩，有「奪胎换骨」、「點鐵成金」之喻，世以爲名言。以予觀之，特剽竊之黠者耳。魯直好勝，而恥其出于前人，故爲此强辭而私立名字。夫既已出于前人，縱復加工，要不足貴。雖然，物有自然之理，人有同然之見，語意之間，豈容全不見犯哉！蓋昔之作者初不校此，同者不以爲嫌，異者不以爲夸，隨其所自得而盡其所當然而已。至其妙處，不專在于是也，故皆不害爲名家，而各傳後世，何必如魯直之措意邪！

又　山谷自謂得法於少陵，而不許於東坡。以予觀之，少陵，典謨也；東坡，孟子之流；山谷則揚雄《法言》而已。

又　荆公有「兩山排闥送青來」之句，雖用「排闥」字，讀之不覺其詭異。山谷云「青州從事斬關來」，又云「殘暑已促裝」，此與「排闥」等耳，便令人駭愕。

元好問《論詩三十首》　奇外無奇更出奇，一波纔動萬波隨。只知詩到蘇黄盡，滄海横流卻是誰？

古雅難將子美親，精純全失義山真。論詩寧下涪翁拜，未作江西社裏人。（黄庭堅）

又《杜詩學引》　先東巖君有言，近世唯山谷最知子美，以爲今人讀杜詩，至謂草木蟲魚皆有比興，如試世間商度隱語然者，此最學者之病。山谷之不注杜詩，試取《大雅堂記》讀之，則知此公注杜詩已竟，可爲知者道，難爲俗人言也。

劉祁《歸潛志》卷八　趙閑閑嘗爲余言：少初識尹無忌，問：「久聞先生作詩不喜蘇、黄，何如？」無忌曰：「學蘇、黄，則卑猥也。」

又卷九　王翰林從之嘗論黄魯直詩穿鑿太好異，云：「『能令漢家重九鼎，桐江波上一絲風』，若道漢家二百年，自嚴陵釣竿上來，且道得，然關風甚事？」又云：「《猩猩毛筆》『平生幾兩屐，身後五車書』，此兩事如何合得？且一猩猩毛筆安能寫五車書邪？」余嘗以語雷丈希顔，曰：「不然，一猩猩之毛如何只作筆一管？」後以語先子，先子大笑云。

劉壎《隱居通議》卷六　老杜鈞樂天籟，不可與諸子並，惟山谷絶近之。

又卷八　此堂先生瑞，南豐先達名儒也，嘗謂余曰：山谷作詩，有押韻險處，妙不可言。如《東坡效庭堅體》詩云：「我詩如曹鄶，淺陋不成邦。公如大國楚，吞五湖三江。赤壁風月笛，玉堂雲霧窗。句法提一律，堅城受我降。」只此一「降」字，他人如何押到此？奇健之氣，拂拂意表。（略）山谷所長在古體，固不以律名，然時作律詩，亦自有一種句法。

又卷一〇劉玉淵評論　山谷工用事，雄説理，江右由是成派。其究雅多而風少。少陵讀五車，倒三峽，吐驚人泣鬼之句，《岱嶽》《岳陽》，真能籠乾坤萬里於一詠之内，千古吟人望洋興嘆。及坡、谷以道眼評之，見趣又别。

劉壎《禁題絶句序》　賡歌昉於舜廷，至《三百篇》以來，跨漢、魏，歷晉、唐，以訖於宋，以詩名家者，亡慮千百。其正派單傳，上接風、雅，下逮漢、唐，宋惟涪翁集厥大成，冠冕千古，而淵深廣博，自成一家。嗚呼，至是而後可言詩之極致矣。善乎，劉玉淵之言曰：淵明詩之佛，太白詩之仙，少陵仙佛備，山谷可仙可佛，而儼然以六經禮樂臨之，蓋論詩之極致矣。學詩不以杜、黄爲宗，豈所謂識其大者？

方回等《瀛奎律髓》卷一陳與義《與大光同登封州小閣》　老杜詩爲唐詩之冠，黄、陳詩爲宋詩之冠，黄、陳學老杜者也。嗣黄、陳而恢張悲壯者，陳簡齋也。

又卷二一黄庭堅《春雪呈張仲謀》　坡詩天才高妙，谷詩學力精嚴，坡律寬而活，谷律刻而切云。　紀昀評：四語評蘇、黄恰當。

方回《送俞唯道序》　大概律詩當專師老杜、黄、陳簡齋，稍寬則梅聖俞，又寬則張文潛，此皆詩之正派也。

戴表元《洪潛甫詩序》　始時汴梁諸公言詩，絶無唐風，（略）宣城梅聖俞出，一變而爲沖淡，（略）豫章黄魯直出，又一變而爲雄厚，雄厚之至者尤可唐，而天下之詩於是非魯直不發。然及其久也，人又知爲魯直，而不知爲唐。非聖俞、魯直之不使人爲唐也，安於聖俞、魯直而不自暇爲唐也。

吴澄《王實翁詩序》　黄太史必於奇，蘇學士必於新，荆國丞相必於工，此宋詩之所以不能及唐也。

傅若金《題山谷蕭峽詩後》 太史遺風不可尋，祇饒遺墨重千金。雲煙慘澹連蕭峽，風雨蒼茫入阮林。時翫每淹孤客坐，買藏終見兩賢心。向來豪奪今何在，撫卷長歌百感深。

徐明善《送黃景章序》 中州士大夫文章翰墨頗宗蘇、黄，蓋唐有李、杜，宋有二公，遒筆快句，雄文高節，今古罕儷，宗之宜矣。

吴師道《吴禮部詩話》 樊宗師《園記》云「蟲鳥聲無人」，句甚妙，黄魯直《送王郎》詩，全用此句。又《贈黄從善》云：「鳥聲無人兮，我友來即。」又手寫其父亞夫《宿趙屯》詩云「山間聞雞犬，無人見煙樹」，亦是用此意。古人於作者好語不忘如此。

袁桷《書黄彦章詩編後》 元祐之學鳴紹興，豫章太史詩行於天下。方是時，紛立角進，漫不知統緒，謹懦者循音節，宕跌者擇險固，獨東萊吕舍人憫而憂之，定其派系，限截數百輩，無以議，而宗豫章爲江西焉。豫章之詩，夫豈惟江西哉？解之者曰，詩至於是蔑有能繼者矣。數十年來，詩益廢，爲江西者嘗慷慨自許，掉鞅出門，卒遇虎象，空拳恣睢，復卻立循避不敢迎，使解者之言迄幸而中。

孫作《還陳檢校山谷詩》 蘇子落筆奔海江，豫章吐句敵山嶽。湯湯濤瀾絶崖岸，嶇崿木石森劍槊。二子低昂久不下，藪澤遂包貙與鰐。至今雜遝呼從賓，誰敢倔强二子角。吾尤愛豫章，撫卷氣先愕。磨牙咋舌熊豹面，以手捫膺就束縛。纖毫剔抉難具論，宛轉周臘爲鄭朴。煙霏淡泊翳林莽，赤白照耀開城郭。沅江鼈肋不登盤，青州蟹胥潛注殼。洞庭東南入無野，二儀清氣會有壑。士如此老固可佳，不信後來無繼作。我嘗一誦一回顧，如食橄欖行劍閣。忽聞凍雨洗磨崖，抵掌大笑工索摸。作詩寄謝君不然，請從師道舊所學。

貝瓊《雙井堂記》 初，山谷以詩鳴熙寧、元豐間，與蘇文忠公馳騁上下。文忠公極愛其天才所至，可喜可愕，至混涵停蓄如唐杜甫者，或未之及焉。惟公盡古今之變，深而不僻，奇而有法，在諸家爲第一。惜其與時叉牙，放浪雙井，不得久於朝廷之上，使歌頌有宋之功德，上軼三代，徒發之游歷所見，凡風雲雷電，苑囿臺榭，禽魚草木，悉寓於辭，以洩其奇氣。歐陽子謂詩人多窮，余於山谷尤信之。

葉盛《江雨軒詩序》 〔絶句〕至宋蘇文忠公與先文節公，獨宗少陵、謫仙二家之妙，雖不拘拘其似，而其意遠義賅，是有蘇黄并李杜之稱。

李東陽《懷麓堂詩話》 昔人論詩，謂韓不如柳，蘇不如黄，雖黄亦云「世有文章名一世，而詩不逮古人」者，殆蘇之謂也。是大不然。

又　熊蹯雞跖，筋骨有餘，而肉味絶少，好奇者不能舍之，而不足以厭飫天下。黄魯直詩，大抵如此，細咀嚼之可見。

陳獻章《認真子詩集序》　世之能詩者，近則黄、陳，遠則李、杜，未聞舍彼而取此也。

王嗣奭《管天筆記》外編卷下　山谷云：「詩意無窮，人之才有限，以有限之才，追無窮之意，雖淵明、少陵不能盡也。然不易其意而造其語，謂之换骨法；規模其意而易其容，謂之奪胎法。」余謂换骨、奪胎不離于竊，巧則騙人，拙則敗露。高人偶合，原非襲也。請箴以一語：「丈夫自有衝天志，不向如來行處行。」

王世貞《藝苑卮言》卷三　詩格變自蘇、黄，固也。黄意不滿蘇，直欲陵其上，然故不如蘇也，何者？愈巧愈拙，愈新愈陳，愈近愈遠。

又　魯直不足小乘，直是外道耳，已墮傍生趣中。

又卷四　子瞻多用事實，從老杜五言古、排律中來。魯直用生拗句法，或拙或巧，從老杜歌行中來。（略）但所謂差之毫釐，謬以千里耳。骨格既定，宋詩亦不妨看。

唐順之《書黄山谷詩後》　黄豫章詩，真有憑虚欲仙之意，此人似一生未嘗食烟火食者，唐人蓋絶未見有到此者也。雖韋蘇州之高潔，亦須讓出一頭地耳。試具眼參之。吾若得一片静地，非特斷葷，當須絶粒矣。蓋自覺與世味少緣矣，然非爲作詩計也。

謝榛《四溟詩話》卷一　黄山谷曰：「彼喜穿鑿者，棄其大旨，取其發興於所遇林泉人物草木魚蟲，以爲物物皆有所託，如世間商度隱語，則詩委地矣。」予所謂可解、不可解、不必解，與此意同。

又卷二　許彦周曰：「作詩淺易鄙陋之氣不除，熟讀李義山、黄魯直之詩，則去之。」譬諸醫家用藥，稍不精潔，疾復存焉，彦周之謂也。

胡應麟《詩藪》内編卷二　禪家戒事、理二障，余戲謂宋人詩病政坐此。蘇、黄好用事而爲事使，事障也。

又卷三　宋黄、陳首倡杜學。然黄律詩徒得杜聲調之偏者，其語未嘗有杜也。至古選歌行，絶與杜不類，晦澀枯槁，刻意爲奇而不能奇，真小乘禪耳，而一代尊之無上。陳五言律得杜骨，宋品絶高，他作亦皆懸遠。

又外編卷五　昔人評郊、島非附寒澀，無所置材。余謂黄、陳學杜瘦勁，亦其材近之耳。律詩主格，尚可矍鑠自矜；歌行間涉縱横，往往束手矣。然黄視陳覺稍勝。

又　李獻吉云：「黄、陳師法杜甫，號大家。今其詩傳者，不香色流動，如入神廟坐，土木骸即冠服人等，謂之人，可乎？」

又　蘇、黄矯晚唐而爲杜，得其變而不得其正，故生澀坄而乖大雅。

又 黄、陳律詩法杜可也，至絶句亦用杜體，七言小詩，遂成突梯譃浪之資。唐人風韻，毫不復睹，又在近體下矣。

又 修水學老杜，得其拗澀而不得其沉雄，又時參以名理，發以詼諧。宋、唐體制，遂爾懸絶。

又 老杜吴體，但句格拗耳，其語如「側身天地更懷古，回首風塵甘息機」，「落花游絲白日静，鳴鳩乳燕青春深」，實皆冠冕雄麗。魯直「黄流不解浣明月，碧樹爲我生凉秋」，「蜂房各自開户牖，蟻穴或夢封侯王」，自以平生得意。遍讀者杜拗體，未嘗有此等語。獨「盤渦鷺浴底心性，獨樹花發自分明」稍類。然亦杜之僻者，而黄以爲無始心印。「天下幾人學杜甫，誰得其皮與其骨」，其魯直之謂哉！

許學夷《詩源辯體》後集纂要卷一 黄魯直諸體，生澀拗僻、深晦底滯者，悉出聖俞。宋人嘗謂歐公以文爲詩，坡公罕逢醞藉，此論誠當；然於魯直則反稱美之，豈以歐蘇爲變、魯直爲正耶？甚矣，宋人之愈惑也。陳無己謂魯直過於用奇，不若杜之遇物而奇。愚謂太白之窈冥恍惚，子美之突兀峥嶸，乃古今至奇，魯直不能彷彿一二，徒欲以一字一句取異於人，即使果爲奇句，亦是小道，况若是乎！

又 唐王建、杜牧、陸龜蒙、皮日休雖多怪惡，然止七言律一體，聖俞、魯直則諸體皆然，乃是千古詩道之厄。魯直詩云「隨人作詩終後人」，又云「文直切忌隨人後」，蓋其意本乃爾，宜其衆醜畢集也。當時子瞻偶於孫、李二家見其所作，稱之；其《上子瞻二首》，又其最正者，一時好奇之士，遂以子瞻之言同聲相和，其所稱説，皆夢寐語。予嘗惡李長吉牛鬼蛇神，至讀魯直詩，反覺長吉韻調不乏也。南渡江西諸子，翕然推重，别爲一派，良可深恨。

又　胡元瑞云：「宋黄、陳首倡杜學，然黄律詩徒得杜聲調之偏者，至古選歌行，絶與杜不類，晦澀枯槁，刻意爲奇而不能奇，而一代尊之無上。」又云：「宋諸子以險瘦生澀爲杜，此一代認題差處。」予欲改「險瘦」二字爲「艱深」，更爲妥帖。

又　張文潛云：「聲律作詩，其末流也。自唐至今，詩人謹守之，獨黄魯直一掃去古今聲律。」此語顛倒殊甚，然實爲魯直一生罪案。

弘治本《後山詩注》楊一清序　宋文承五季之弊，其詩綺靡刻削，出晚唐下。至歐陽永叔，始起而變之。逮蘇子美、梅聖俞起，而詩又變。黄山谷、陳後山起，而又一變。黄、陳雖號江西派，而其風骨逼近老杜，宋詩蓋至此極矣。

何良俊《四友齋叢説》卷二五　黄山谷：元祐初與秦少游、張文潛論詩，二公初不謂然，久之，東坡以爲一代之詩當推魯直，二公遂舍其舊而圖新。方其改轅易轍，如枯絃敝軫，雖能成聲，而疎闊迭宕不滿人耳，少焉遂能使師曠忘味，鍾期改容也。

方以智《通雅》卷首　山谷曰：「庾信止於清新，鮑昭止於俊逸，不能兼互。」謂北地寒，故樹有花少實，江東水鄉多蜃，故雲色駁。文體亦然，欲與白細論此耳，然乎哉？此山谷見宗門之語，映帶表法而取以論詩耳。其實杜意不如此也。宋以山谷爲杜之宗子，號曰江西詩派。嚴羽卿闢之，專宗盛唐。然今以平熟膚襲爲盛唐，又何取乎？

王夫之《薑齋詩話》卷下　含情而能達，會景而生心，體物而得神，則自有靈通之句，參化工之妙。若但於句求巧，則性情先爲外蕩，生意索然矣。松陵體永墮小乘者，以無句不巧也。然皮、陸二子，差有興會，猶堪諷咏。若韓退之以險韻、奇字、古句、方言矜其餖飣之巧，巧誠巧矣，而於心情興會，一無所涉，適可爲酒令而已。黄魯直、米元章益墮此障中。

賀裳《載酒園詩話》卷五　讀黄豫章詩，當取其清空平易者。如《曲肱亭》，（略）不甚矯揉，政自佳。其詩病在好奇，又喜使事，究其所得，實不如楊、劉。（黄白山評：黄極意學杜，然「月黑虎夔藩」，「貍奴將數子」，誤會杜句爲己詩料，宜其僅得少陵之皮毛也。）如「春將國艷熏花骨，日借黄金縷水紋」，何等費力！咏弈棋「湘東一目誠堪死，天下中分尚可持」，終亦巧累于理。「霜林收鴨腳，春網薦琴高」，按鴨腳即銀杏，以葉似鴨腳得名；仙人琴高跨鯉而來，故言鯉者多引其事。今曰「薦琴高」，何異微生一瓶、右軍兩隻耶！

又 漁隱曰：「東坡云：『黄魯直詩文如蝤蛑、江珧柱，格韻高絶，盤飧盡廢。然不可多食，多食則發風動氣。』山谷云：『蓋有文章妙一世，而詩句不逮古人者。』指東坡而言也。二公文章，自今視之，世自有公論，豈至各如前言，蓋一時争名之詞耳。俗人便以爲誠然，遂爲譏議，所謂『蚍蜉撼大樹，可笑不自量』者耶？」余意二公之言，皆爲至論，非爲争名，終不自掩厥失者，所謂睫無内見之明也。坡詩苦于太盡，常有才大難降、筆走不守之恨。魯直頗能開闢，如虬髯客恥自從龍，要亦倔强海外耳。至漁隱所言，如盲師論南泉公案，謂特作斬貓勢。（黄白山評：二公互相評論，真正相知之言，不阿所好者，謂爲「争名」，猶是隔壁話。）

又 魯直好奇，兼喜使事，實陰效楊、劉，而外變其音節，故多矯揉倔佶，而少自然之趣。然氣清味洌，胸中亦自有權衡，故佳篇尚多。

錢謙益《讀杜小箋》 予嘗妄謂自宋以來，學杜詩者莫不善於黄魯直，評杜詩者莫不善於劉辰翁。魯直之學杜也，不知杜之真脈絡，所謂前輩飛騰、餘波綺麗者，而擬議其横空排奡，奇句硬語，以爲得杜衣鉢，此所謂旁門小徑也。

吴大綬《詩筏》 黄山谷云：「謝康樂、庚義城之詩，鑪錘之功，不遺力也。然陶彭澤之牆數仞未能窺者，何哉？蓋二子有意於俗人贊其工耳。」此語妙甚。從古才人詩文所以不能久傳者，總從俗人贊處失腳耳。

汪琬《**讀宋人詩五首**》 夔州句法杳難攀，再見涪翁與後山。留得紫微圖派在，更誰參透少陵關？

朱彝尊《**橡村詩序**》 今之言詩者多主於宋，黄魯直吾見其太生，陸務觀吾見其太縟，范致能吾見其弱，九僧、四靈吾見其拘，楊廷秀、鄭德源吾見其俚。

王士禛《**戲倣元遺山論詩絶句三十六首**》 涪翁掉臂自清新，未許傳衣躡後塵。卻笑兒孫媚初祖，强將配饗杜陵人。山谷詩得未曾有，宋人强以擬杜，反來後世彈射，要皆非文節知己。

又《**冬日讀唐宋金元諸家詩偶有所感各題一絶於卷後凡七首**》 一代高名孰主賓，中天坡谷兩嶙峋。瓣香只下涪翁拜，宗派江西第幾人？魯直

又《**黄湄詩選序**》 歐、梅、蘇、黄諸家，其才力學識，皆足凌跨百代，使俛首而爲撦拾吞剥秃屑俗下之調，彼遽不能耶，其亦有所不爲耶！

王士禛《**帶經堂詩話**》**卷一** 宋明以來詩人學杜子美者多矣，予謂退之得杜神，子瞻得杜氣，魯直得杜意。

又 七言歌行，杜子美似《史記》，李太白、蘇子瞻似《莊子》，黄魯直似《維摩詰經》。

又　蘇文忠作詩，常云效山谷體，世因謂蘇極推黄，而黄每不滿蘇詩，非也。黄集有云：「吾詩在東坡下，文潛、少游上，雜文與无咎伯仲耳。」此可證俗論傅會之謬。《野老記聞》載：林季野目魯直詩未必篇篇佳，但格制高耳。

又　張嵲巨山評山谷云：「譽者或過其實，毁者或損其真，皆非真知魯直者。魯直自以爲出於《詩》與《楚詞》，過矣，蓋規模漢魏以下者也。佳處往往與古樂府、《玉臺新詠》諸人所作合。古律詩酷學少陵，雄健太過，遂流而入於險怪。要其病在太著意，欲道古今人所未道語耳。其文專學西漢，惜才力褊局，不能汪洋趦趄；如其紀事立言，頗有類處。」此論極公。但以山谷似《玉臺新詠》，擬非其倫矣。

又卷三　陳後山云：「韓文黄詩有意故有工，若左、杜則無工矣。然學左、杜先由韓、黄。」此語可爲解人道。

又　朱少章詩話云：「黄魯直獨用崑體工夫，而造老杜渾成之地，禪家所謂更高一著也。」此語入微，可與知者道，難爲俗人言。

又卷四　山谷雖脱胎于杜，顧其天姿之高，筆力之雄，自闢庭户。宋人作《江西宗派圖》，極尊之，配食子美，要亦非山谷意也。

吴喬《圍鑪詩話》卷三　而山谷又曰：「喜穿鑿者棄其大旨，而于所遇林泉人物，以爲皆有所托，如世間商度隱語，則詩委地矣。」山谷此論，又不可不知也。

又卷五　唐詩之最下者胡曾、羅虬，終是唐詩之下者。宋詩之最高者蘇、黄，終是宋詩之最高者。

又　山谷古詩，若盡如《上子瞻》二篇，將以漢人待之，其他只是唐人之殘山剩水耳。留意鍛煉，與不留意直出不同也。

又　蘇、黄以詩爲戲，壞事不小。

又　山谷專意出奇，已得成家，終是唐人之殘山剩水。

又　永叔詩學未深，輒欲變古。魯直視永叔稍進，亦但得杜之一鱗隻爪，便欲自成一家。開淺直之門，貽誤於人。迨江西派立，胥淪以亡矣。

張謙宜《絸齋詩談》卷五　黄山谷學杜之皮毛耳，截句更犅。人言江西派落坑塹，果然。

牟願相《小澥草堂雜論詩·雜論詩》　山谷詩生硬刻露，爲江西初祖。昔人論山谷只欲道前人未道語耳。

李重華《貞一齋詩説·詩談雜録》　裁翦書籍成詩，黄山谷最欲以此見長，後賢緣此宗仰。然錘鍊固多，痕跡亦復不少。若古大家，未有不融化而出，譬彼百花釀蜜，豈容渣滓入口。

又　七絶乃唐人樂章，工者最多。朱竹垞云：七絶至境，須要詩中有魂，「入神」二字，未足形容其妙。李白、王昌齡後，當以劉夢得爲最，緣落筆朦朧縹緲，其來無端，其去無際故也。杜老七絶欲與諸家分道揚鑣，故爾别開異徑，獨其情懷，最得詩人雅趣。黄山谷專學此種，遂成一家，此正得杜之一體。西江人取配杜老，亦僻見也。

全祖望《宋詩紀事序》　宋詩之始也，楊、劉諸公最著，（略）慶曆以後，歐、梅、蘇、王數公出，而宋詩一變。坡公之雄放，荆公之工練，并起有聲。而涪翁以崛奇之調，力追草堂，所謂江西派者，和之最盛，而宋詩又一變。

紀昀《書黄山谷集後》　涪翁五言古體大抵有四病，曰腐，曰率，曰雜，曰澀，求其完篇，十不得一。要之，力開窔奥，亦實有洞心而駴目者，則擇觀之未嘗無益也。

又　七言古詩大抵離奇孤矯，骨瘦而清逸，格高而力壯，印以少陵家法，所謂具體而微者。至於苦澀魯莽，則涪翁處處有此病，在善抉擇耳。但觀漁洋之所録，而菁英亦略盡矣。

又　涪翁五言、古律皆多不成語，殆長吉所謂强回筆端作短調耶。五、七言絶大抵皆粗莽不成詩。

又 涪翁七言絶佳者往往斷絶孤迥，骨韻天拔，如側徑峭崖，風泉泠泠然，粗莽支離，十居七八，又作平調，率無味。人固有能不能耳。

又 東坡評東野，比之於蟹螯。予謂山谷亦然。然於毛骨包裹中剥得一臠，自是清味，未必遜屠門大嚼也，要在會心領略耳。

雍正本《後山先生集》王原序 宋人言詩祖杜少陵，論者推豫章爲宗子，而陳後山爲豫章之適。余以爲豫章特杜門之别傳爾，後山詩實勝豫章，未可徇時論軒彼輕此也。

尚鎔《三家詩話·三家分論》 歐陽文忠之詩，才力最近昌黎，而情韻較勝西江之詩，陶彭澤以後，當推第一。介甫、涪翁以刻酷抗之，然不及其自然也。其集中有以五古短篇懷人詠己者，蓋本顔延年《五君詠》。

田雯《論七言古詩》 山谷詩從杜、韓脱化而出，創新闢奇，風標娟秀，陵前轢後，有一無兩。宋人尊爲西江詩派，與子美俎豆一堂，實非悠謬。

又《論七言絶句》 山谷道人新潔如藕絲出盆，清颸如松風度曲，下筆迥别。

又《芝亭集序》 余嘗謂宋人之詩，黄山谷爲冠，其體制之變，天才筆力之奇，西江詩派世皆師承之。（略）山谷出，耳目一新，摩壘堂堂，誰復與敵？雖其時居蘇門六君子之列，而長公虚懷推激，每謂效魯直體，猶退之之於孟郊、樊宗師焉，矧其它邪？匡廬、彭蠡之勝，不乏詩才，前乎山谷者有臨川焉，有廬陵焉。山谷之詩力，可以移王、歐之席，而其盤空硬語，更高踞于梅、蘇之上，所謂西江詩派也。

又《論詩絶句》 韓老何當遜孟郊？寒蟲偏不厭寒號。涪翁别是西江體，前輩東坡效爾曹。

吴之振《論詩偶成》 奪胎换骨義難羈，詩到蘇黄語益奇。一鳥不鳴翻舊案，前人定笑後人癡。

吴之振《宋詩鈔·山谷詩鈔》吴之振序 宋初詩承唐餘，（略）庭堅出而會萃百家句律之長，究極歷代體制之變，自成一家，雖隻字半句不輕出，爲宋詩家宗祖，江西詩派皆師承之。史稱自黔州以後，句法尤高，實天下之奇作，自宋興以來一人而已，非規模唐調者所能夢見也。惟本領爲禪學，不免蘇門習氣，是用爲病耳。

陳訏《宋十五家詩選·山谷詩選》 黄山谷詩，語必生造，意必新奇，想力所通，直窮天際，宜與眉山頡頏。

《宋四名家詩鈔·山谷先生詩鈔》周之麟序 世之稱蘇、黄舊矣，不徒詞翰之謂，惟詩亦然。然蘇之詩麗而該，黄之詩遒而則，其規模似不相埒。即山谷先生有云：「未聞南風歌，同調廣陵散。」是山谷固以元祐詩人之傑自予，於東坡則奉若漢魏焉。且其平生服膺推轂，形爲歌咏者，每不敢與之并肩，然則一體而同視，可乎？曰可。蓋蘇公在翰林，較黄公爲先，而詩之雄悍魁傑又足以相服，實則各有所擅也。

沈德潛《説詩晬語》卷下　西江派黄魯直太生，陳無己太直，皆學杜而未嚌其胾者，然神理未浹，風骨獨存。

宋濂《答章秀才論詩書》　哲宗元祐之間，蘇軾、黄庭堅挺出。雖曰共師李、杜，而競以己意相高，而諸作又廢矣。自此以後，詩人迭起，大抵不出乎二家。

姚範《援鶉堂筆記》卷四〇　涪翁以驚創爲奇，其神兀傲，其氣崛奇，玄思瑰句，排斥冥筌，自得意表。玩頌久之，有一切厨饌腥螻而不可食之意。

恒仁《月山詩話》　黄山谷詩，喜以身心、如似作對，如《弈棋呈杜公漸》云：「心似蛛絲遊碧落，身如蜩甲化枯枝。」《次韻王稚川客舍》云：「身如病鶴翅翎短，心似亂絲頭緒多。」《贈石敏若》云：「才似謫仙唯欠酒，情如宋玉更逢秋。」《道中寄景珍兼簡庚元鎮》云：「心在青雲故人處，身行紅雨亂花間。」陸放翁七律句法，其源蓋出於此。

袁枚《隨園詩話》卷八　郭功甫曰：「黄山谷詩，費許多氣力，爲是甚底？」何也？欠平淡故也。

又補遺卷三　晁以道問邵博：「梅二詩，何如黄九？」邵曰：「魯直詩到人愛處，聖俞詩到人不愛處。」其意似尊梅而抑黄。余道兩人詩，俱無可愛。一粗硬，一平淡。

翁方綱《石洲詩話》卷三　魏泰道輔《隱居詩話》云：「黄庭堅喜作詩得名，好用南朝人語，專求古人未使之一二奇字綴葺而成詩，自以爲工，其實所見之狹也。故句雖新奇，而氣乏渾厚。吾嘗作詩題編後云：『端求古人遺，琢抉手不停。方其得璣羽，往往失鵬鯨。』」此論雖切，然未盡山谷之意。後之但求渾厚者固有之矣，若李空同之流，殆所謂「鵬鯨」者乎？

又卷四　山谷於五古，亦用巧織，如古律然，特其氣骨高耳。

又　談理至宋人而精，説部至宋人而富，詩則至宋而益加細密，蓋刻抉入裏，實非唐人所能囿也。而其總萃處，則黄文節爲之提挈，非僅江西派以之爲祖，實乃南渡以後，筆虚筆實，俱從此導引而出。善夫劉後村之言曰：「國初詩人如潘閬、魏野，規規晚唐格調；楊、劉則又專爲崑體；蘇、梅二子稍變以平澹豪俊，而和之者尚寡；至六一、坡公，巋然爲大家，學者宗焉。（略）豫章稍後出，會粹百家句律之長，究極歷代體制之變，蒐討古書，穿穴異聞，作爲古律，自成一家，雖隻字半句不輕出，遂爲本朝詩家宗祖。」按此論不特深切豫章，抑且深切宋賢三昧。不然而山谷自爲江西派之祖，何得謂宋人皆祖之？且宋詩之大家無過東坡，而轉祧蘇祖黄者，正以蘇之大處，不當以南北宋風會論之，舍元祐諸賢外，宋人蓋莫能望其肩背，其何從而祖之乎？吕居仁作《江西宗派圖》，其時若陳後山、徐師川、韓子蒼輩，未必皆以爲銓定之公也。而山谷之高之大，亦豈僅與厭原一刻争勝毫釐！蓋繼往開來，源遠流長，所自任者，非一時一地事矣。論者不察，而于《宋詩鈔》品之曰「宋詩宗祖」，是殆必將全宋之詩境與後村立言之旨，一一研勘也。觀其所鈔，則又不然，專以平直豪放者爲宋詩，則山谷又何以爲之宗祖？蓋所鈔全集與其品山谷之言，初無照應，非知言之選也。

又 山谷詩，譬如榕樹，自根生出千枝萬幹，又自枝幹上倒生出根來。若敖器之之論，只言其神味耳。

又 按《詩林廣記》云：「後山之詩，近于枯淡。」愚觀宋詩之枯淡者，惟梅聖俞可以當之，若後山則益無可回味處，豈得以枯淡爲辭耶？若黄詩之深之大，又豈後山所可比肩者！蓋元祐諸賢，皆才氣横溢，而一時獨有此一種，見者遂以爲高不可攀耳。

又卷八 先生抄七言詩凡例云：「山谷雖脱胎于杜，顧其天姿之高，筆力之雄，自闢門庭。宋人作《江西宗派圖》，以配食子美，要亦非山谷意也。」按此凡例數語，自是平心之論。其實山谷學杜，得其微意，非貌杜也。即或後人以配食杜陵，亦奚不可？而此詩以爲未許解衣，則專以清新目黄詩，又與所作七言詩凡例之旨不合矣。

潘德輿《養一齋詩話》卷二　老杜詩法，得其全者無一人，若得其一節以名世者，亦有之矣。唐之義山、宋之山谷皆是也。王若虚曰：「魯直雄豪奇險，善爲新樣，固有過人者，然於少陵初無關涉。」夫謂魯直學杜未熟可，謂其與杜了無關涉不可。若虚深詆山谷，歷數其「東海得無冤死婦，南陽應有卧雲龍」，「能令漢家重九鼎，桐江波上一絲風」，「卧聽疏疏還密密，起看整整復斜斜」等句，是皆深中其病。然其佳詩亦多，何不一表章之也？甚至謂：「荆公『兩山排闥送青來』，讀之不覺其詭異；山谷『青州從事斬關來』，便令人駭愕。」等一怪譎字句，而山谷獨遭唾斥矣。蓋山谷在北宋自成一家，褒貶皆所不免。至江西君子尊爲詩派初祖，則將獨據壇坫，爲一代之主持，宜乎人滋不服，而其詩遂爲集矢之地也。

薛雪《一瓢詩話》　黄涪翁不識杜詩，故開豫章之派。若東坡「學杜不成，不失爲工」，陳後山謂「子美之詩，奇常、工易、新陳，莫不好也」，俱是千古名論。

又　孟東野《聞角詩》：「似開孤月口，能説落星心。」煎熬太苦，幾無生趣。坡翁自有所感，乃贊其妙，以致黄山谷楔出豫章一派，由此浸淫。

又　坡公稱「魯直詩文如蝤蛑、江瑶柱，不可多食，多食則發風動氣」，是伸是絀？

吴雷發《説詩菅蒯》　山谷謂俗不可醫。余謂好詩乃是俗人之藥。

祁寯藻《春海以山谷集見示再疊前韻》 胎骨能追李杜豪，肯從蘇海乞餘濤？但論宗派開雙井，已是綏山得一桃。人説仲連如鷄子，我憐東野作蟲號。蝤蛑瑶柱都嘗遍，且酌清尊試茗醪。

張晉本《達觀堂詩話》卷四 王從之《滹南詩話》專摘抉山谷短處，令古人復起，當亦無辭，蓋公論而非偏見也。竊謂黄與蘇同時，才力本不及蘇，顧不肯自下，欲用間出奇以求勝，而不知其入于魔道，不徒老僧藜杖、瘦驢脚跟，全無生氣也。緣其一意刻削雕鐫，隱辭謎語，自鳴得意，甚至猙獰惡濁，不可嚮邇。後來吕居仁揑稱江西派祖，推波助瀾，耳食者隨聲附和，每況愈下，豈非詩之一大厄乎？

王昶《舟中無事偶作論詩絶句四十六首》 山谷孤吟也絶塵，巧將酸澀鬥清新。浄名經在何曾似，漫與坡翁作替人。漁洋云：山谷詩如《維摩詰經》，此語未然。

又《答李憲吉書》 宋黄魯直、陳後山諸君，瘦硬通神，不免失之粗率。

蔣士銓《陳仲牧員外新刻山谷詩集予惜其未見任天社注本拈韻示蓀圃四首》 太白仲連嗟已往，睨視秦少游錢穆父與晁美叔蔣穎叔。整斜疏密是爲佳，那借歐陽季默賞。蝤蛑江珧天下珍，至味獨契髯翁心。江河萬變同歸海，行潦潢汙自淺深。

又《説詩一首示翰泉》 李杜韓蘇黄，芥子藏須彌。舒卷成波瀾，比興無支離。人亡其詩存，生氣何淋漓。豈如優孟容，摹仿攀人籬。

趙翼《甌北詩話》卷一一　北宋詩推蘇、黄兩家，蓋才力雄厚，書卷繁富，實旗鼓相當。然其間亦自有優劣。東坡隨物賦形，信筆揮灑，不拘一格，故雖瀾翻不窮，而不見有矜心作意之處。山谷則專以拗峭避俗，不肯作一尋常語，而無從容游泳之趣。且坡使事處，隨其意之所之，自有書卷供其驅駕，故無捃摭痕迹。山谷則書卷比坡更多數倍，幾于無一字無來歷，然專以選材庀料爲主，寧不工而不可不典，寧不切而不肯不奥，故往往意爲詞累，而性情反爲所掩。此兩家詩境之不同也。

又　劉夢得論詩謂「無來歷字前輩未嘗用」，孫莘老亦謂「杜詩無一字無來歷」，山谷嘗拈以示人，蓋隱以自道。又嘗跋《枯木道人賦》，謂：「閑居熟讀《左傳》《國語》《楚詞》《莊周》《韓非》諸書。欲下筆先體古人致意曲折處，久乃能自鑄偉詞，雖屈、宋不能超此步驟也。」又語楊明叔云：「詩須以俗爲雅，以故爲新。百戰百勝，如孫吴之用兵，棘端可以破鏃，如甘蠅飛衛之射。此詩人之奇，昔得此秘於東坡，今舉以相付」云。此可見其得力之處矣。

又　自中唐以後，律詩盛行，競講聲病，故多音節和諧，風調圓美。杜牧之恐流於弱，特創豪宕波峭一派，以力矯其弊。山谷因之，亦務爲峭拔，不肯隨俗爲波靡。此其一生命意所在也。（略）若徒以生僻争奇，究非大方家耳。山谷詩如「世上豈無千里馬，人中難得九方皋」，《潛夫詩話》謂可爲律詩之法。又如「與世浮沉惟酒可，隨人憂樂以詩鳴」，此真獨闢蹊徑。至如洪龜父所賞「蜂房各自開户牖，蟻穴或夢封侯王」，「黄流不解涴明月，碧樹爲我生涼秋」，此不過昔人未經道過，其實無甚意味。吴曾《能改齋漫録》記歐陽季默問東坡云：「山谷詩何處最好？」坡不答，季默舉其《雪》詩，云：「『夜聽疏疏還密密，曉看整整復斜斜』，亦佳耶？」坡曰：「正是佳處。」此雖東坡鑒賞，然終不免村氣矣。

張宗泰《跋張戒歲寒堂詩話》　至宋之山谷，誠不免粗疏澀僻之病，至其意境天開，則實能闢古今未洩之奥妙。而《登快閣》詩亦其一也。顧詆爲小兒語，不知何處有此等小兒能具如許胸襟也？

馬春田《讀黄山谷集》　山谷老人人俊偉，餘事作詩愛譎詭。倔强不若韓退之，苦澀有讓樊宗師。倩盼副笄皆所棄，最喜齲齒墮馬髻。歌之則鈎繹，繹之則骫骳。譬如品物中，有味玉山榧。蘇黄雖并稱，蘇宫而黄徵。謂黄爲學杜，黄渠而杜海。封域不妨邾莒邦，何必定與齊晉齒。

謝啓昆《讀全宋詩仿元遺山論詩絶句二百首》　冰雪文心淡不言，江梅佳實託蘇門。隱居伯輔公評失，豈識搜奇出性根。

詩派西江認詩祖，柯亭之笛爨中琴。八珍饜飫筋難下，海上江瑶風味深。

李調元《雨村詞話》卷下　西江詩派，余素不喜，（略）然山谷七言古歌行，如歌馬阮，雄深渾厚，自不可没，與大蘇并稱，殆以是乎。

吴文溥《南野堂筆記》卷一　間嘗取唐、宋以來詩人之詩，標舉數家，若右丞之簡貴，襄陽之清醇，左司之沖澹，少陵之變化，太白之横逸，昌黎之閎肆，玉溪生之綺麗纏綿，東坡、山谷之波瀾峻峭，各攄性情，自著本色，未嘗有所襲也。（略）東坡和陶，山谷癖杜，古之人皆有所資以爲詩者矣，襲云乎哉！

方東樹《昭昧詹言》卷一　山谷學杜、韓，一字一步不敢滑，而於其中又具參差章法變化之妙。以此類推，可悟詩家取法之意。

又　山谷之似杜、韓，在句格，至縱横變化則無之。

又　山谷不能出杜境界，卻有自家面目。

又卷八　山谷之學杜、韓，在於解創意，造言不肯似之，政以離而去之爲難能。

又　山谷隸事間，不免有强拉硬入，按之本處語勢文理，否隔無情，非但語不安，亦使文氣與意蕎梧不合。蓋山谷但解取生避熟與人遠，故寧不工不諧而不顧，致此大病。古人曾未有此，不得以山谷而恕之，使遺誤來學也。

又 劉辰翁評《歲晏行》曰：「子美晚年詩，多亂雜無次。山谷專取此等，流弊至不可讀。」夫山谷所主，特愛其生辣苦澀，風調清新，豪宕感激，亦菖歜之嗜耳，夫豈齷齪文士所知。

又卷一〇 山谷之不如韓、杜者，無巨刃摩天，乾坤擺蕩，雄直渾斥，渾茫飛動，沛然浩然之氣。而沈頓鬱勃，深曲奇兀之致，亦所獨得，非意淺筆懦調弱者所可到也。

又 黄詩秘密，在隸事下字之妙，拈來不測；然亦在貪使事使字，每令氣脈緩隔，如《次韻時進叔》篇。此一利一病，皆可悟見，學者由此隅反可也。

又 惜抱論玉溪：「矯弊滑易，用思太過，而僻晦之病又生。」竊謂後山實爾，山谷無之。然山谷矯弊滑熟，時有蘵梧不合、枯促寡味處，杜、韓、蘇無之。

又 黄只是求與人遠。所謂遠者，合格、境、意、句、字、音響言之。此六者有一與人近，即爲習熟，非韓、黄宗旨矣。

又續録卷一 學詩從山谷入，則造句深而不襲；從歐、王入，則用意深而不襲，章法明辨。

又 讀韓公與山谷詩，如制毒龍，斂其爪牙横氣於盂鉢中，抑遏閟藏，不使外露，而時不可掩。以視浮淺一味囂張，如小兒傅粉，搔首弄姿，不可耐矣。

又續録卷二　山谷之妙，在乎迥不猶人，時時出奇，故能獨步千古，所以可貴。

又　涪翁以驚創爲奇才，其神兀傲，其氣崛奇，玄思瑰句，排斥冥筌，自得意表。玩誦之久，有一切厨饌腥螻而不可食之義。

又　入思深，造句奇崛，筆勢健，足以藥熟滑，山谷之長也。又須知其從杜公來，卻變成一副面目，波瀾莫二，所以能成一作手，乃知空同優孟衣冠也。

又　山谷之妙，起無端，接無端，大筆如椽，轉折如龍虎，掃棄一切，獨提精要之語。每每承接處，中亘萬里，不相聯屬，非尋常意計所及。此小家何由知之，亦無此力，故作家不易得也。奇思，奇句，奇氣。

又　山谷死力造句，專在句上弄遠，成篇之後，意境皆不甚遠。

又續卷七　山谷之學杜，絶去形摹，全在作用，意匠經營，善學得體，古今一人而已。

又　欲知黄詩，須先知杜，真能知杜，則知黄矣。杜七律所以横絶諸家，只是沈著頓挫，恣肆變化，陽開陰合，不可方物。山谷之學，專在此等處，所謂作用。義山之學，在句法氣格。空同專在形貌。三人之中，以山谷爲最，此定論矣。

嚴元照《讀山谷詩》　從來漫説蘇長公，近年知愛黄涪翁。彈丸脱手不離手，意匠正在阿堵中。瑶瑟聲希有遠寄，昌歜登槃豈偏嗜。廷辱人主田舍翁，飛鳥何人知嫵媚。遺山下拜理則那，小馮君又痛詆訶。紫微詩派人如許，終讓堯章得髓多。

葉矯然《龍性堂詩話續集》 魯直七言今體，得杜之勁蒼而少嫵媚，要亦就性之所近，故有少陵一體也。五言古出入拾遺、東野之間，七言長篇則依然嘉州、常侍得意筆耳。

又 山谷云：「以俗爲雅，以故爲新，如孫吳之兵，棘端可以破鏃，此詩人之奇也。」蓋詩之奇不在乎此，山谷認此爲奇，所以爲山谷也。朱文公譏山谷詩多信口亂道，楊用修亦嗤鄙之，雖不盡然，然非無見者。

喬億《劍谿説詩》卷上 涪翁語皆生造，不襲前人。

梅曾亮《讀山谷集》 鬱結復鬱結，何以舒我情。我讀涪翁詩，明月清天地。愔愔兒女媚，藕絲揮利兵。丈夫貴如此，一笑大江橫。

又《讀山谷詩作》 山谷嶔崎語好生，煎茶佳句繞車聲。若教成語消除盡，野馬塵埃任意行。

沈濤《瓠廬詩話》卷上 放翁云「詩到無人愛處工」，又云「俗人猶愛未爲詩」，然放翁未能爲此也。宋詩能到俗人不愛者，庶幾黄豫章。豫章詩如食橄欖，始若苦澀，咀嚼既久，味滿中邊。余每謂孟詩勝韓，黄詩勝蘇，世或未之信也。

李樹滋《石樵詩話》卷四 宋時蘇、黄并駕，然魯直多生澀而欠渾成，不若東坡胸有洪鑪，於李、杜、韓後又開闢一種境界。

劉熙載《藝概》卷二　山谷詩未能若東坡之行所無事，然能於詩家因襲語漱滌務盡，以歸獨得，乃如「潦水盡而寒潭清」矣。

又　山谷詩取過火一路，妙能出之以深雋，所以露中有含，透中有皺，令人一見可喜，久讀愈有致也。

又　無一意一事不可入詩者，唐則子美，宋則蘇、黄，要其胸中具有鑪錘，不是金銀銅鐵强令混合也。

又　唐詩以情韻氣格勝，宋蘇、黄皆以意勝，惟彼胸襟手法俱高，故不以精能傷渾雅焉。

又　陳言務去，杜詩與韓文同，黄山谷、陳後山學杜在此。

楊鍾羲《雪橋詩話》卷六引朱蘭圃《校黄詩有述》　硉兀精神只自傳，何曾一字耐言詮。李洪編校寧尋得，任史拈來亦偶然。退聽堂前人問法，皖松洞口石參禪。請聽韶武絃歌合，孰是《南華》内外編。

又朱蘭圃《校黄詩重有述》　紫氣風迴大海瀾，誰知古井不生湍。障川浩浩俱東注，返景時時得内觀。絶利一源憑戰勝，默存萬象入寬安。龐公吸處尋初祖，正自閑中著力難。

施山《望雲詩話》卷二 黄山谷七古往往有落調，雖以健筆相救，學者不宜爲法。

又 黄山谷詩，歷宋、元、明褒譏不一。至國朝王新城、姚惜抱又極力推重，然二公實未嘗學黄，人亦未肯即信。今曾相國酷嗜黄詩，詩亦類黄，風尚一變，大江南北，黄詩價重，部直十金。

張泰來《詩派圖論略》 説者謂居仁作圖，既推山谷爲宗派之宗，二十五人皆嗣公法者。今圖中所載，或師老杜，或師儲韋，或師二蘇，師承非一家也。詩派獨宗江西，惟江西得而有之，何以或産于揚，或産于兗，或産于豫，或産于荆梁，似風土又有得而限之矣。或謂三百五篇而後，作詩者原有江西一派，自淵明已然，至山谷而衣鉢始傳，似宗派盡于二十五人也。及考紹興初晁仲石嘗與范顧言、曾裘父同學詩于居仁，後湖居士蘇養直歌詩清腴，蓋江西之派别。坡公謂秦少章句法本黄子，夏均父亦稱張彦實詩出江西諸人，范元實曾從山谷學詩。山谷又有《贈晁无咎詩》：「執持荆山玉，要我雕琢之。」彼數子者，宗派既同，而不得與于後山之列，何也？吕公嘗撰《紫微詩話》，見諸篇什者僅八九人而止，餘悉無聞焉，抑又何也？是蓋有説焉者。山谷有《師友淵源》一書，雖今未見，大抵宗派一説，其來已久，實不昉自吕公也。嚴滄浪論詩體始于《風》《雅》，建安而後，體固不一。逮宋有元祐體，西崑體，注云元祐體即江西派，乃黄山谷、蘇東坡、陳后山、劉後村、戴石屏之詩，是諸家已開風氣之先矣。居仁因而結社，一時壇坫所及，遂有二十五人，爰作圖以記之，詎必溯其人之師承、計其地之遠近歟？觀吕公自序有云：「同作並和，雖體製或異，要皆所傳者一。」其厓略殆可觀矣。（略）大中丞牧仲先生采風，以此命題，友人有過蓬户而下問者，聊書此意以答之。猶恐世遠年湮，即舉二十五人之姓氏，索其詳而不可得，迺紀厥爵里，遍覽群籍，摭拾遺事，録其有關于宗派圖者，人各立一小傳，編次成帙，名曰《江西詩社宗派圖録》，俾後之學詩者得以覽焉。

馮詠《江西詩派論》　詩之有派，猶水之有瀆也。凡水止者爲澤，别流者爲派。派之出自江西，則北條之河、南條之江也。宋元祐閒，海内盛稱「蘇黄」，名曰「元祐體」，亦曰「江西體」。世謂蘇文勝黄，黄詩勝蘇，無論其勝也，既已獨闢源泉，孤行仄出，其别爲一派也固宜。南渡後，吕舍人本中尤欽仰之，作《宗派圖》，自山谷而下，列陳后山等二十五人。其後刻詩于厭原山中者百三十七卷，續派又十三卷，西江之派于是乎漪瀾既清、波淪湧出矣。西江詩闢自淵明，舍人不宗淵明而宗山谷者，山谷可派而淵明不可派也。治河者不導崑崙而導積石龍門以下，治江者至湖漢九水入彭蠡，而後其勢孔殷，此舍人宗派始山谷之意歟！且夫水之勢盛，則衆流並納；詩之派盛，則百家同歸。圖中所載後山，生于徐，二潘、二林、夏、高二子，並生于楚。而邠老學于子由。韓子蒼，蜀人也，學儲光儀。晁叔用，兖人，學杜子美。祖可、善權並學韋蘇州。人不産于江西，而以江西派之，學不出于山谷，而以山谷派之，故曰出異歸同，若洛汭渭涇之同入於河，漢沔沱澧之同入於江也。然則詩固莫盛于江西乎？非也。詩三百篇，海也，所謂測之莫量其深，望之不見其廣，無遠不集，靡幽不通者也。其他漢魏六朝唐宋之詩，萬壑争流，而不以派名，非發源者不弘，以揚波者不衆也。江西爲吴楚之交，其俗好文而尚氣。好文故風易動，尚氣故力不摇。凡爲文章，一倡百和，經數十年而不改所宗，此則江河萬古於瀆爲尊耳，而豈謂天下之水盡在是哉！舍人之圖，爲一時同社而作，其自序有「同作並和」之語。四洪並號才子，而鴻父不得與。江子我詩多且工，而不與其弟同列。晁仲石、范顧言、曾裘父、蘇養直、秦少章、張彦實諸人並宗江西，而壇坫不及圖，亦逸之。然則二十五人，未足以盡江西之派也明矣。或云圖首后山，而終子勉，以先後寓褒貶。故夏均父恥居下列，祖可不欲居行閒，子蒼自謂學古人，此不過詩人恥爲下人之意，而舍人之作圖豈有既列之而復貶之者耶！河者下也，衆流所公共，而下流所通也，其或流而溢，或壅而潰，則爲子蒼之自異，則初均父諸子之憤争，然何傷于江河之大哉！

徐嘉《題蘇門六君子詩文集擬顔延年五君詠體·豫章集》 元祐四學士，涪翁標逸塵。瑰瑋妙當世，瘦硬彌通神。雲龍敵韓孟，天馬先秦陳。西江啓詩派，垂輝亦千春。

張佩綸《澗于日記》光緒辛卯二月初七日　〔王〕從之詩話三卷，譏貶山谷者幾居其半，則失之過矣。元裕之云：「論詩甘下涪翁拜，不作江西社裏人。」斯平允之論與。

延君壽《老生常談》　五古常有整句是正格，七古用整句亦是正格，蘇、黄五古多不用整句。

又　《貴池》云：「横雲初抹漆，爛漫南紀黑。不見九華峰，如與親友隔。」《别李端叔》云：「我觀江南山，如目不受垢。」《曉放汴舟》云：「又持三十口，去作江南夢。」皆戛戛生新，不肯一語猶人，筆力精能，實出宋人諸家之上，所以蘇、黄并稱。特坡公天才横溢，尤不可及耳。

馮廷櫆《論詩十首示謝文偉陳初山》　江西詩派幾人知，國史猶傳句法奇。試上心香第三瓣，來看山谷道人詩。

焦袁熙《論詩絶句五十二首》　江西宗匠黄涪翁，細色高品碾春風。撑腸拄肚無一可，解膠滌昏宜策功。以茶比之。

屈復《論詩絶句》　新聲温李莫輕談，面壁無功不易勘。安得涪翁扛鼎力，鯨魚碧海更須參。

陳經禮《**偶論宋詩十絶句**》 詩到涪翁意匠更，盡祛糟粕發精英。蝤蛑瑶柱韻高絶，不是争名是確評。

吴德旋《**雜著示及門諸子**》 子美沈雄未易親，涪翁鍊骨得清真。南人愛説江西派，分與金陵作後塵。

張晉《**倣元遺山論詩絶句六十首**》 豈真淺率不成邦，説到坡仙意早降。我愛涪翁宗杜老，人言詩派衍西江。黄庭堅

葉紹本《**仿遺山論詩得絶句廿四首**》 廬嶽雲開側面嵐，曹溪一滴慧公龕。半甌雙井春泉活，試把涪翁句子參。

邵堂《**論詩六十首**》 涪翁詩筆頡東坡，宗派西江亦不磨。我學《春秋》責賢者，箏琶不及管弦和。

王文璋《**西江作論古五首**》 堂堂一祖衍三宗，何獨師川論不同。聞道江瑶柱佳絶，水濱吾欲問涪翁。徐俯、黄庭堅

汪士鐸《**論詩文**》 太華三峰戍削新，翠連關隴壓河津。涪翁合作西江祖，多事虞山撼樹人。

貝青喬《**涪江懷黄文節公**》 詩到涪翁闢一塗，尋源幾輩溯夔巫？拗灘澀磵支流雜，

萬古西江派有圖。

朱庭珍《論詩》　建章門户杳難窮，妙在神明變化中。千古問誰知杜法，昌黎以後有涪翁。

黄維甲《病中讀宋四家詩各題一絶》　文節詞源宗杜老，當年西蜀一軍張。請看元祐詩人傑，除卻眉山屬豫章。

袁昶《題黄文節戎州以後詩》　綺語皆涵真實語，忘機略示杜權機。無窮文句雕鎪出，病即俄空一祖衣。

陳三立《漫題豫章四賢像拓本·黄山谷》　駞坐蟲語窗，私我涪翁詩。鑱刻造化手，初不用意爲。

李希聖《論詩》　强將一祖配三宗，流派江西本自同。不是《觀林詩話》在，誰知山谷學坡翁。

胡焕《論西江詩派絶句十五首》　天下幾人學杜甫，枉拋心力鬭聱牙。涪皤已證詩禪地，天女時時一散花。

柳棄疾《妄人謬論詩派書此折之》　分寧茶客黄山谷，能解詩家三昧無？千古知言馮定遠，比他嫠婦與驢夫。

評詞

李之儀《跋山谷二詞》 魯直自放廢中起爲吏部郎，再辭不起，遂請無爲、當塗，而得當塗，猶蹭蹬幾一年方到官。既到，七日而罷，又數日乃去。其章句字畫，所留不能多，而天下固已交口傳誦，欲到其地，想見其真蹟及其所及之人物，皆不可得爲不足。由是當塗鼎然真東南佳處矣。事固有幸不幸者，其來已久。卓然自起，足以見稱而有託，特無有力者以發明之，則淪落湮没，遂同腐草者固不少。如蘇小、真娘、念奴、阿買輩，不知其人物技能果何如，而偶偕文士，一時筆次夤緣，以至不朽，則所謂幸者，詎不諒哉！如歐與梅者，斯又幸之甚者焉。余居當塗凡五六年，魯直所寓筆墨無不見之，獨求此二詞竟不知所在。比還金陵又二年，一日楊君庶之以書見抵，并以之相示而求記其後，方知在楊氏，蓋深藏不妄示人也。楊君豈以余與魯直厚，故見諉，而久之方出者，亦或别有所謂邪？所謂歐與梅者，皆當塗官奴也。魯直賦二詞，且有詩云：「歐靚腰枝柳一窩，大梅催拍小梅歌。舞餘細點梨花雨，奈此當塗風月何！」蓋爲是也。

陳師道《後山詩話》 今代詞手唯秦七、黄九爾，唐諸人不迨也。

胡仔《苕溪漁隱叢話》後集卷三三引李易安云　黄即尚故實而多疵病，譬如良玉有瑕，價自減半矣。

又　苕溪漁隱曰：無己稱：「今代詞手惟秦七、黄九耳，唐諸人不迨也。」无咎稱：「魯直詞不是當家語，自是著腔子唱好詩。」二公在當時品題不同如此。自今觀之，魯直詞亦有佳者，第無多首耳。

王灼《碧雞漫志》卷二　東坡先生以文章餘事作詩，溢而作詞。（略）晁无咎、黄魯直皆學東坡韻製得七八。黄晚年閑放於狹邪，故有少疏蕩處。

陳善《捫蝨新話》上集卷三　黄魯直初作艷歌小詞，道人法秀謂其以筆墨誨淫，于我法中，當墮泥犁之獄。魯直自是不復作。以魯直之言能誨淫則可，以爲其識污下則不可。

吴曾《能改齋漫録》卷一六　晁无咎評本朝樂章：（略）黄魯直間作小詞，固高妙，然不是當行家語，是著腔子唱好詩。

王若虚《滹南詩話》卷二　陳後山云：「子瞻以詩爲詞，雖工非本色，今代詞手惟秦七、黄九耳。」予謂後山以子瞻詞如詩，似矣；而以山谷爲得體，復不可曉。晁无咎云：「東坡詞多不諧律吕，蓋横放傑出，曲子中縛不住者。」其評山谷則曰：「詞固高妙，然不是當行家語，乃著腔子唱好詩耳。」此言得之。

又 蘇、黄各因玄真子《漁父詞》增爲長短句，而互相譏評。山谷又取船子和尚詩爲《訴衷情》，而《冷齋》亦載之。予謂此皆爲蛇畫足耳，不可作也。

方岳《跋陳平仲詩》 山谷非無詞，而詩掩詞。

毛晉《汲古閣書跋·山谷詞》 魯直少時使酒玩世，喜造纖淫之句。法秀道人誡云：「筆墨勸淫，應墮犁舌地獄。」魯直答曰：「空中語耳。」晚年來亦間作小詞，往往借題棒喝，拈示後人。如效寶寧勇禪師《漁家傲》數闋，豈其與《桃葉》《團扇》鬥妖艷耶？

馮班《敘詞源》 詞家名手，稱秦七、黄九。（略）坡公大筆，豈曰不如秦、黄乎？

沈雄《古今詞話·詞品》下卷 山谷《西江月》云「斷送一生惟有，破除萬事無過」，似歇後句；「遠山横黛蘸秋波」，不甚聯屬；「不飲旁人笑我」，亦未全該。南宋人謂其突兀之句翻成語病。

《四庫全書總目》卷一九八 《山谷詞》一卷。（略）陳振孫於晁无咎詞調下引補之語曰：「今代詞手，惟秦七、黄九，他人不能及也。」於此集條下又引補之語曰：「魯直間作小詞固高妙，然不是當行家語，自是著腔子唱好詩。」二説自相矛盾。考「秦七黄九」語在《後山詩話》中，乃陳師道語，殆振孫誤記歟。今觀其詞，如《沁園春》、《望遠行》、《千秋歲》第二首、《江城子》第二首、《兩同心》第二首第三首、《少年心》第一首第二首、《醜奴兒》第二首、《鼓笛令》四首、《好事近》第三首，皆褻諢不可名狀。至於《鼓笛令》第三首之用「𡰪」字，第四首之用「艻」字，皆字書所不載，尤不可解，不止補之所云不當行已也。顧其佳者則妙脱蹊徑，迥出慧心，補之「著腔好詩」之説，頗爲近之。師道以配秦觀，殆非定論。

沈謙《填詞雜説》　山谷喜爲艷曲，秀法師以泥犂嚇之。月痕花影，亦坐深文，吾不知以何罪待讒諂之輩。

彭孫遹《金粟詞話》　詞家每以秦七、黄九并稱，其實黄不及秦甚遠，猶高之視史，劉之視辛，雖齊名一時，而優劣自不可掩。

田同之《西圃詞説》　言情之作，易流於穢，此宋人選詞多以雅爲尚。法秀道人語涪翁曰：「作艷詞當墮犁舌地獄。」正指涪翁一等體製而言耳。

又　小調不學花間，則當學歐、晏、秦、黄。歐、晏藴藉，秦、黄生動，一唱三嘆，總以不盡爲佳。

又　華亭宋尚木徵璧曰：吾於宋詞得七人焉，曰永叔秀逸，子瞻放誕，少游清華，子野娟潔，方回鮮清，小山聰俊，易安妍婉。若魯直之蒼老，而或傷於頹。

賀裳《皺水軒詞筌》　東坡檃括《歸去來辭》，山谷檃括《醉翁亭》，皆墮惡趣。天下事爲名人所壞者，正自不少。

李調元《雨村詞話》卷一　黄山谷詞多用俳語，雜以俗諺，多可笑之句。如《鼓笛令》詞云：「共道他家有婆婆，與一口管教𠳐𡟈。」又云：「副靖傳語木大，鼓兒裹，且打一和。」更有些兒得處囉。」又一首云：「打揭兒非常愜意，又卻跋翻和力底。」又一首云：「凍著你影𡟈村鬼。」此類甚多，皆不可解。且「𠳐」「𡟈」二字，字書不載，意即甚麽之訛也。又如别詞中奚落、忔憎、啰等字，皆俗俳語也，元人曲有之，皆不宜入詞。

俞樾《玉可菴詞存序》　温柔敦厚，詩教也。詞爲詩之餘，則亦宜以此四字爲主。近世詩人多好黄山谷詩，余雅不以爲然。至山谷之詞，尤多俚俗語，以此爲詞，詞之道卑矣。

馮煦《蒿菴論詞》　後山以秦七、黄九並稱，其實黄非秦匹也，若以比柳，差爲得之。蓋其得也，則柳詞明媚，黄詞疏宕。而褻諢之作，所失亦均。

李佳《左菴詞話》卷下　涪翁詞，每好作俳語，且多以土字攙入句中，萬不可學。此古人粗率處，遺誤後學非淺。

謝章鋌《賭棋山莊詞話》卷一　《詞繹》：「柳七最尖穎，時有俳狎，山谷亦不免。」山谷更甚，於俳狎中更見鶻突。

又卷一二　歐陽、晏、秦，北宋之正宗也。柳耆卿失之濫，黄魯直失之傖。

劉熙載《藝概》卷四　黄山谷詞用意深至，自非小才所能辨，惟故以生字俚語侮弄世俗，若爲金元曲家濫觴。

龍榆生輯沈曾植《手批詞話三種》　沈寐叟先生，原有《菌閣瑣談》，爲論詞之作。兹從其哲嗣慈護兄處，得讀先生手批詞話三種，亟爲録出如下：賀裳《皺水軒詞筌》：「黄九時出俚語，如『口不能言，心下快活』，可謂傖父之至。」先生批云：「黄是當行，加之刻畫。」

陳廷焯《詞壇叢話》　黄山谷詞，儘有可議處，故所選從略。袁子才不喜山谷詩，余亦不喜山谷詞也。

陳廷焯《白雨齋詞話》卷一　秦七、黄九，并重當時，然黄之視秦，奚啻碔砆之與美玉。詞貴纏綿，貴忠愛，貴沈鬱。黄之鄙俚者無論矣，即以高者而論，亦不過于倔强中見姿態耳。於倔强中見姿態，以之作詩尚未必盡合，況以之爲詞耶！

又　黄九於詞，直是門外漢，匪獨不及秦、蘇，亦去耆卿遠甚。

胡薇元《歲寒居詞話》　晁補之、陳後山皆謂今代詞手惟秦七、黄九。然山谷非淮海之比，高妙處只是著腔好詩，而硬用「褭」「艻」字，不典。《念奴嬌》云：「老子平生，江南江北，愛聽臨風笛。」用方音以「笛」叶「北」，亦不入韻。

丁丙《善本書室藏書志》卷四〇　《山谷詞》三卷。（略）山谷詞清剛雋永，於晏同叔、秦少游外別樹一幟。間傷於褻諢，善惡雜陳，固宜分別觀之也。

附録六　黄庭堅著作歷代敘録

《苕溪漁隱叢話》後集卷三二　山谷亦有兩三集行于世，惟大字《豫章集》并《外集》詩文最少，其間不無真僞。其後洪玉父别編《豫章集》，李同、朱敦儒是正，詩文雖少，皆擇其精深者，最爲善本也。

《耆舊續聞》卷三　黄魯直少有詩名，未入館時，在葉縣、大名、吉州太和、德平，詩已卓絶。後以史事待罪陳留，偶自編《退聽堂詩》，初無意盡去少作。胡直孺少汲建炎初帥洪州，首爲魯直類詩文爲《豫章集》，命洛陽朱敦儒、山房李彤編集，而洪炎玉父專其事，遂以《退聽》爲斷，以前好詩皆不收，而不用吕汲老杜編年爲法，前後參錯，殊牴牾也。反不如姑胥居世英刊《東坡全集》殊有敘，又絶少舛謬，極可賞也。

《避暑録話》卷上　魯直舊有詩千餘篇，中歲焚三之二，存者無幾，故自名《焦尾集》。其後稍自喜，以爲可傳，故復名《敝帚集》。晚歲復刊定，止三百八篇，而不克成。今傳於世者尚幾千篇也。

《郡齋讀書志》卷一九　黄魯直《豫章集》三十卷，《外集》十四卷。

《通志》卷七〇《藝文略》八　〔黄庭堅〕《南昌集》九十一卷。詩集類下《修水集》二十六卷。《豫章》前後集八十卷。

《遂初堂書目·别集類》　《黄魯直集》。

《讀書附志》卷下　《豫章先生别集》二十卷，《黄文纂異》一卷。右《豫章先生别集》，乃《前集》《外集》之未載者，淳熙壬寅先生諸孫𥲅所編也。

《直齋書録解題》卷一七　《豫章集》五十卷，《外集》十四卷，著作郎黄庭堅魯直撰。《豫章别集》二十卷，皆集中所遺者。如《承天塔記》《黄給事行狀》《毁壁》其顯著者也，諸孫𥲅子耕集而傳之。

又卷二〇詩集類下　《山谷集》三十卷，《外集》十一卷，《别集》二卷，黄庭堅魯直撰。江西所刻《詩派》，即豫章《前》《後》集中詩也。《别集》者，慶元中莆田黄汝嘉增刊。《山谷編年詩集》三十卷，年譜二卷，（略）監丞黄𥲅子耕者，其諸孫也，既會稡《别集》，復盡取其平生詩，以歲月次第編録，且爲之譜，今刊板括蒼。

《文獻通考》卷二三六　《豫章集》三十卷，《别集》十四卷。《豫章别集》一卷。

《宋史》卷二〇八《藝文志》七　《黄庭堅集》三十卷，《樂府》一卷，《外集》十四卷，《書尺》十五卷。

《文淵閣書目》卷九　《黄山谷文集》，一部十四册，殘闕。

又卷一〇　《黄山谷編年詩集》，一部十二册，闕。

《菉竹堂書目》卷三　《黄山谷文集》十七册。

又卷四　《黄山谷編年詩集》十二册。

《趙定宇書目》　宋板大字《豫章黄先生外集》。

《近古堂書目》下　《類編增廣南昌黄先生集》。

《國史經籍志》卷五　黄庭堅《南昌集》九十一卷。《修水集》二十六卷，《豫章》前後集八十卷。

《萬卷堂書目》卷四　《山谷集》九十九卷。

《脈望館書目》　《黄山谷集》十本（一套）。《山谷詩》六本。

《行人司書目》　《黄豫章庭堅集》八本。《黄詩内篇》四本。

《内閣藏書目録》卷三　《豫章文集》六册，不全。《山谷詩集》二册，《年譜》四册，不全。

《世善堂藏書目録》下　《黄山谷集》二十四卷。

《古今書刻》卷上　建寧府書坊《黄山谷詩》。　南昌府《山谷文集》。

《澹生堂藏書目》卷一三　《黄山谷豫章集》二十册，九十七卷。《題跋》二册，六卷。

《徐氏家藏書目》卷六　黄庭堅《山谷集》六十七卷。

《絳雲樓書目》卷三　《黄山谷集》二十册。陳景雲注：九十七卷，宋刻。《豫章集》三十卷，《外集》十四卷。《類編增廣黄先生集》，陳景雲注：二十六卷。

《蕘圃藏書題識》卷八　《豫章先生外集》六卷，殘宋刻本。此家《豫章外集》六卷，得諸書船友邵姓，云自江陰楊文定公家收來，卷端有楊敦厚圖章，即文定孫也。裝潢精雅，亦以其爲宋刻，故珍之。（略）余舊藏《豫章文集》三十卷本，僅有一卷至十四卷，十七卷、十八卷、十九卷，屬宋刻，今又得此，行款悉同，當是聯屬者，何意兩美之適合也。（略）《延令書目》載有《黄山谷》三十卷，《後集》六卷，宋板，合諸此本，卷數卻同，或即滄葦（季振宜）所藏，亦未可知。《類編增廣黄先生大全文集》五十卷，宋刊本。（略）書凡五十卷，中闕十三至十八卷，舊時鈔補，未知出自何本，蓋較絳雲所藏居然完璧矣。

《藝芸書舍宋元本書目・宋版書目》　《黄豫章文集》，存一之十四、十七之十九卷。《外集》，存一之六卷。

《結一廬書目》卷四　《山谷全集》七十卷，宋黄庭堅譔。明嘉靖中重刊宋本。

《愛日精廬藏書續志》卷四　《類編增廣黄先生大全文集》五十卷，宋乾道刊本。宋黄庭堅撰。《類編增廣黄先生大全文集題識》：麻沙鎮水南劉仲吉宅，近求到《類編增廣黄先生大全文集》計五十卷，比之先印行者增三分之一，不欲私藏，庸鑱木以廣其傳，幸學士詳鑒焉。

《皕宋樓藏書志》卷七六　《豫章黄先生文集》三十卷，《外集》十四卷，《别集》二十卷，《詞》一卷，《簡尺》二卷，《年譜》三〔十〕卷。明嘉靖刊本。

《萬卷精華樓藏書記》卷一一三　《山谷内集》三十二卷、《外集》二十四卷、《别集》十九卷，《伐檀集》二卷，宋黄庭堅撰。江右寧州緝香堂本。此本爲乾隆乙酉宋調元知寧州時所刊。

《適園藏書志》卷一一　《豫章黄先生别集》二十卷，元刊本。（略）此本相傳是宋槧原本，與嘉靖本相較誠屬不同，（略）細審紙色行列，其爲翻元本無疑。（略）孫原湘記。

《楹書隅録初編》卷五　宋本《類編增廣黄先生大全文集》五十卷，十六册，二函。

《藝風藏書續記》卷六　《山谷内集》三十卷，《外集》十四卷，《别集》二十卷，明弘治丙辰刻本。宋黄庭堅撰。前有張元禎序。

《鐵琴銅劍樓藏書目録》卷二〇　《豫章先生遺文》十二卷，影鈔宋本。

《藏園群書經眼録》卷一三　《豫章黄先生文集》三十卷，宋黄庭堅撰。存十六卷，三百三十七葉，（略）宋刊本。（略）十七至十九卷爲另一刻本，版心上方有字數，下記刊工姓名。（略）鈐有「汪士鐘藏」白文長印。

《北京圖書館古籍善本書目》　《豫章黄先生文集》三十卷，《外集》十四卷，《别集》二十卷，《簡尺》二卷，《詞》一卷，宋黄庭堅撰。（略）《山谷先生年譜》三十卷，宋黄罃撰。明弘治葉天爵刻嘉靖六年喬遷、余載仕重修本，二十册。　《重刻黄文節山谷先生文集》三十卷，宋黄庭堅撰。明萬曆三十二年方沆、周希令刻本，十册。　《豫章先生遺文》十二卷，宋黄庭堅撰。清影宋鈔本，八册。　《黄詩内篇》十四卷，宋黄庭堅撰。明嘉靖十二年蔣芝刻本，翁同龢圈點批注并跋，四册。　《山谷老人刀筆》二十卷，宋黄庭堅撰。元刻本，十册。　《黄山谷精華録》八卷，題宋任淵輯，明朱承爵刻本，四册。

臺灣《「中央圖書館」善本書目》　《重刻黄文節山谷先生文集》三十卷，六册，宋黄庭堅撰，明萬曆間王鳳翔光啓堂刊本。

《菉竹堂書目》卷三　《山谷刀筆》三册。　《山谷簡尺》二册。

《百川書志》卷一八　《山谷老人刀筆》二十卷。

《澹生堂藏書目》卷一二　《山谷刀筆》四册，二十卷。

《徐氏家藏書目》卷五　《山谷刀筆》二十卷。

《楹書隅録初編》卷五　宋本《山谷老人刀筆》二十卷，十册。

《百川書志》卷一五　《黄太史精華録》八卷。

《近古堂書目》下　宋刻《黄太史精華録》（任淵選）。

《絳雲樓書目》卷三　宋板任淵選《黄太史精華録》六册。

《天禄琳琅書目》卷六《元版集部》　《黄太史精華録》一函二册，宋黄庭堅著，任淵選，八卷。

《帶經堂詩話》卷四　宋任淵撰《山谷精華録》八卷，詩賦銘贊六卷，雜文二卷。宋槧本也，有章丘李中麓太常（開先）圖書印記。淵自序云，（略）按：淵即注《陳後山集》者，惜録中取舍未愜人意耳。宗柟附識：予兄筠廬曩從華山馬氏購得《山谷精華録》，乃明嘉靖間摹宋槧本，繕刻頗工。愚嘗手鈔一過，觀其録取大意，衹以備體，且多闌入游戲之作，未可云上選也。因念自宋迄今，詩文大家，代不乏人。求其無體不工，如吾郡朱太史竹垞，可稱卓絶。近已家有其集，如得明眼人詳審體裁，裒録精要，視任氏所編，殆無足言。自知學識弇陋，志焉未逮，書此以俟世之君子。

《鐵琴銅劍樓藏書目録》卷二〇　《黄太史精華録》八卷，明刊本。宋天社任淵選。

《遂初堂書目·别集類》　《黄陳詩注》。

《直齋書録解題》卷二〇　《注黄山谷詩》二十卷，（略）新津任淵子淵注，鄱陽許尹爲序。

《文獻通考》卷二四四　《注黄山谷詩》二十卷。

《文淵閣書目》卷一〇　《黄山谷詩集》，一部十册，殘闕。　《黄山谷詩外集》，一部八册，完全。

《菉竹堂書目》卷四　《黄山谷外集》八册。　《黄山谷詩集》十册。

《百川書志》卷一五　《山谷黄太史詩注》二十卷。

《江陰李氏得月樓書目摘録》　《山谷詩注》二十卷。

《内閣藏書目録》卷三　《山谷外集詩注》三册，不全。

《趙定宇書目》　宋板大字《山谷外集詩注》。

《讀書敏求記》卷四　《黄山谷詩注》二十卷，目録一卷，年譜附。舊刻《山谷詩注》，甚佳。

《愛日精廬藏書志》卷三〇　《山谷黄先生大全詩注》殘本六卷，宋刊本。宋天社任淵注。

《蕘圃藏書題識》卷八　《山谷黄先生大全詩注》十八卷，明本。

《藝芸書舍宋元本書目·宋版書目》 《山谷詩注》，存一之十八卷。

《皕宋樓藏書志》卷七六 《山谷黄先生大全詩注》二十卷，宋刊本。宋天社任淵注。

《善本書室藏書志》卷二七 《山谷内集詩注》二十卷。《外集詩注》十七卷，《别集詩注》二卷。明初刊本，項藥師藏書。天社任淵、青神史容、青神史季温。《山谷内集詩注》二十卷、目録一卷，年譜附，影明弘治刊本，天社任淵。右即影寫《讀書敏求記》所稱舊刻《山谷詩注》本也。《山谷詩集注》二十卷，目録一卷，年譜一卷，日本翻宋紹定本。

《萬卷精華樓藏書記》卷一一三 《山谷内集注》二十卷，《外集注》十七卷，《别集注》二卷，《外集補》二卷，《别集補》一卷，年譜十四卷。《内集》宋任淵注，《外集》史容注，《别集》容之孫季温注。樹經堂本，乾隆己酉南康謝啓昆校刊。《山谷黄先生大全詩注》二十卷，宋任淵注，宋本。

《經籍訪古志·别集類》 《山谷詩注》，舊板翻刻宋本者。求古樓藏。《山谷詩集注》廿卷，舊鈔本。朝鮮國刊本，懷仙樓藏。

《日本訪書志》卷一四 《山谷詩注》二十卷，目録一卷，年譜附。《外集詩注》十七卷，序目一卷，年譜附。《别集》二卷。右朝鮮活字版。

《木犀軒藏書書録》 《山谷詩集注》二十卷，（略）日本刊本（日本慶安五年刻本）。半葉八行，行十七字。有政和辛卯任淵自序、紹興乙亥許尹序、紹定壬辰山谷孫垺刊板延平跋。有「賜蘆文庫」楷書長印。《山谷詩集注》二十卷，（略）日本刊本（日本寛永六年大和田意閑刻本）。《山谷詩集注》二十卷，（略）日本舊刊本（日本慶元間活字印本）。

《滂喜齋藏書記》卷三　明刻《山谷外集注》十七卷，一函四册。

《適園藏書志》卷一一　《山谷内集注》二十卷，日本覆宋刻本。宋黄庭堅撰，任淵注。

《藏園群書經眼録》卷一三　《山谷詩前集詩注》二十卷。宋黄庭堅撰，宋任淵注。影寫宋刊本。《山谷詩集注》二十卷，宋黄庭堅撰，宋任淵注，日本古刻本。《山谷黄先生大全詩注》二十卷，宋黄庭堅撰，宋任淵注。存卷一至四、六至十一、十四至十八，計十五卷，宋刊本。（略）此書建本，然雕工字體圓美，無宋刻峭麗之態，當是元刊本。《山谷黄先生大全詩注》二十卷，宋黄庭堅撰，宋任淵注。元刊本。（略）此本余亦藏一帙，爲黄丕烈故物，有手跋，只十八卷，且每卷缺葉亦多，末有「永樂二年七月二十五日蘇叔敬買到」墨書識語一行（日本静嘉堂文庫藏書）。《山谷内集詩注》二十卷，《外集詩注》十七卷，（略）明初刊本，九行十九字，即莫郘亭友芝所跋爲宋本者也。《山谷内集詩注》二十卷，宋黄庭堅撰，任淵注；《外集注》十七卷，宋史容注；《别集詩注》二卷，宋史季温注。朝鮮舊刊本。

《北京圖書館古籍善本書目》　《山谷詩注》二十卷，宋黄庭堅撰，任淵注，宋紹定五年黄埒刻本，三册，存二卷（四至五）。　《山谷黄先生大全詩注》二十卷，宋黄庭堅撰，任淵注，元刻本，黄丕烈跋，六册。（略）存十六卷（一至五、七至八、十二至二十）。　《山谷黄先生大全詩注》二十卷，宋黄庭堅撰，任淵注，元刻本，二册，（略）存三卷（一、十五至十六）。　《山谷先生大全詩注》二十卷，宋黄庭堅撰，任淵注，明刻本，六册。　《山谷内集詩注》二十卷，宋黄庭堅撰，任淵注；《外集詩注》十七卷，宋史容注；《別集詩注》二卷，宋史季温注。明刻本，二十三册，（略）存十八卷（《内集詩》一至十八）。　《山谷内集詩注》二十卷，宋黄庭堅撰，任淵注；《外集詩注》十七卷，宋史容注；《別集詩注》二卷，宋史季温注。清乾隆武英殿活字印聚珍版叢書本，傅增湘校，八册。

臺灣《「中央圖書館」善本書目》　《山谷黄先生大全詩注》二十卷，存二十卷，八册，宋黄庭堅撰，任淵注。南宋建刊本，近人沈曾植手書題記，又陳曾壽觀款，存《内集》。　《山谷詩注》二十卷，《外集詩注》十七卷，《別集詩注》二卷，十五册，宋黄庭堅撰，任淵、史容、史季温注。朝鮮舊刊本。　《外集詩注》十七卷，《別集詩注》二卷，十册，宋黄庭堅撰，史容、史季温注。日本寬永己巳（六年）大和田意閑刊本。

《遂初堂書目・樂曲類》　《黄魯直詞》。

《直齋書録解題》卷二一　《山谷詞》一卷，黄太史庭堅撰。

《文獻通考》卷二四六　《山谷詞》一卷。

《玄賞齋書目》卷七　《黄山谷詞》。

《濮陽蒲汀李先生家藏書目》　《山谷詞》。

《百川書志》卷一八　《豫章黄山谷詞》一卷。

《汲古閣校刻書目》　《宋名家詞》第一集：黄庭堅《山谷詞》六十一葉。

《述古堂書目》卷二　《黄山谷詞》一卷。

《四庫全書總目》卷一九八　《山谷詞》一卷，江蘇巡撫採進本。宋黄庭堅撰。

《善本書室藏書志》卷四〇　《山谷詞》三卷，明鈔本。南昌黄魯直庭堅。

《增訂四庫簡明目録標注》卷二〇　《山谷詞》一卷，宋黄庭堅撰。一集。汲古閣刊本。又明刊本。

又《續録》　明嘉靖刊全集本。宋刊《山谷琴趣外編》三卷本。明鈔一卷本。明劉天爵刊《豫章黄先生詞》本。義寧沖和堂重訂全集詞二卷本。陳氏思集堂全集本。明藍格鈔三卷本。黄丕烈校宋本一卷。（略）吴氏雙照樓影刊本。陶氏涉園續刊影宋金元明詞本。《續古逸叢書》本三卷。

《楹書隅録續編》卷四　校宋本《山谷詞》一卷，一册。

《北京圖書館古籍善本書目》　《山谷詞》一卷，宋黄庭堅撰。明刻本，一册。《山谷詞》一卷，宋黄庭堅撰。明末毛氏汲古閣刻宋六十名家詞本，黄丕烈校并跋，一册。

臺灣《「中央圖書館」善本書目》　《山谷琴趣外篇》三卷，一册，宋黄庭堅撰，宋刊本。

《老學庵筆記》卷三　黄魯直有日記，謂之《家乘》，至宜州猶不輟書，其中數言信中者，蓋范寥也。高宗得此書真本，大愛之，日置御案。

〔附〕注輯前獻

宋

胡少汲，名直孺。公没後，有文學之禁，士子不得挾蘇黄稿。少汲爲公搆求遺書後，前禁始除。建炎戊申，少汲爲洪帥，因取公各詩文，編爲《豫章集》，而屬其事於公甥洪玉父。時佐之者洛陽朱敦儒、山房李彤。

洪炎，字玉父，公之諸甥也。兩試禮部，俱寄公寓，嘗手抄公《退聽録》。後奉編公集，獨以《退聽録》爲斷，他皆不録。伯山趙氏《中外舊事》云：「先生少有詩名，其在葉縣、大名、德州德平，詩已卓絶。待罪陳留，偶自編《退聽堂》，初未嘗盡去少作。如炎所編，未免脱略過甚。」按此則以前好詩皆不録，况入川後乎？此《外集》《别集》之不得不另編也。

李彤，字季敵，奉編公詩。聞公自巴陵取道通城，入黄龍山，槃礴雲窗，編閲《南昌集》，仍改定舊句。見炎所編，獨以《退聽堂》爲斷，因謂公雖自有去取，而後學安敢遺棄，乃取散見於交游者前後各詩，編入《外集》中。則拾遺之力，李獨居多。

王子飛，爲黄注四大家之一。公嘗與書云：「欲將所作詩文擇合於周、孔者爲《内編》，餘列爲《外編》。」大抵分《内》《外》編，自子飛注也。

朱敦儒，洛陽人，與洪、李同編公《豫章集》。

任淵，字子默，爲公注蜀本《詩集》。先儒謂討校之功，不無小補。後子耕作《年譜》，引證嘗多。

黄䓣，字子耕，公諸孫，從紫陽朱子游，爲江西理學首。登咸淳進士，後公百年生，爲公追作《年譜》三十卷。又遍搜家藏遺稿暨四方石刻及各大家所藏真蹟，於李彤所編《外集》外，更立《别集》，注明時地，倣以編年之法。

明

周季麟，號南山，謚僖敏，寧州人。以元末兵燹，寧獨慘於他邑，公集不惟版刻蕩毁，即印本亦無完書。先生憂之，多方羅搆，始獲於内閣丘瓊山。繼而屬弟康惠公謀梓。是公書所由全，實先生爲之嚆矢也。

周季鳳，號來軒，謚康惠。性嗜公詩，得其兄僖敏公及友人潘南屏所刻公《文集》九十七卷，謀之州守葉天爵梓之。天爵以憂去。閲二十年，徐侍御岱巡按江西，檄州守修公集。時康惠致政家居，乃手抄原本，付攝篆佘載仕、新牧喬遷復梓之。然則今日之獲覩全書者，皆康惠公力也。僖敏、康惠之有功於公，洵稱二難乎。

徐岱，西蜀人。昔山谷公謫蜀，兩川之士從游者衆，故遺澤仍留於蜀。徐公撫江，雅重公文，知公之全集剞劂未畢也，檄有司竟其事焉。書成，名曰《山谷全書》。

葉天爵，字良貴，婺源人。弘治十六年癸亥知寧州事，鼎新州治，不遺餘力。周康惠屬刻《山谷全書》方半，而以憂去，未竟乃事，州人惜之。

喬遷，字升之，九溪人。嘉靖丙戌歲，蒞寧州。時前牧葉修公集未竟閲，州守六人俱漠置之。都憲徐公檄攝篆佘載仕卒事，甫奉命而喬公適至，乃獨肩其任，今所存嘉靖本是也。時明經王朝宗、查應元勷其事焉。

方沆，號訒菴，莆田人。由進士視學雲南，謫知寧州。取山谷書，重加校訂，即今行世重刻之《正集》一書是。

李友梅，字素交，滇南人。萬曆癸丑，由國子監助教知寧州事。蒞任，即謁山谷公祠。其治寧也，一以公之治泰和爲法，乃謂前任方公刻《正集》，而遺《外集》《別集》，猶嘗雉膏一臠，而廢全蒸也。因倡修焉。今所存萬曆重刻三集是也。（光緒義寧州署重刊本《山谷全書》卷首）

附録七　本書主要參考書目

《周禮注疏》　一九七九年中華書局影印十三經注疏本
《禮記正義》　一九七九年中華書局影印十三經注疏本
《春秋左傳正義》　一九七九年中華書局影印十三經注疏本

《史記》　一九五九年中華書局點校本
《漢書》　一九六二年中華書局點校本
《晉書》　一九七四年中華書局點校本
《南史》　一九七五年中華書局點校本
《北史》　一九七四年中華書局點校本
《隋書》　一九七三年中華書局點校本
《舊唐書》　一九七五年中華書局點校本
《新唐書》　一九七五年中華書局點校本

《舊五代史》 一九七六年中華書局點校本
《新五代史》 一九七四年中華書局點校本
《宋史》 一九七七年中華書局點校本
《東都事略》 （宋）王偁 臺灣文海出版社宋史資料萃編本
《續資治通鑑長編》 （宋）李燾 一九七九年中華書局點校本
《文獻通考》 （元）馬端臨 一九八六年中華書局影印本
《歷代名賢確論》 影印文淵閣四庫全書本
《名臣言行録續集》 （宋）李幼武 一九八七年江蘇廣陵古籍刻印社印本
《名賢氏族言行類稿》 （宋）章定 影印文淵閣四庫全書本
《萬姓統譜》 （明）凌迪知 影印文淵閣四庫全書本
《山谷先生年譜》 （宋）黄㽦 適園叢書第七集
《山谷年譜》 （宋）任淵 武英殿聚珍版本
《黄豫章外紀》 （明）陳之伸 明刻本
《米襄陽志林》 （明）范明泰 明范氏清宛堂刻本
《錢氏家書》 （清）錢日煦輯 清刻本

《楚寶》（清）周聖楷　清道光刻本
《歲時廣記》（宋）陳元靚　十萬卷樓叢書二編

《華陽國志》（晉）常璩　一九八四年巴蜀書社劉琳校點本
《輿地紀勝》（宋）王象之　清咸豐粵雅堂刻本
《方輿勝覽》（宋）祝穆　一九九一年上海古籍出版社影印本
《楚紀》（明）廖道南　明嘉靖刻本
萬曆《廣西通志》　明萬曆二十七年刻本
萬曆《四川總志》　明萬曆九年刻本
雍正《江西通志》　清雍正十年刻本
雍正《山東通志》　影印文淵閣四庫全書本
嘉慶《四川通志》　清嘉慶二十一年刻本
民國《福建通志》　中華民國二十七年刻本
民國《安徽通志稿》　中華民國二十三年鉛印本
《咸淳臨安志》　清道光十年錢塘汪氏振綺堂刊本

《至正金陵新志》 影印文淵閣四庫全書本
《至順鎮江志》 清道光二十二年丹徒包氏刻本
洪武《永州府志》 天一閣藏明代方志選刊本
隆慶《臨江府志》 天一閣藏明代方志選刊本
正德《南康府志》 天一閣藏明代方志選刊本
正德《袁州府志》 天一閣藏明代方志選刊本
正德《南康府志》 天一閣藏明代方志選刊本
嘉靖《九江府志》 天一閣藏明代方志選刊本
萬曆《重慶府志》 明萬曆三十四年刻本
嘉慶《高郵州志》 清嘉慶十八年刻本
道光《永州府志》 清道光八年刻本
光緒《南岳志》 清光緒刻本
民國《瀘縣志》 中華民國二十七年鉛印本
乾隆《金山縣志》 清乾隆十七年刻本
《古杭雜記》 （元）李有 學海類編本

《説嵩》（清）景日昣　清康熙刻本
《入蜀記》（宋）范成大　知不足齋叢書本
《蜀中廣記》（明）曹學佺　影印文淵閣四庫全書本
《蜀中名勝記》（明）曹學佺　叢書集成初編本
《古今游名山記》（明）何鏜　明萬曆二十五年刻本
《名山勝概記》（明）何鏜　明刻本
《郡齋讀書志》（宋）晁公武　一九九〇年上海古籍出版社孫猛校證本
《青原山志略》（清）釋大然　清康熙八年施閏章補輯本
《金石文字跋尾》（清）朱彝尊　藏修堂叢書第四集
《金石萃編》（清）王昶　一九二一年掃葉山房本
《金石苑》（清）劉喜海　臺灣新文豐出版公司石刻史料新編本
《八瓊室金石補正》（清）陸增祥　吴興劉氏希古樓刊本
《宜禄堂收藏金石記》（清）朱士端　臺灣新文豐出版公司石刻史料新編本
《金石索》（清）馮雲鵬等　清道光刻本
《山左金石志》（清）畢沅　臺灣新文豐出版公司石刻史料新編本

《山右石刻叢編》　（清）胡聘之　清光緒刻本
《湖北金石志》　（清）張仲炘　臺灣新文豐出版公司石刻史料新編本
《閩中金石志》　（清）馮登府輯　嘉業堂金石叢書本
《濟南金石志》　（清）馮雲鵷　臺灣新文豐出版公司石刻史料新編本
《萬邑西南山石刻記》　臺灣新文豐出版公司石刻史料新編本
《北京圖書館藏中國歷代石刻拓本匯編》　一九八九年中州古籍出版社版
《江西出土墓誌選編》　（今）陳柏泉編　一九九一年江西教育出版社版

《太玄》　（漢）揚雄　影印文淵閣四庫全書本
《黄氏日抄》　（宋）黄震　影印文淵閣四庫全書本
《婚禮新編》　（宋）丁昇之　宋刻元修本
《戒子通録》　（宋）劉清之　影印文淵閣四庫全書本
《傷寒總病論》　（宋）龐安時　士禮居叢書本

《寶真齋法書贊》　（宋）岳珂　叢書集成初編本

《蘭亭考》（宋）桑世昌輯　知不足齋叢書第十集
《聲畫集》（宋）孫紹遠　影印文淵閣四庫全書本
《海山仙館藏真帖》　清道光二十七年初拓本
《唐太宗墨迹》　明嘉靖拓本
《大玉烟堂法帖》（明）董其昌　明拓本
《法書苑》（宋）周越　説郛本
《二補齋法書》（清）秦大士　清乾隆拓本
《仁聚堂法帖》（清）葛正笏　清乾隆拓本
《三希堂法帖》　一九八四年黑龍江人民出版社影印本
《法書大觀》　影印墨本
《宋人法書》　故宫影印本
《宋四家真蹟》　故宫影印本
《宋四家墨寶》　故宫影印本
《趙氏鐵綱珊瑚》（明）趙琦美　影印文淵閣四庫全書本
《珊瑚木難》（明）朱存理　適園叢書第九集

《珊瑚網》（明）汪砢玉　適園叢書第八集
《式古堂書畫彙考》（清）卞永譽　影印文淵閣四庫全書本
《續書畫題跋記》（明）郁逢慶　影印文淵閣四庫全書本
《六藝之一録》（清）倪濤　影印文淵閣四庫全書本
《石渠寶笈初編》一九八八年上海書店影印本
《石渠寶笈續編》一九八八年上海書店影印本
《石渠寶笈三編》一九八八年上海書店影印本
《秘殿珠林》（清）張照等　影印文淵閣四庫全書本
《佩文齋書畫譜》影印文淵閣四庫全書本
《吴越所見書畫録》（清）陸時化　風雨樓叢書本
《辛丑銷夏記》（清）吴榮光　清光緒郎園刻本
《穰梨館過眼録》（清）陸心源　清同治至光緒年間刊潛園總集本
《壯陶閣書畫録》（民）裴景福　一九三七年上海中華書局排印本
《古書畫過眼要録》（今）徐邦達　一九八七年湖南美術出版社版
《故宫週刊》一九八八年上海書店影印本

《東坡題跋》（宋）蘇軾　津逮秘書本
《益公題跋》（宋）周必大　津逮秘書本
《邵氏聞見後録》（宋）邵博　一九八三年中華書局點校本
《侯鯖録》（宋）趙令畤　稗海第八函
《老學庵筆記》（宋）陸游　影印文淵閣四庫全書本
《容齋隨筆》（宋）洪邁　一九七八年上海古籍出版社點校本
《鶴林玉露》（宋）羅大經　一九八二年中華書局點校本
《羅湖野録》（宋）釋曉瑩　叢書集成初編本
《西溪叢語》（宋）姚寬　一九九三年中華書局點校本
《能改齋漫録》（宋）吴曾　一九七九年上海古籍出版社重印本
《甕牖閒評》（宋）袁文　叢書集成初編本
《野客叢書》（宋）王楙　一九八七年中華書局點校本
《春渚紀聞》（宋）何薳　一九八三年中華書局點校本
《雞肋編》（宋）莊綽　叢書集成初編本

《游宧紀聞》（宋）張世南　一九八一年中華書局校點本
《錦繡萬花谷》（宋）蕭贊元　一九九二年上海辭書出版社影印本
《記纂淵海》（宋）潘自牧　一九八八年中華書局影印本
《山堂先生群書考索》（宋）章如愚　一九九二年中華書局影印本
《全芳備祖》（宋）陳景沂　一九八二年農業出版社影印本
《古今事文類聚》（宋）祝穆編　影印文淵閣四庫全書本
《新編簪纓必用翰苑新書》（宋）劉子實　明鈔本
《古今合璧事類備要》（宋）謝維新輯　影印文淵閣四庫全書本
《新編事文類聚翰墨大全》（元）劉應李編　明初刻本
《排韻增廣事類氏族大全》影印文淵閣四庫全書本
《群書通要》宛委别藏本
《永樂大典》（明）姚廣孝等　中華書局一九六〇年影印本
《山堂肆考》（明）彭大翼　影印文淵閣四庫全書本
《銷夏部》（明）陳繼儒　叢書集成初編本
《淵鑑類函》影印文淵閣四庫全書本

《緑窗新話》　風月主人編　一九五七年古典文學出版社排印本
《五鐙會元》（宋）釋普濟　影印文淵閣四庫全書本
《古尊宿語録》（宋）頤藏主集　一九九一年上海古籍出版社影印本
《嘉泰普鐙録》（宋）釋正受　續藏經乙編
《釋氏資鑑》（元）釋熙仲　續藏經乙編
《佛祖綱目》（明）朱時恩　續藏經乙編
《吴都法乘》（明）周永年　一九三六年影印王祠舊鈔本
《佛法金湯編》（明）釋必泰　續藏經乙編
《緇門警訓》（明）釋如巹　大正藏第四十八卷
《西禪長慶寺志》（清）沈涵　清康熙刻本
《敕建浄慈寺志》（清）釋際祥　武林掌故叢編本
《居士傳》（清）彭紹升　續藏經乙編

《昌黎先生文集》（唐）韓愈　宋咸淳廖氏世綵堂刻本
《柳宗元集》（唐）柳宗元　一九七九年中華書局點校本
《歐陽文忠公集》（宋）歐陽修　四部叢刊本
《蘇文忠公全集》（宋）蘇軾　明萬曆茅維刻本
《范文正公集補編》（清）范能濬輯　清康熙四十六年范氏歲寒堂刻本
《周濂溪集》（宋）周敦頤　正誼堂全書本
《後山詩注》（宋）陳師道撰，任淵注　四部叢刊本
《淮海集》（宋）秦觀　四部叢刊本
《三劉家集》（宋）劉渙等撰　影印文淵閣四庫全書本
《攻媿集》（宋）樓鑰　四部叢刊本
《誠齋集》（宋）楊萬里　影印文淵閣四庫全書本
《新注朱淑真斷腸詩集》（宋）朱淑真撰，鄭元佐注　武林往哲遺書本
《梅花衲》（宋）李龏　南宋群賢小集本
《亞愚江浙紀行集句詩》（宋）釋紹嵩　南宋群賢小集本

《文選》（梁）蕭統編　一九七七年中華書局影印本
《聖宋文海》（宋）江鈿編　宋刻本
《宋文選》　影印文淵閣四庫全書本
《皇朝文鑑》（宋）吕祖謙編　四部叢刊本
《國朝二百家名賢文粹》　宋慶元三年書隱齋刻本
《五百家播芳大全文粹》（宋）魏齊賢、葉棻編　影印文淵閣四庫全書本
《東萊集注類編觀瀾文》（宋）林之奇編　清覆宋刻本
《蘇門六君子文粹》（宋）陳亮編　影印文淵閣四庫全書本
《分門纂類唐宋時賢千家詩選》（宋）劉克莊　宛委别藏本
《聖宋千家名賢表啓》　宋刻本
《古文集成》（宋）王霆震編　影印文淵閣四庫全書本
《崇古文訣》（宋）樓昉編　影印文淵閣四庫全書本
《文章正宗》（宋）真德秀編　影印文淵閣四庫全書本
《古賦辨體》（元）祝堯編　影印文淵閣四庫全書本
《文章類選》（明）朱㮵編　明初刻本

《文翰類選大成》（明）李伯璵　明嘉靖二十五年刻本
《文章辨體匯選》（明）賀復徵編　影印文淵閣四庫全書本
《御制重刻古文真寶》　明神宗敕編　明萬曆刻本
《奇賞齋古文彙編》（明）陳仁錫編　明崇禎刻本
《名世文宗》（明）胡時化編　明刻本
《四六法海》（明）王志堅編　影印文淵閣四庫全書本
《歷代賦彙》（清）陳元龍等編　影印文淵閣四庫全書本
《宋四六選》（清）彭元瑞編　清刻本
《新安文獻志》（明）程敏政編　影印文淵閣四庫全書本
《全蜀藝文志》（明）楊慎編　明嘉靖刻本
《補續全蜀藝文志》（明）杜應芳　明萬曆刻本
《粤西文載》（清）汪森輯　影印文淵閣四庫全書本
《曹南文獻録》（民）徐繼儒　中華民國六年刻本
《荆溪外紀》（明）沈敕　常州先哲遺書後編
《槁簡贅筆》（宋）章淵　説郛（宛委山堂）本

《苕溪漁隱叢話》（宋）胡仔　叢書集成初編本
《詩人玉屑》（宋）魏慶之　影印文淵閣四庫全書本
《優古堂詩話》（宋）吴幵　影印文淵閣四庫全書本
《逸老堂詩話》（宋）俞弁　歷代詩話續編本
《詩林廣記》（宋）蔡正孫編　一九八二年中華書局點校本
《詩話總龜》（宋）阮閱輯　四部叢刊本
《艇齋詩話》（宋）曾季貍　琳瑯秘室叢書本
《後山詩話》（宋）陳師道　一九八〇年中華書局排印《歷代詩話》本
《竹莊詩話》（宋）何汶　一九八四年中華書局點校本
《近體樂府》（宋）歐陽修　一九三一年上海商務印書館排印本
《張子野詞》（宋）張先　知不足齋叢書本
《珠玉詞補遺》（宋）晏殊　抱經齋抄本
《小山詞》（宋）晏幾道　彊村叢書本
《東坡詞》（宋）蘇軾　影印文淵閣四庫全書本
《淮海居士長短句》（宋）秦觀　一九八五年上海古籍出版社點校本

《琴趣外篇》（宋）晁補之　汲古閣本
《白石詩詞集》（宋）姜夔　清乾隆刻本
《近體樂府》（宋）周必大　宋名家詞第三集
《風雅遺音》（宋）林大正　宋元名家詞
《惜香樂府》（宋）趙長卿　汲古閣本
《唐宋諸賢絶妙詞選》（宋）黄昇　四部叢刊本
《草堂詩餘》（宋）何士信輯　懺花盦叢書本
《歷代詩餘》（清）沈辰垣輯　影印文淵閣四庫全書本
《碧雞漫志》（宋）王灼　知不足齋叢書本
《古今詞話》（宋）楊偍輯　校輯宋金元人詞
《填詞圖譜》（清）賴以邠輯，查繼超增輯　世德堂本
《小學弦歌》（清）李元度輯　清光緒刻本

再版後記

黄庭堅是北宋著名的詩人、書法家，江西詩派開創者，宋代書法四大家之一，對中國古代文化作出過較大貢獻。他一生所作詩文很多，但歷來没有一部較完整的全集傳世。爲適應學術界和廣大讀者瞭解和研究黄庭堅的需要，我們以光緒義寧州署本《山谷全書》爲基礎，並搜輯了黄氏的佚詩佚文，加以整理校點，編成《黄庭堅全集》，於二〇〇一年首次出版。至今又過了二十年，承蒙中華書局鼎力支持，本書得以再版。

此次再版，我們對初版作了一些修訂。主要是詩詞部分重新核對底本，改正錯字；在「補遺」部分，删除了重收誤收的篇章，並將原來的十一卷調整爲十卷。

在此，我們要特别感謝中華書局歷史編輯室蔡鵑名、劉學兩名編輯的支持幫助。兩位責編對初版内容精細審校，發現了原書存在的不少問題，並提出具體的處理意見，爲本書的再版付出了辛勤勞動，對提高本書的學術品質作出了重要貢獻。

本書對黄集的整理雖較之前人有所進步，再版較之初版又有所改進，但由於黄氏作品傳世情況複雜，版本衆多，佚文佚詩分散零亂，因而書中的疏漏錯誤肯定還是不少，我們衷心希望專家學者和讀者不吝指正賜教。

劉　琳　謹識

二〇二一年一月二十八日

《黄庭堅全集》人名索引

凡　例

1. 本《索引》收録黄庭堅正、外、别、續、補集標題及正文中的人名。黄庭堅自稱者不收,校記中的人名不收。

2. 所收入人名原則上以本姓名作爲主條目,見於本書的字號等其他稱謂用括號附注於後。但從實用出發,帝王則以廟號爲主條目,其前冠以朝代名。春秋戰國諸侯仿此。一時未能考出本姓本名者,以本書出現的稱謂作主條目或參見條目。凡附注於主條目後的異稱,一律作爲參見條目。

3. 本書中凡幾人之合稱仍出條目,并於括號内注明所指之人,如"二蘇(蘇軾、蘇轍)"。

4. 某些必要的背景材料,如親屬關係等,也用括號附注於主條目之後,以便區别。

5. 本索引按條目首字拼音順序編排。

6. 主條目下開列本條目在本書中的各集、分卷和篇次,如外/13-7 即表示外集卷十三第 7 篇。參見條目下不再標示。

外/10-31
阿筌(見黄筌)
阿髯(見李秉彝)
阿四
外/13-28
阿蘇
外/5-28
阿鶩
外/1-8
阿熊(見黄仲熊)
阿巽(蘇邁女)
正/1-18
阿雅
外/6-25
阿章(見米芾)
安禪師(見法安)
安昌(見張禹)
安昌侯(見張禹)
安常
補/3-27　補/3-36　補/3-37
補/3-38
安德縣君(見趙氏)
安汾叟
正/28-58
安豐(見王戎)
安福縣君(見范夫人)
安撫公(見王獻可)
安撫使君(見王獻可)
安公
補/5-9
安公(見法安)
安國(見袁安國)
安厚卿(見安燾)
安康(見李氏)
安康郡君(見李氏)
安康郡太君(見李氏)
安康郡太君李氏(見李氏)
安康縣君李氏(見李氏)
安禄山(禄山、禄兒)
正/5-27　正/26-41　外/11-47
補/9-4
安奴
續/5-19　補/6-12
安期
正/4-7
安期
别/18-3
安仁(見潘岳)
安仁縣君沈氏(見沈氏)
安上(見黄粲)
安師文(師文)
正/28-45　外/24-18　補/8-59
安師楊(師楊)
補/8-59
安詩(見李攄)
安世十三弟(見黄安世)

安太尉(見安燾)
安燾(安厚卿、安太尉)
別/15-30 補/7-6
安雅(見杜靖)
安知客
補/5-11
盎父(見洪盎父)
翱大師
續/1-73
八姑
別/17-55
八妗縣君
續/8-16
八郎
補/7-27
八娘
補/7-27
八嫂
續/10-25
八叔父(見黄廉)
八姊郡君(徐俯母)
正/19-3 正/19-13 續/1-3
巴西(見秦巴西)
巴祗
別/4-25
霸(見黄霸)
白夫人
別/7-53
白公(見白居易)
白圭
正/16-14 正/23-3 外/1-12
白居易(白樂天、樂天、白文公、白公、白氏、江州司馬)
正/10-4 正/13-44 正/13-66
正/16-7 正/25-32 正/25-33
外/18-29 外/18-37 別/4-25
別/7-7 別/8-13 別/8-16
補/8-26
白樂天(見白居易)
白氏(見白居易)
白氏(司馬旦母)
正/21-37
白文公(見白居易)
白崖老人
正/25-8
白院主
續/4-26
白雲端和尚(見守端)
白兆
正/25-3 別/7-57
白宗愈(原道)
別/2-18
百里大夫(見百里奚)
百里奚(百里大夫)
正/12-11 正/20-2 外/14-5
百丈肅禪師

別/1-10
柏學士
別/7-41
班彪
正/25-46
班超(燕頷)
正/7-14
班固
正/25-46　正/25-60　正/32-10
別/11-10　別/17-13　續/4-41
續/5-38
班馬(班固、司馬遷)
正/1-17　正/6-23
班孟堅(見班固)
班揚(班固、揚雄)
外/7-50　外/18-27
半山老人(見王安石)
邦任(見韋許)
邦玉
別/15-8
褒禪溥長老(溥公)
別/12-12
保之(見章應全)
寶梵(見昭符)
寶梵大師(見昭符)
寶梵師(見昭符)
寶公(見寶誌)
寶覺大師(見祖心)
寶寧通禪師
正/14-72
寶勝甫長老(寶勝老人)
正/23-44　續/5-25　續/6-28
寶勝老人(見寶勝甫長老)
寶銨(干寶、徐銨)
外/10-23
寶月
正/25-22　補/8-53
寶月大師(見慧雲)
寶誌(寶公)
補/9-6
鮑明遠(見鮑照)
鮑叔牙(鮑叔)
外/21-11
鮑謝(鮑照、謝朓)
外/4-21　補/1-5
鮑昱(鮑汝南)
正/26-42
鮑照(鮑明遠)
正/2-28　正/16-12　正/18-2
外/5-33
北郭漢先生(見廖扶)
北海公(見李邕)
本(見王本)
鼻亭公(見象)
比干
正/24-3

畢朝請
正/29-15
畢朝散(見畢憲父)
畢大夫
外/12-21
畢公(見畢憲父)
畢和仲
正/30-2
畢惠連
正/30-2
畢濟美
正/30-2
畢京
正/30-2
畢茂世(見畢卓)
畢平仲(平仲)
正/30-2　别/16-38
畢萬
正/20-18
畢諴
正/30-2
畢憲父(憲父、畢朝散、畢公)
正/15-2　外/10-34
畢璵
正/30-2
畢中正
正/30-2
畢仲荀
正/28-56
畢卓(畢茂世)
正/31-2　外/1-1
弼(見以弼)
扁鵲
正/15-6　外/6-3　外/22-1
卞和(和氏)
正/3-11　正/24-1　外/6-7
外/6-12　續/3-20　續/6-15
補/7-50
卞莊(卞莊子)
正/22-19　别/18-30
卞莊子(見卞莊)
辨翁(見韓復)
辯叔(見武辯叔)
表(見慧表)
表民(見甘表民)
表民(見章望之)
表民(見周世範)
表姊太君(王獻可妻)
别/17-6　續/4-16　續/4-18
續/4-20　續/4-21
邠老(見潘大臨)
斌老(見陳斌老)
斌老(見黄斌老)
秉文(見李秉文)
秉文(見石耋)
播(見楊播)

薄紹之
正/28-23　正/28-72
伯充（見趙叔盎）
伯淳父（見程顥）
伯達（見曹譜）
伯父給事（見黄廉）
伯父祖善（見黄祖善）
伯惠（見王柔）
伯姬
外/14-19
伯喈（見蔡邕）
伯樂
正/1-25　外/12-69
伯鸞（見梁鴻）
伯倫（見劉伶）
伯時（見李公麟）
伯始（見胡廣）
伯氏（見黄大臨）
伯新
補/9-5
伯兄（見黄大臨）
伯修（見宇文昌齡）
伯牙
外/6-16　外/16-25　外/18-35
伯夷
正/5-15　正/8-27　正/16-2
正/18-3　正/19-5　正/19-16
正/22-19　正/26-38　外/14-18
外/15-14　别/12-4　别/17-39
續/1-10　補/8-51
伯英（見張芝）
伯牖（見李伯牖）
伯舟（見党涣）
伯祖侍禁（見黄侍禁）
卜商（子夏）
正/4-14　外/20-3　外/23-22
卜式
外/11-37
補之（見王獻可）
不伐（見元勳）
布袋和尚
别/3-56
才卿（見劉才卿）
才叔（見馮才叔）
才叔道人（見馮才叔）
才翁（見蘇舜元）
才翁承事（見蘇舜元）
才翁通判承事（見蘇舜元）
寀（見黄居寀）
蔡寶臣（蔡致君、致君）
正/28-26
蔡卞（元度）
補/4-39
蔡伯喈（見蔡邕）
蔡椿
别/10-11

蔡次律(見蔡相)
蔡待詔
補/8-24
蔡德永
别/10-11
蔡夫人(胡堯卿妻)
正/31-8
蔡高
别/10-11
蔡公
正/27-26
蔡桓
别/10-11
蔡楫
别/10-11
蔡京(元長)
補/4-39
蔡椐
别/10-11
蔡君謨(見蔡襄)
蔡老子(見蔡秀才)
蔡梅
别/10-11
蔡明遠
正/26-65 正/28-44 正/28-65
正/28-75
蔡祺
别/10-11
蔡權
别/10-11
蔡確
别/9-1
蔡汝礪(汝礪)
補/8-52
蔡氏(崇仁縣君,張杰繼室)
正/31-7
蔡氏(劉恕妻)
正/31-4
蔡夙(夙)
續/9-7
蔡桐
别/10-11
蔡襄(蔡君謨、君謨)
正/26-18 正/26-23 正/26-24
正/26-28 正/26-29 正/26-32
正/28-26 外/23-7 别/6-24
别/6-46 别/6-56
蔡祥
别/10-11
蔡相(蔡次律、次律)
正/18-18 外/21-2 别/4-17
别/6-11 别/10-11 别/16-58
補/8-19 補/9-16
蔡秀才(蔡老子)
正/23-59
蔡琰(文姬)

正/25-57　正/27-12　外/15-22
別/6-24
蔡邕(蔡伯喈、伯喈、蔡中郎、中郎)
正/11-32　正/19-11　正/22-5
正/26-5　外/7-15　別/7-3
蔡有鄰
補/8-48
蔡贇
別/10-11
蔡曾(子飛、東郭居士、東郭)
正/16-12
蔡澤
外/2-8　外/6-4
蔡肇(天啓)
別/7-10
蔡致君(見蔡寶臣)
蔡致遠
別/10-12
蔡中郎(見蔡邕)
蔡仲舒
正/31-8
蔡州使君(見薛使君)
蔡子華(子華)
補/8-52
參寥(見道潛)
粲禪師
補/9-6
粲可(僧粲、慧可)
外/10-37
倉公
外/22-1
藏真(見懷素)
曹(見曹植)
曹安
續/4-21
曹霸
正/4-5
曹伯達(見曹譜)
曹不興
正/27-71
曹操(曹公、曹瞞、阿瞞)
正/9-48　正/12-11　正/26-45
外/7-23　外/9-29　別/6-31
別/6-33　別/19-29
曹蜍
正/26-41　正/27-5　補/8-40
曹醇老(醇老)
別/14-40　補/5-30　補/10-6
曹錞
正/30-9
曹大家(大家)
正/21-53
曹道沖
補/6-41
曹登(子漸、曹君)
正/16-3

曹輔(曹子方、子方、曹侯)
正/4-20 外/5-2 外/7-23
外/7-24 外/7-26 續/1-52
曹公(見曹操)
曹供備(見曹譜)
曹侯(見曹輔)
曹侯(見曹靖)
曹將軍(見曹彰)
曹僅
別/10-6
曹靖(中立、曹侯)
正/23-2
曹君(見曹登)
曹李(曹蜍、李志)
外/13-12
曹劉(曹植、劉楨)
正/10-5 外/4-28 外/5-36
外/16-6
曹瞞(見曹操)
曹丕(丕、曹子亘)
外/9-29 外/18-42 別/6-66
曹譜(曹伯達、伯達、曹黔南、曹使君、曹供備、曹黔守)
正/13-15 正/13-66 正/14-24
外/10-44 別/3-19 別/12-34
別/16-6 續/3-21 續/3-55
補/4-8 補/7-32
曹黔南(見曹譜)
曹黔守(見曹譜)
曹商
正/23-3 外/13-5
曹詩
正/31-11
曹使君(見曹譜)
曹氏(蓬萊縣君,党光嗣初室)
正/30-9
曹吴(曹不興、吴道玄)
正/27-76
曹喜
正/26-5
曹荀龍
正/19-29 續/1-51
曹堯封(堯封)
正/23-2
曹彰(曹將軍)
正/4-20
曹植(子建、曹、東阿)
正/9-48 別/2-3
曹子方(見曹輔)
曹子亘(見曹丕)
曹子臧(子臧)
正/16-2 正/24-14 正/24-21
正/24-23
草堂丈人(見鄭交)
岑參(岑嘉州)
正/14-27

岑嘉州(見岑參)
岑探
正/31-5
岑文本(岑中書)
補/8-39
岑中書(見岑文本)
柴桑道人(見陶潛)
柴助
正/31-3
禪進
補/10-6
禪月(見貫休)
昌任之(見昌惟賢)
昌上座
外/7-51
昌天河(見昌惟賢)
昌惟賢(昌任之、任之、昌天河)
補/10-6
昌裔(見黄茂宗)
長安君(見長安縣太君)
長安君(見程夫人)
長安縣太君(長安君,徐佖母)
補/10-23
長公(見張摯)
長吉(見李賀)
長江(見鮮洪範)
長樂縣君(見王氏)
長蘆夫和尚(見應夫)
長倩(見李長倩)
長卿(見司馬相如)
長沙(見懷素)
長沙(見陶侃)
長沙王
別/6-48
長沙太君(陶弼母)
正/30-7
長壽(見黄氏)
長壽君(見黄氏)
長壽縣君(見黄氏)
長溪(見吴長裕)
長輿(見和嶠)
常安民(希古)
別/7-10
常甫(見崔常甫)
常父(見孔武仲)
常父(見張純)
常山公(見宋綬)
常贊府
別/8-22
常總(東林總公、總公)
正/17-1　正/17-2　正/17-4
外/22-7　補/8-1
暢整
外/23-3　別/6-12
超固(班超、班固)
外/10-26

超上人
補/8-27
晁補之（補之、晁无咎、无咎、晁正字、晁十、晁子）
正/1-4 正/1-17 正/2-24
正/2-29 正/27-63 正/4-19
正/4-23 正/8-25 正/19-8
正/25-2 外/1-12 外/3-1
外/5-33 外/5-41 外/6-8
外/6-11 外/6-12 外/6-16
外/7-47 外/13-28 外/23-41
别/7-10 别/7-52 别/7-69
别/11-10 别/15-57 别/19-15
續/1-38 續/1-40 續/1-52
續/2-62 補/7-53 補/8-6
補/10-6
晁次膺（見晁端禮）
晁錯（御史晁大夫）
正/27-48
晁道夫（道夫）
外/13-28 外/17-6 外/17-7
晁迪
正/31-3
晁董（晁錯、董仲舒）
外/1-14 外/6-16
晁端常（永思）
正/24-2
晁端國（思道、晁五）
外/14-7
晁端晉（敏思）
正/24-2
晁端禮（晁次膺）
續/10-6
晁端臨（教思）
正/24-2
晁端仁（晁堯民、堯民、晁子）
正/18-7 外/1-12 外/3-1
外/5-38 外/5-39 外/6-10
外/17-3
晁端彦（晁美叔）
别/11-12
晁端頤（晁聖思、聖思）
正/24-2 别/1-27
晁端友（晁君成、君成）
正/31-3 補/8-40
晁迥（文元）
正/31-3
晁君成（見晁端友）
晁美叔（見晁端彦）
晁嫂
正/18-26
晁深道（見晁詠之）
晁深之（見晁詠之）
晁聖思（見晁端頤）
晁適道（一作晁深道）
正/6-7 正/10-22

晁説之(晁以道、以道)
正/2-6 正/2-7 正/9-35
正/21-44 正/27-88
晁五(見晁端國)
晁堯民(見晁端仁)
晁以道(見晁説之)
晁詠之(晁深之、深之、晁深道、深道、之道)
正/10-24 正/24-25
晁元忠(晁子)
正/18-7 外/3-6 外/3-19
别/7-10
晁張(晁補之、張耒)
正/1-17 正/1-18 正/1-25
正/25-56
晁仲偃
正/31-3
晁子(見晁端仁)
晁子(見晁元忠)
晁宗簡(尚書)
外/13-28
晁宗慤(文莊)
外/13-28
巢二
别/7-30
朝請君(見郭紘)
朝散(見范百朋)
朝議姨父(見王朝議)
潮音(見李潮音)
車武子(見車胤)
車胤(車武子)
外/17-73 别/4-25
陳安石
别/9-1
陳斌老(斌老)
别/19-24
陳伯玉(見陳子昂)
陳藏器
續/4-32
陳常
正/19-16
陳誠老
正/26-10
陳遲
别/6-37
陳充國
補/5-27
陳崇(智夫)
正/24-3
陳處義
正/30-4
陳純益
外/16-2
陳德方
外/11-29
陳德之(德之)

外/23-7 别/19-20 補/4-17
補/4-18
陳登(元龍)
正/2-27 正/3-7 外/2-23
外/4-30
陳端夫(端夫)
别/6-9 别/7-56
陳發
外/22-22
陳蕃
外/9-1
陳防
正/21-36
陳夫人(見陳氏)
陳孚(信夫)
正/24-3
陳綱(陳少張、少張)
正/31-6 正/32-10
陳杲
正/17-6
陳公益(公益)
外/14-8 外/14-13 外/19-29
陳瓘(陳瑩中、瑩中)
正/19-2 正/19-3 外/18-39
外/21-28 續/8-29
陳侯(見陳茂宗)
陳侯(見陳師道)
陳吉老(吉老)
外/4-3 外/8-16 外/10-12
外/10-13 外/10-25 外/10-52
外/11-9 外/12-22 外/12-28
外/12-29 外/12-30 外/13-23
外/13-24 外/16-23 外/16-37
外/21-11
陳季常(見陳慥)
陳季張(季張、季子)
外/14-18 外/15-12 外/16-1
外/17-59 外/17-60 外/17-61
外/17-62 外/19-27
陳洎(陳亞之、吏部公)
正/27-40
陳寂之
正/31-6
陳繼月
正/26-12
陳架
正/30-13
陳監押(見陳傑)
陳傑(陳監押)
外/21-17 别/19-24 續/3-68
陳居(仁夫)
正/24-3
陳夬
補/10-6
陳瑴(潤之、陳君)
外/22-2

陳君(見陳穀)
陳君(見陳敏善)
陳君(見陳庸)
陳君(見陳自然)
陳君儀
外/11-47
陳康國
别/2-2
陳寬之
正/31-6
陳懶散
正/26-23
陳老師
補/8-1
陳履常(見陳師道)
陳茂宗(陳侯)
補/4-8
陳孟公(見陳遵)
陳祕(高州)
外/22-15
陳敏善(陳君)
正/19-26
陳寧之
正/31-6
陳彭年
外/15-10
陳琦
正/31-3
陳騫
别/10-10
陳嶠
别/10-1
陳渠
正/30-13
陳日休
補/8-12
陳榮緒(榮緒)
正/3-21　正/6-15　正/6-21
正/11-15　正/11-16
陳少張(見陳綱)
陳師道(陳履常、履常、陳無己、無己、陳侯、陳正字、正字、逸民)
正/1-17　正/1-28　正/2-3
正/2-28　正/5-18　正/6-8
正/9-36　正/18-12　正/19-2
正/19-8　正/24-5　正/27-87
外/7-32　外/19-32　外/21-14
别/6-69　别/14-26　别/15-57
别/17-51　别/18-21　别/18-22
别/19-36　續/1-48　續/8-29
陳寔(陳太丘、太丘)
正/3-21　正/6-15　外/4-21
外/7-7　外/18-39
陳氏
别/7-33
陳氏(陳夫人、吴長裕妻)

外/22-15
陳氏(金華縣君,王默初室)
正/30-4
陳氏(王濮初室)
外/22-7
陳氏妹(陳氏女弟)
外/14-19　外/17-53
陳氏女弟(見陳氏妹)
陳氏十娘(黄庭堅妹)
正/29-30
陳適用(見陳汝器)
陳適用(適用、陳汝器、汝器)
正/16-8　外/4-21　外/4-25
外/7-7　外/7-17
陳壽
别/6-33　别/17-39
陳叔(見陳慥)
陳叔武(見陳槊)
陳述古
補/9-2
陳舜俞(令舉)
正/20-18
陳槊(陳叔武、叔武)
正/30-13　别/10-10
陳塑(醇父、醇甫)
外/16-9　外/17-38
陳太丘(見陳寔)
陳湯(子公)
正/4-38　正/6-7　别/8-35
陳汀州(見陳軒)
陳圖南(見陳摶)
陳摶(陳圖南)
别/3-24
陳完之
正/31-6
陳文忠公(見陳堯叟)
陳無己(見陳師道)
陳希亮
正/30-13　正/31-6
陳希世
正/31-6
陳希載
正/30-13
陳晞
正/28-56
陳豨
外/16-18
陳先生(見陳祐)
陳顯忠
正/30-13　正/31-6
陳湘
正/13-22　正/13-23　正/13-25
陳襄
外/22-3
陳蕭縣
外/15-23

陳修己
别/7-27
陳軒(陳元輿、元輿、陳汀州)
正/4-37　正/4-38　正/30-8
外/11-46　别/7-10　别/7-45
陳亞之(見陳洎)
陳延禄
正/30-13
陳堯叟(陳文忠公)
正/27-41
陳宜(義夫)
正/24-3
陳宜之
正/31-6
陳隱夫
補/7-27
陳瑩中(見陳瓘)
陳庸(景回、陳君、府君)
正/30-13　正 31-6
陳鄘公
正/31-4
陳祐(純益、陳先生)
正/32-11　外/13-7
陳餘(成安)
外/16-19
陳諭
正/30-13　正/31-6
陳元達
正/27-50
陳元矩
别/7-17
陳元龍(見陳登)
陳元輿(見陳軒)
陳説道(説道)
外/17-5　外/17-26　外/17-39
外/19-17
陳宰之
正/31-6
陳慥(陳季常、季常、陳叔、龍丘子)
正/9-5　正/27-46　外/14-9
外/14-16　别/8-25　别/18-2
别/18-3　别/18-5　别/18-6
補/7-43
陳章
别/10-11
陳張(陳餘、張耳)
外/3-10　外/16-26
陳正字(見陳師道)
陳知白(天和)
補/2-18
陳知儉(公廙)
正/15-5
陳中(禮夫)
正/24-3
陳仲(見陳仲子)
陳仲子(陳仲)

正/22-19

陳子昂(陳伯玉)

正/18-17　正/25-60

陳子高(子高)

補/9-4

陳子惠

外/20-12

陳自然(陳君)

正/27-74

陳遵(陳孟公)

外/15-23　外/17-60　外/17-61

續/6-19

成安(見陳餘)

成季

别/7-10

成季(見李昭玘)

成節(成履中)

補/8-34　補/9-17

成履中(見成節)

成權(成子)

正/3-25　補/9-5

成孺

補/1-3　補/6-36

成氏

别/10-8

成叟(見廖及)

成瑣江

續/4-10

成湯

續/4-37

成王(見周成王)

成武丁

别/4-25

成逸(逸)

補/9-5

成章(見賀成章)

成之(見黄成之)

成子(見成權)

成子(見田常)

丞相(見李斯)

承天

續/1-73

承天寶禪師

别/3-30

承天扆老

外/24-37　續/6-24

承務(見監税承務)

承晏(見李承晏)

程伯休父

别/4-15

程不識(程衛尉)

正/9-28

程德孺(正輔)

續/1-75

程德裕

正/23-23

程夫人(長安君)
别/8-36 補/10-23
程顥(程太丞、伯淳父)
正/2-28 外/16-14
程撝
别/10-2
程金部
别/19-7
程李(程不識、李廣)
續/6-19
程三班
别/16-3
程氏
正/27-57
程氏(蔡德永妻)
别/10-11
程太丞(見程顥)
程萬里
别/10-2
程衛尉(見程不識)
程希孟(公闢)
别/18-23
程信孺(信孺)
正/5-16 别/2-20 續/5-39
程嬰
正/5-15 外/13-18 外/15-14
程宇
别/10-11
程正輔(見程之才)
程之才(程正輔、正輔)
别/7-5 别/9-1 别/16-35
别/19-9
程之邵
别/10-4
程旨(味道)
外/22-17 别/15-33 補/3-39
補/3-41 補/3-42
程遵道
正/30-4
誠懸(見柳公權)
澄甫
補/8-60
澄觀(清涼國師)
正/22-37
鴟夷子皮(子皮)
正/6-15
持國
補/5-6 補/5-7 補/5-8
持遠(見張濉)
持正(見皇甫湜)
持正(見藺大節)
持正禪師
外/18-49
沖日(物外禪師)
正/17-7
崇德(見李氏)

崇德君(見李氏)
崇德姨母(見李氏)
崇廣(廣師,一作崇慶)
正/3-27 補/3-20 補/3-22
補/9-5 補/9-27 補/10-6
崇寧道人(見文慶)
崇寧平老(崇寧長老平公)
别/15-29 續/9-29 續/9-30
崇寧慶公(見文慶)
崇寧長老平公(見崇寧平老)
崇勝(崇勝密老、崇勝密公、密上座、密師、密公、密老、密)
正/5-22 外/21-24 外/21-26
别/15-39 别/15-53 别/16-43
别/17-2 别/17-50 續/4-14
續/6-22 續/6-24 續/6-31
崇勝密公(見崇勝)
崇勝密老(見崇勝)
崇信(見黄茂宗)
重耳(見晉文公)
重華(見舜)
重實(見周秩)
初(見令初)
初和甫(見初虞世)
初和父(見初虞世)
初侯(見初虞世)
初虞世(初和甫、和甫、初和父、和父、初侯、盧溪叟)
正/3-22 正/27-26 正/27-31
外/2-21 外/6-5 外/6-6
别/1-63 别/6-66 别/17-51
補/5-6
樗里(見樗里子)
樗里子(樗里)
正/8-20 正/12-11 外/3-4
外/4-5
杵臼(見公孫杵臼)
楚金(楚金長老、金、普覺禪師)
正/21-31 别/2-8 别/3-61
楚金長老(見楚金)
楚文(見楚文王)
楚文王(楚文)
正/26-9
楚襄王(襄王)
正/13-18 正/14-17 别/16-48
楚圓(慈明、石霜)
正/15-8 正/15-11 别/8-14
褚(見褚遂良)
褚愛州(見褚遂良)
褚河南(見褚遂良)
褚遂良(褚愛州、褚河南、褚)
正/26-32 正/27-2 正/27-6
正/28-18 正/28-34 正/28-60
正/28-70 正/28-78 外/23-26
外/23-44 别/6-26 續/7-29
補/8-44

褚庭誨(一作褚廷誨)
外/23-2　別/7-56
處沖(見王處沖)
處道(見胡彦明)
處度(見秦湛)
處善使君
續/7-15
處士(見黄爨)
船子和尚(見德誠)
春卿(見賈青)
椿(見楊椿)
純(見在純)
純禪師(見在純)
純父(見王安上)
純公(見在純)
純老(見在純)
純仁(見戴純仁)
純上人(見在純)
純上座(見在純)
純翁(見在純)
純益(見陳祐)
純中(見徐佖)
淳于(見淳于意)
淳于髡(淳于)
正/20-2　外/10-30
淳于意(淳于、太倉)
正/5-2　外/22-2　別/2-3
別/6-62
醇甫(見陳塑)
醇父(見陳塑)
醇老(見曹醇老)
祠部學士(見李常)
慈明(見楚圓)
慈元
別/2-5　別/2-19　別/7-47
補/9-19
次川(見韓浚夫)
次公(見蓋寬饒)
次公(見黄霸)
次公(見唐次公)
次公(見楊傑)
次律(見蔡相)
次山(見韓嶢夫)
次山(見元結)
次翁(見李次翁)
次西(見徐麑)
次元(見周燾)
佽飛
正/3-7
賜(見端木賜)
聰老(見投子聰老)
聰玉(見趙子琇)
從道
補/7-35
從諗(趙州)
正/17-2　正/22-46

從聖

別/14-3　續/3-13

從之

正/12-8　續/5-4

從智

正/21-39

崔白(崔生)

正/27-63　正/27-66

崔伯庭(見崔駰)

崔伯易(見崔公度)

崔蔡(崔瑗、蔡邕)

正/1-17

崔常甫(常甫、崔郎)

外/1-3　外/13-9

崔德孫

正/31-7

崔杜(崔瑗、杜度)

正/5-2

崔夫人(王肱母)

正/31-2

崔公度(崔伯易)

正/6-5

崔供奉

續/9-13

崔浩

正/23-30

崔寬(中丞)

別/13-1

崔郎(見崔常甫)

崔少府

續/5-15

崔生(見崔白)

崔氏(長安縣君,党光嗣繼室)

正/30-9

崔思立

外/12-28

崔文貞(見崔祐甫)

崔彦直

外/24-23

崔駰(崔伯庭)

別/7-3　別/16-42

崔祐甫(崔文貞)

別/13-1

崔瑗(崔子玉)

正/28-48　別/7-56

崔張(崔瑗、張衡)

外/6-13　別/1-4

崔知悌

補/3-4

崔主簿

補/3-42

崔杼(崔子)

外/12-56

崔子(見崔杼)

崔子玉(見崔瑗)

粹道

外/18-32
粹甫
外/19-19
粹父(見宋班)
粹老(見馬醇)
翠巖(見可真)
翠巖璣禪師
别/3-28
翠巖可真(見可真)
翠巖新禪師(見悟新)
翠巖悦(見文悦)
翠巖悦禪師(見文悦)
翠巖真(見可真)
翠巖真禪師(見可真)
存道(見楊從)
達磨(見達摩)
達夫(見王該)
達夫(見周達夫)
達監院
續/3-51
達摩(達磨)
正/15-12　正/27-46　正/32-3
别/3-57　補/10-18
達源
補/7-46
大夫公(見黄灦)
大夫公(見黄湜)
大夫公(見楊申)
大夫君(見李通儒)
大父(見黄廉)
大高待詔(見高益)
大谷公
正/19-18
大圭
補/5-52
大家(見曹大家)
大舅學士(見李莘)
大覺
正/17-12
大郎(見黄大臨)
大郎(余卞之子)
大理(見史昌遂)
大理君(見史昌遂)
大臨(見黄大臨)
大令(見王獻之)
大明(惠遠)
補/8-39
大年(見楊億)
大年(見趙令穰)
大通(見蘇大通)
大通禪師
正/22 52　續/2-40
大同(見張協)
大溈(見慕喆)
大溈禪師(見慕喆)
大溈喆禪師(見慕喆)

大新婦
續/10-25
大薛
外/13-7
大嚴禪師
正/22-39
大陽(見警玄)
大姨太君
補/4-25
大愚(見守芝)
大愚芝(見守芝)
大中(見張杰)
大主簿(見黄樸)
大宗(見宗炳)
戴安道(見戴逵)
戴純仁(純仁)
續/5-31 續/5-32
戴道純
正/7-29 別/17-46
戴道士
外/16-25 外/20-19
戴倅
續/4-38
戴綱(七二郎、七二)
外/24-26 續/4-31
戴經(戴六六、六六)
外/24-26 續/4-31 續/4-32
戴景憲(景憲)
別/15-52 續/4-31 續/5-31
戴君(見戴輿)
戴逵(戴安道)
正/19-39
戴坤父
補/10-6
戴老(見戴嵩)
戴六六(見戴經)
戴器之(器之)
補/2-37 補/8-33
戴嵩(戴老)
正/3-15
戴輿(戴君)
正/16-3
耼(見老耼)
儋耳道人(見蘇軾)
當時(見馮當時)
當時(見唐遘)
党伯舟(見党涣)
党淳
正/30-9
党光嗣(党明遠、明遠、党皇城、党侯、党君、党守)
正/20-11 正/29-26 正/30-9
補/10-6
党侯(見党光嗣)
党涣(党伯舟、伯舟)
正/30-9 別/4-15 別/16-18

党皇城(見党光嗣)
党君(見党光嗣)
党明遠(見党光嗣)
党湜
正/30-9
党守(見党光嗣)
党素
正/30-9
党武
正/30-9
党宣
正/30-9
党澤
正/30-9
黨彦進
正/19-46
道安
外/12-37
道傳(見孟易)
道純
補/8-27
道純(見劉格)
道夫(見晁道夫)
道輔(見魏泰)
道和(見周撫)
道林(見琳公)
道林琳公(見琳公)
道潛(參寥)
正/21-23　補/7-50
道卿(浯溪僧)
正/5-30
道人(見唐履)
道微(見彭道微)
道微(雲居膺禪師)
正/6-10
道尉(見勾宗禹)
道裕
正/25-5
道元(見酈道元)
道原(見劉恕)
道源(見張宗)
道韞(見謝道韞)
道真
正/23-38
道臻(臻道人、臻僧正、臻公、臻師、臻、净照、净照禪師、净照老人、仁甫)
正/15-7　正/15-12　正/17-1
正/25-8　别/7-51　别/8-27
續/2-56　補/5-28　補/6-5
補/8-4　補/8-32
道宗(見蘇熹)
道遵
補/9-5
盜跖(見跖)
德(見江德)

德操(見司馬徽)
德誠(船子和尚)
别/8-39
德夫(見文煇)
德夫運使
補/2-37
德甫(見黄德甫)
德父(見洪民師)
德郊(見徐德郊)
德久(見鄒柄)
德舉宣義
續/2-21
德清
補/9-5
德孺(見范純粹)
德孺五丈(見范純粹)
德山
正/15-12
德叟(見李秉彝)
德素(見李瓅)
德修(見高德修)
德循(見錢德循)
德延
正/25-56
德輿
補/7-49
德占(見徐禧)
德之(見陳德之)
鄧峰永
正/21-31
鄧公(見鄧潤甫)
鄧侯(見鄧慎思)
鄧侯(見鄧忠臣)
鄧君(鄧)
續/2-68
鄧潤甫(鄧公)
正/4-21　外/12-18
鄧慎思(見鄧忠臣)
鄧四郎
别/16-49
鄧温伯
别/9-1
鄧翁(李公擇師)
外/21-6
鄧隱
外/23-25
鄧攸
補/9-4
鄧忠臣(鄧慎思、慎思、鄧侯)
外/16-14　外/18-22
鄧仲常
續/1-60
狄棐
正/30-3
狄公(見狄遵禮)
狄梁公(見狄仁傑)

狄明復
正/30-3
狄明權
正/30-3
狄明述
正/30-3
狄明通
正/30-3
狄明遠
正/30-3
狄明昭
正/30-3
狄明忠
正/30-3
狄仁傑(狄梁公、梁公)
正/30-3　外/11-16
狄希顔
正/30-3
狄引進
外/8-3
狄元規(見狄遵度)
狄遵度(狄元規、元規)
正/1-15　正/30-3　外/22-19
狄遵禮(子安、狄公)
正/30-3
覿(見秦覿)
第五公(見第五倫)
第五倫(第五公)
外/20-3
顛長史(見張旭)
點(見曾點)
佃夫(見歐陽襄)
殿中(見潘仁杲)
刁氏(下蔡縣君,魏瓘初室)
正/20-18
刁氏(新安縣君,魏瓘繼室)
正/20-18
刁彦能
正/17-5
丁成
别/18-34
丁君
外/20-35
丁氏(錢塘縣君,陶弼妻)
正/30-7
丁儀
外/8-12
丁元珍
正/16-15
鼎臣(見徐鉉)
定國(見王鞏)
定應大師
正/22-40
冬兒
續/6-21　補/5-54　補/5-61
補/6-13

東阿(見曹植)
東禪長老
別/3-59
東川提舉
別/18-8 續/4-1 續/4-2
東川主人
續/3-20
東丹(見李贊華)
東方(見東方朔)
東方公(見東方朔)
東方曼倩(見東方朔)
東方生(見東方朔)
東方朔(方朔、東方曼倩、東方先生、東方生、東方公、東方)
正/22-17 正/22-23 正/26-12
正/26-29 正/27-9 正/27-28
正/27-36 正/28-48 正/28-75
外/1-7 外/2-23 別/6-51
別/7-4 別/16-31
東方先生(見東方朔)
東郭(見蔡曾)
東郭(見東郭先生)
東郭居士(見蔡曾)
東郭先生(東郭)
正/6-7
東林長老度公
續/2-58
東林總公(見常總)
東平侯(見趙景珍)
東平侯(見趙令嬪)
東平王(見趙承幹)
東坡(見蘇軾)
東坡伯仲(蘇軾、蘇轍)
續/10-12
東坡道人(見蘇軾)
東坡居士(見蘇軾)
東坡老人(見蘇軾)
東坡蘇公(見蘇軾)
東坡先生(見蘇軾)
東卿(見黄東卿)
東溪老(見行瑛)
東陽沈侯約(見沈約)
東玉(見吕珣)
董弼
別/10-6
董夫人(梁如圭妻)
外/22-9
董轂
外/22-7
董侯(見董逵)
董狐
正/4-9 正/15-10 正/26-37
外/8-4
董黄中
正/17-5
董賈(董仲舒、賈誼)

外/21-5
董逵(董元達、董侯)
正/3-17
董生(見董仲舒)
董賢
外/1-17
董孝子
正/28-69
董宣
外/12-45
董隱子(隱子)
正/20-16
董元達(見董逵)
董糟丘
外/11-7
董仲達
别/7-17
董仲舒(董生、董子)
正/26-42 别/1-72 别/2-3
别/5-13 别/18-30
董子(見董仲舒)
洞山邦老(洞山道人邦公)
續/3-52 補/2-18
洞山道人邦公(見洞山邦老)
洞山价禪師(見良价)
都官君(見胥元衡)
都監劉君
續/3-58
兜率照公(見慧照)
豆盧突(見宇文招)
竇高州
補/8-32
竇連波(見竇滔)
竇士宣
别/9-1
竇滔(竇連波)
正/10-38
杜純(孝錫)
正/31-3
杜度
别/7-56
杜多(比丘尼)
正/21-36 正/22-35 外/22-17
杜甫(甫、杜子美、子美、杜陵翁、杜陵、少陵、杜叟、老杜、拾遺)
正/3-23 正/5-27 正/6-11
正/6-28 正/7-37 正/8-25
正/14-19 正/16-13 正/18-2
正/18-12 正/18-13 正/18-17
正/18-18 正/18-22 正/19-11
正/19-20 正/21-13 正/25-34
正/25-43 正/25-59 正/26-15
正/26-20 正/26-47 正/28-56
外/6-29 外/7-19 外/7-25
外/7-29 外/9-39 外/12-9
外 15-22 外/16-27 外/17-71

外/18-4 外/19-22 外/21-16
外/23-3 外/23-10 外/23-15
外/24-16 别/3-4 别/6-3
别/6-49 别/6-67 别/7-11
别/8-21 别/8-33 别 8-34
别/11-9 别/11-35 别/11-48
别/14-16 别/17-25 别/18-22
别/18-33 别/18-34 續/1-55
續/5-27 續/6-24 續/7-20
補/4-42 補/8-11 補/8-31
補/8-34
杜瓜
正/19-48
杜鴻漸
外/7-52
杜家父
正/10-17
杜澗叟(見杜槃)
杜靖(安雅、紹聞)
别/4-5
杜陵(見杜甫)
杜陵翁(見杜甫)
杜牧(杜牧之、牧之)
正/10-11 外/11-30 外/23-28
杜槃(杜澗叟、澗叟)
外/7-52 外/12-12
杜祁公(見杜衍)
杜審言
外/10-18
杜詩
别/6-15
杜氏(史扶繼室)
正/32-2
杜似
外/12-1
杜叔元
别/4-5
杜叟(見杜甫)
杜微(主簿)
正/2-22
杜衍(杜正獻、杜祁公)
正/25-43 别/6-54
杜宇
外/3-10
杜預(杜元凱)
正/27-30 補/8-65
杜元凱(見杜預)
杜元叔
續/6-12
杜正獻(見杜衍)
杜植
正/20-17
杜仲觀
外/12-36 外/12-37
杜周
正/28-69

杜子美（見杜甫）
杜子卿
外/17-63
杜宗文
外/7-29
杜宗武
外/7-29
度（見思度）
端本（見國經）
端弼（見宋正臣）
端臣（見史直躬）
端夫（見陳端夫）
端己（見黄端己）
端明（見蘇軾）
端木賜（賜）
正/19-16
端叔（見李之儀）
端彦（見田端彦）
段疋磾（疋磾）
續/10-27
段少連
正/26-28　補/8-38
段氏（蕭公餉妻）
正/31-1
惇夫（見邢居實）
惇實（見周惇頤）
敦常（見國經）
敦夫（見邢居實）
敦禮（見檀敦禮）
敦詩（見頓敦詩）
遁翁（見廖及）
頓察院（見頓敦詩）
頓敦詩（敦詩、頓察院）
别/19-17　續/2-48　續/2-51
頓二主簿
外/17-50　外/17-54
多老（見徐多老）
峨眉僧正（見簡之）
峨眉章上座（見章上人）
二班（班彪、班固）
正/8-18　外/6-13　别/17-38
二范（范子夷、范子默）
正/1-28
二何
正/19-11　正/27-87
二郎
補/7-27
二陸（陸機、陸雲）
外/3-23
二橋（大橋、小橋）
外/5-29
二十八叔母
續/2-1
二十弟（見黄叔達）
二十二
續/3-6

二十二姊
正/28-25
二十六娣縣君
補/7-31
二十三娘
續/5-21
二十四郎(見黄仲熊)
二十四舍弟(見黄仲熊)
二十一娘
續/5-19　續/5-21
二世皇帝(見秦二世)
二蘇(蘇軾、蘇轍)
正/1-27　正/5-17　續/6-6
二蘇(蘇舜欽、蘇舜元)
正/27-38
二王(王羲之、王獻之)
正/26-32　正/27-33　正/28-34
二仲(羊仲、求仲)
外/3-4　外/11-51
發(宋氏夫人子)
别/10-20
法安(法安大師、安禪師、安公、延恩長老、老禪)
正/25-48　正/32-6
法安大師(見法安)
法鐙
補/8-22
法鏡僊老
續/9-28
法輪齊公(法輪長老齊公)
别/1-68　補/4-27
法輪長老齊公(見法輪齊公)
法昦
補/10-6
法清(雲巖老法清、清)
正/17-3　正/21-30
法通(浄慈法師)
正/14-48
法王航禪師(見智航)
法王長老航公(見智航)
法秀(法雲秀禪師、法雲秀公、法雲秀、法雲禪師)
正/15-4　正/21-38　正/22-45
正/25-48　正/32-6　外/22-11
法演(五祖演禪師、五祖)
正/22-43　續/6-31
法涌
正/22-52
法源
補/8-19
法遠(圓鑒、浮山)
正/17-6　正/25-62　外/18-49
法雲禪師(見法秀)
法雲秀(見法秀)
法雲秀禪師(見法秀)
法雲秀公(見法秀)

法舟(舟)
外/23-17　别/6-61
蕃子敦
續/4-29
樊侯(見樊噲)
樊姬(見樊通德)
樊噲(樊侯、樊相)
外/17-41　外/17-46
樊素(白居易妓)
正/2-15　正/10-4
樊通德(樊姬)
正/11-22　正/13-92
樊相(見樊噲)
樊仲山甫
别/4-15
樊宗師
正/1-18
范百禄(范子功、中書)
正/27-46　别/2-5　别/7-47
范百朋(朝散)
别/2-5
范賁
别/7-56
范純粹(范德孺、德孺、德孺五丈、慶州)
正/2-28　正/3-29　正/4-1
正/6-16　正/6-17　正/6-18
正/7-35　外/18-13　别/1-45
别/15-36　别/19-8　别/19-9
續/8-18　續/8-26　補/7-6
補/10-6
范純仁(堯夫、右丞相范公)
别/9-1　補/7-41
范淳夫(見范祖禹)
范丹
外/18-31
范德孺(見范純粹)
范度
别/2-5
范敦夫
續/2-48
范夫人(十一舅母、安福縣君)
别/13-16
范公(見范仲淹)
范公(見范祖禹)
范光祖
補/8-33
范宏父(見范鏜)
范侯(見范寥)
范侯(見范温)
范家僧
續/6-35
范君仲
别/8-8
范鍇
别/2-5

范寬
正/17-6 别/6-37
范郎(見范温)
范蠡(陶朱公、朱公、陶朱、范子)
正/9-30 正/16-14 正/24-12
正/25-14 外/6-2 外/16-11
外/17-14 外/17-15 别/8-41
補/8-10
范廉
别/1-34
范寥(范信中、信中、范侯)
正/5-32 别/1-8 别/2-11
補/5-41 補/5-45 補/10-6
范寧(范武子)
外/19-1
范生
外/17-13
范守
别/18-28
范叔才
正/29-21
范蜀公(見范鎮)
范睢
别/17-37
范璲
别/2-5
范鏜(范宏父)
正/19-40 别/15-13
范蔚宗(見范曄)
范温(范元實、元實、范侯、范郎、仲子)
正/3-24 正/5-25 别/1-47
别/2-13 補/4-28
范文正(見范仲淹)
范武子(見范寧)
范信中(見范寥)
范曄(范蔚宗、蔚宗)
正/8-2 正/8-18 正/26-42
范元實(見范温)
范鎮(景仁、景仁考功、范蜀公、范忠文公)
正/6-25 别/1-32 别/6-29
續/1-5 續/1-11
范正民(范子政、子政)
别/6-6
范正平(范子夷)
正/2-7
范正思(范子默、子默)
正/2-7 正/11-14
范中濟
正/26-29
范中濳
正/26-29
范忠文公(見范鎮)
范仲淹(范文正、文正公、文正、范公)

正/2-7　正/26-37　正/26-38
正/26-39　外/11-7　外/23-39
别/19-41　補/8-58
范子(見范蠡)
范子功(見范百禄)
范子默(見范正思)
范子夷(見范正平)
范子正
續/6-35
范子政(見范正民)
范子舟(子舟)
正/3-2　正/3-3　正/5-14
范祖堯
别/10-17
范祖禹(范淳夫、范公)
正/3-24　正/20-15　正/31-4
别/16-34　别/19-4　補/6-38
梵志(見王梵志)
範(見師範)
範道人(見師範)
範公(見師範)
範公禪師(見師範)
範和尚(見師範)
範上人(見師範)
範上座(見師範)
範長老(見師範)
方安道
外/22-3
方察院
續/2-5
方公悦(見方澤)
方廣(見在純)
方回
續/7-18
方回(見郗愔)
方會(楊岐)
别/12-19
方進(見郭大昕)
方進(見李方進)
方君
别/18-28
方蒙
補/7-46
方叔(見李廌)
方朔(見東方朔)
方澤(方公悦)
正/5-20　正/11-6　外/22-3
房伯庸
續/6-35
房君
别/15-38
非熊(見黄仲熊)
分寧蕭宰
别/14-42
汾陽(見郭子儀)
封德彝(封彝)

正/28-69　外/10-48
封彝(見封德彝)
逢(宋氏夫人子)
别/10-20
馮才叔(才叔、才叔道人、馮太守)
正/26-48　别/17-40　别/19-43
續/9-16　續/9-20　補/5-11
補/10-6
馮大郎
别/17-46
馮當時(馮紹先、當時、紹先)
别/8-30　别/19-47　補/10-6
馮當世(見馮京)
馮奉世(馮光禄)
正/2-11
馮光禄(見馮奉世)
馮京(馮當世)
正/27-45
馮紹先(見馮當時)
馮氏(韓復初室)
正/30-10
馮宿
正/30-10
馮唐
正/13-69　正/22-4
馮維方
正/30-10
馮孝叔
補/10-6
馮行己
正/30-10
馮行敏
正/30-10
馮彦擇
補/9-26
馮儀(馮君)
正/31-12
馮宗道馮太守(見馮才叔)
鳳兒(鳳郎)
外/7-24
鳳郎(見鳳兒)
佛兒
别/18-32
佛海瑞公
續/9-26
佛肸
正/25-19
佛印(見了元)
敷道人
别/11-13
伏波(見馬援)
伏虎禪師
正/17-4
伏勝
正/27-48
伏勝女(見勝女子)

伏羲
正/6-12　正/20-4
孚道(見吴革)
浮山(見法遠)
福昌善禪師
正/32-4
福昌信禪師(見知信)
福公(見智福)
福夷(見張威)
甫(見杜甫)
府君(見陳庸)
輔聖(見李輔聖)
阜(見王阜)
負芻
正/24-14
傅大士(雙林)
正/25-19　别/2-8　補/8-23
傅肩(傅君倚)
外/4-27
傅君倚(見傅肩)
外/12-19
傅尉(蘄春尉)
外/16-34
傅玄
别/4-25
傅堯俞(欽之)
外/2-22
傅毅
别/4-25
傅説(商巖)
正/24-23　正/27-42　外/2-22
外/12-19
傅子正
正/16-15
復之(見王默)
富弼(富鄭公、富亳州)
外/15-13　外/23-32
富亳州(見富弼)
富春公(見孫承議)
富嘉謨
别/4-25
富順君(見宋元壽)
富鄭公(見富弼)
蓋寬饒(次公)
正/13-51　正/27-36
蓋郎中
外/9-20　外/17-71　外/17-72
蓋明仲
别/11-19　别/11-22
甘表民(表民)
補/10-6
甘延壽
正/2-11
甘祖爽
補/10-6
綱(智氏夫人子)

別/10-18

高彪

別/6-9

高大忠

補/9-26

高旦(左藏旦)

別/16-6

高德修(德修、高使君)

正/26-9 別/6-67 別/19-20

補/5-3 補/5-4 補/5-5

補/7-11 補/10-6

高定侯

別/18-35

高公紀(高君正)

外/3-18

高荷(高子勉、子勉、高郎)

正/6-12 正/8-25 正/8-26

正/25-58 正/25-59 別/8-28

別/14-26 續/8-23

高侯(見高元敏)

高獲(高敬公、敬公)

正/26-42

高將軍(見高力士)

高敬公(見高獲)

高居大士(見惟清)

高君

補/3-38

高君素(君素)

正/8-1

高君正(見高公紀)

高郎

補/5-21

高郎(見高荷)

高力士(高將軍)

正/5-27 外/3-14

高權

補/10-6

高若訥(高司諫)

正/26-44 別/2-3

高十二郎

正/26-60

高使君

續/3-30

高使君(見高德修)

高使君(見高彦脩)

高士敦

外/8-19 外/10-39

高士造

別/9-1

高述

正/26-4 外/11-18 別/6-38

續/7-24

高司諫(見高若訥)

高文進(小高待詔、小高)

正/27-76 外/23-42

高閑

外/16-15　外/23-15
高彦脩(高使君、高左藏、高羽)
正/13-32　正/13-35　別/16-6
續/3-61　補/6-12
高益(大高待詔)
正/27-76　外/23-42
高友諒
外/22-7
高羽(見高彦脩)
高元敏(求父、高侯)
正/16-11
高允中(允中)
補/10-6
高至言(高子)
正/6-12　外/7-3
高仲本(仲本)
正/7-27　正/10-36　別/2-15
補/9-23
高州(見陳祕)
高子(見高至言)
高子勉(見高荷)
高宗(見唐高宗)
高祖(見魏孝文帝)
高遵裕
正/30-3
高左藏(見高彦脩)
葛洪(葛仙)
正/12-9　正/15-6　正/32-5
別/11-31
葛亮
續/3-16
葛敏修
外/3-15
葛叔忱(見葛藴)
葛仙(見葛洪)
葛藴(葛叔忱)
正/28-55
耿端彦
正/30-13
耿幾父
外/2-16
更生(見劉向)
工部(見潘吉甫)
公秉(見葉均)
公超(見張楷)
公綽(見孟公綽)
公達(見李布)
公定(見謝悰)
公衮(見曾紆)
公厚(見趙克敦)
公濟
補/4-13
公濟(見王公濟)
公静(見謝愔)
公卷(見曾紆)
公立(見李公立)

公立(見夏倚)
公麟(見李公麟)
公敏(見劉公敏)
公闢(見程希孟)
公權(見嚴與)
公山不狃
外/20-31
公壽(見趙世享)
公素(見孫賁)
公肅(見鄭雍)
公孫杵臼(杵臼)
正/5-15 外/13-18
公孫弘(平津)
正/1-29 正/3-7
公孫僑(子産)
正/16-9 正/21-6 正/23-3
外/6-13 外/20-9 别/11-49
公孫衍(犀首)
外/9-40
公孫枝(子桑)
正/18-2 外/1-7 外/6-16
公西赤(子華)
外/21-11
公休(見司馬康)
公序(見宋庠)
公言通直
補/4-24 補/7-48
公彦(見賈公彦)
公養
外/3-6 續/4-6 續/9-22
公益(見陳公益)
公廙(見陳知儉)
公蘊(見李公蘊)
公蘊知縣宣德(見李公蘊)
公擇(見李常)
公鎮(見黄公鎮)
公子(見張放)
功甫(見郭祥正)
功父(見郭祥正)
宫之奇(之奇)
外/15-25
恭禪師(恭公)
恭睦
正/31-2 補/8-1
龔遂
正/27-93
龔原(深父)
外/13-25
龔鄒(龔夬、鄒浩)
正/8-24
共(見共工)
共工(共)
正/1-26
句氏(張公邵妻)
别/10-4
勾尉(見勾宗禼)

勾主簿
別/17-37
勾宗咼(勾尉、夔道尉)
正/13-80 外/21-9 續/4-36
補/8-34
覯(見秦覯)
孤竹
外/14-6
姑氏(見張氏)
固(見班固)
固(見王固)
固道(見馬固道)
顧長康(見顧愷之)
顧公(見顧臨)
顧侯
外/16-3
顧虎頭(見顧凱之)
顧凱之(顧長康、顧虎頭、虎頭)
正/2-4 正/2-5 正/7-11
正/8-29 正/9-9 正/18-8
外/2-2 外/4-5 外/5-6
外/5-17
顧況
別/6-14
顧臨(顧子敦、子敦、顧公)
正/2-4 正/7-11
顧陸(顧愷之、陸探微)
正/22-51
顧陸(顧野王、陸羽)
外/12-50
顧雍(元歎)
外/7-15
顧之八舅(見李顧之)
顧子敦(見顧臨)
關生(見關張)
關同(關潼)
正/27-55 正/27-70 外/23-38
關潼(見關同)
關張(關生)
補/6-19 補/6-20
觀復(見王蕃)
觀音院長老
續/1-72
管蔡(管叔、蔡叔)
別/6-6
管及(管時當、時當)
補/5-41 補/5-45 補/10-6
管君
補/5-19
管時當(見管及)
管仲
外/21-11
貫休(禪月)
正/11-1
灌夫
正/27-36

光(見孟光)
光(見徐光)
光禄(見黄中坦)
光禄(見劉昆)
光禄(見單頊)
光禄(見史利用)
光禄府君(見黄中坦)
光武(見漢光武帝)
光逸(光孟祖)
正/31-2
廣道(見楊廣道)
廣公闍梨
正/19-43
廣漢(見趙廣漢)
廣平公(見宋盈祖)
廣僧(廣)
續/9-16　補/5-30
廣師(見崇廣)
廣叔(見喬敞)
廣武(見李左車)
廣之
別/15-38
廣之(見張廣之)
龜父(見洪朋)
歸登(歸公)
正/6-30
歸公(見歸登)
歸恭(普明道者、普明)
正/32-7
歸省(省禪師)
正/25-8
歸宗文老
續/5-28
鬼章青宜結(青宜)
正/10-6
桂林伯
正/29-24
衮(見石衮)
郭純中
別/10-2
郭大
正/14-48
郭大昕(郭方進、方進)
別/2-2　別/10-2
郭殿直
別/16-6　別/16-9
郭方進(見郭大昕)
郭韭(山父)
正/24-12
郭輔
正/31-6
郭功甫(見郭祥正)
郭功父(見郭祥正)
郭紘(朝請君)
別/10-2
郭垕(宅父)

正/24-12
郭基(堂父)
正/24-12
郭伋
别/6-15
郭給事
正/29-14
郭己千
别/10-2
郭監簿
外/18-36
郭解(翁伯)
外/9-9
郭景初
别/10-2
郭郎中(見郭文)
郭禮
外/22-15
郭林宗(見郭泰)
郭靈運
正/28-47
郭令公(見郭子儀)
郭旅百
别/10-2
郭明父
外/9-9
郭明叔(見郭知章)
郭璞
别/4-25
郭全甫(全甫)
補/5-41　補/5-45　補/10-6
郭戎
補/10-6
郭尚父
正/27-51
郭詩翁
正/14-48
郭時萬
别/10-2
郭氏(陳綱初室)
正/31-6
郭守
續/6-33
郭泰(郭有道、郭林宗、林宗)
正/26-6　正/26-40　正/26-69
外/18-31　外/24-19　别/4-2
别/18-31
郭庭誨(庭誨)
外/17-8　外/17-9　外/17-10
外/19-18　補/7-52
郭文(郭郎中)
外/9-20
郭熙(熙)
正/4-3　正/8-20　正/10-2
正/10-34　正/27-73　别/7-46
郭祥正(郭功父、功父、郭功甫、功

甫）
正/13-5 正/13-55 正/13-57
正/13-59 别/1-17 别/3-31
補/9-26
郭象
正/20-3
郭彦佐
正/30-11
郭欽正
正/31-1
郭英發（英發）
正/18-8 正/24-12 别/17-8
别/17-9 續/5-3
郭英乂
正/28-58
郭有道（見郭泰）
郭右曹
外/9-23
郭知十
别/10-2
郭知章（郭明叔、明叔）
外/3-11 外/7-12 外/18-41
别/14-33
郭中（子和）
别/2-18
郭忠恕
正/28-36 别/6-20
郭子
正/23-15
郭子仁
補/10-6
郭子儀（郭令公、子儀、汾陽）
正/28-45 别/10-2
國經（敦常、端本）
正/24-8
海會演老
正/18-26
海陵老人
補/7-34
海上道人（見蘇軾）
海首座
外/11-11
寒山（寒山子）
正/23-26 外/23-14 别/3-23
别/8-26
寒山子（見寒山）
韓（見韓君）
韓辨翁（見韓復）
韓操
外/22-12
韓潮州（見韓愈）
韓崇
正/30-10
韓川
正/8-19
韓純翁

外/21-28
韓杜(韓愈、杜甫)
正/9-36
韓二州
補/5-51
韓非
正/24-11　正/25-38
韓夫人(成安君,胥元衡妻)
外/22-21
韓復(韓辨翁)
外/24-6
韓復(韓君、辨翁、韓辨翁)
正/30-10
韓幹(韓生)
正/3-15　正/4-4　正/4-5
別/8-43　別/14-16
韓公(見韓琦)
韓公(見韓愈)
韓廣叔
補/8-3
韓歸惠
正/30-10
韓漸(韓正翁、正翁、韓子)
正/16-14　外/18-19　外/21-28
韓絳(韓子華、韓獻肅公、韓康公)
正/6-26　正/29-12　外/23-34
別/5-4　別/10-2　別/12-25
別/12-27　別/12-28　別/12-29
別/12-30　別/12-31　別/17-53
韓駒(子蒼)
外/21-29
韓君(韓)
續/2-68
韓君(見韓復)
韓浚夫(次川)
外/24-6
韓康公(見韓絳)
韓老(見韓愈)
韓令(見韓琦)
韓彭(韓信、彭越)
正/2-28
韓琦(韓魏公、魏公、韓忠獻、韓公、韓令)
正/25-43　外/11-37　外/23-33
別/12-25　別/12-27
韓慶之
正/30-10
韓瓊
正/25-29
韓三
外/18-4
韓生(見韓幹)
韓生(見韓信)
韓十
別/18-33　續/4-38　續/6-24
續/10-25

韓侍郎
别/4-25
韓退之(見韓愈)
韓魏公(見韓琦)
韓文公(見韓愈)
韓偓(韓致堯)
補/8-57
韓獻肅公(見韓絳)
韓信(韓生、淮陰侯)
正/19-46 正/23-19 外/16-18
外/16-19
韓巡檢
補/4-20
韓嶢夫(次山)
外/24-6
韓易夫(稚川)
外/24-6
韓穎
正/30-10
韓愈(韓退之、退之、韓文公、韓公、韓老、韓潮州、吏部)
正/1-18 正/15-7 正/16-2
正/18-17 正/18-18 正/18-21
正/18-22 正/19-1 正/19-36
正/25-36 正/27-28 正/27-86
正/28-56 正/28-69 外/3-19
外/5-15 外/11-15 外/18-15
外/23-7 外/23-29 外/24-19
别/2-3 别/6-3 别/6-10
别/6-34 别/7-3 别/8-9
别/10-2 别/16-42 别/18-41
續/1-10 補/8-21 補/8-50
補/8-51
韓掾
别/16-58
韓擇木
補/8-48
韓震
正/30-10
韓正翁(見韓漸)
韓治(循之)
續/2-44
韓致堯(見韓偓)
韓中令
外/17-61
韓忠獻(見韓琦)
韓子(見韓漸)
漢安(見漢安帝)
漢安帝(漢安)
别/10-4
漢高祖(劉季、沛公)
外/16-18 補/3-33
漢公
外/1-12 外/10-40
漢光武帝(光武、世祖)
正/16-10 外/11-48 外/19-33

漢侯
補/1-3
漢家飛將(見李廣)
漢武帝(漢孝武、孝武)
正/16-10 別/16-48
漢孝文帝(孝文、太宗)
外/16-21 別/5-13
漢孝武(見漢武帝)
漢宣帝(宣帝、孝宣)
正/16-10 正/27-93 別/4-8
別/5-13 別/16-20 別/16-55
漢章帝
別/7-16
翰林(見李白)
翰林(見蘇軾)
翰林東坡(見蘇軾)
翰林公(見蘇軾)
翰林瑯琊公(見胥偃)
翰林蘇公(見蘇軾)
好畤令君
別/19-38
郝希孟
外/14-6
浩然(見孟浩然)
浩然(見蘇浩然)
顥(見元顥)
何充(何侯)
外/8-2
何婦(洪羽妻)
續/2-2
何侯
外/16-3
何侯(見何充)
何静翁(静翁、何君)
正/18-9 正/18-19 外/21-1
續/5-38 續/6-1
何君(見何静翁)
何君表(君表)
外/16-33 別/10-1 別/17-45
何君庸(君庸、何郎)
外/8-23 外/10-21 外/10-25
外/10-36 外/15-25 外/20-20
外/20-21 別/1-58
何濬
補/10-6
何郎(見何君庸)
何郎(見何晏)
何人表
正/26-66
何仁表
續/2-27
何若谷
別/10-1
何十三(見何顗)
何氏(蕭景修妻)
別/10-1

何斯舉(見何頡)
何王(何晏、王弼)
外/17-3
何獻盟
補/6-14
何頡之(何斯舉、斯舉)
别/7-17　别/18-4　續/1-76
續/2-25
何休
外/15-25
何遜
外/3-22　外/11-55　外/15-25
外/16-20
何晏(何郎)
外/10-21　外/10-27
何顗(小何、何十三,一云即何頡之斯舉)
正/9-47　正/9-48
何宇之
續/5-38
何裕道
别/6-11
何宰
續/8-3
何造誠
外/9-4
何主簿
外/18-47
何子温
補/3-37
何子玉
續/9-29　續/9-30
和扁(醫和、扁鵲)
正/2-28　正/18-3　外/1-13
和甫(見初虞世)
和父(見初虞世)
和父(見柳和父)
和公(見趙克敦)
和國公(見趙克敦)
和緩(醫和、醫緩)
外/2-23
和嶠(長輿)
正/6-29
和叔(見黄育)
和叔(見邢恕)
河東夫人(見柳夫人)
河東叔父(見黄廉)
河間獻王(見劉德)
河南通直
别/19-9
賀八
正/28-33
賀不疑(見賀天成)
賀成章(成章)
正/21-46
賀方回(見賀鑄)

賀蘭(見賀蘭進明)
賀蘭進明(賀蘭)
外/17-44
賀慶孫
正/21-46
賀天成(賀不疑、性父)
别/4-23
賀鑄(賀方回)
正/11-7
黑解子
續/7-2
衡(見匡衡)
弘憲(見李吉甫)
宏遠
别/7-56
洪(見洪芻)
洪(見洪朋)
洪盎父(盎父)
正/18-20 别/18-28
洪芻(洪駒父、駒父、洪)
正/5-18 正/18-20 正/18-21
正/19-3 正/19-4 正/19-10
正/19-13 正/19-17 正/19-18
正/21-5 正/21-8 正/21-26
正/24-1 正/27-54 正/28-63
外/21-4 外/21-5 外/21-6
别/18-4 别/18-27 别/18-28
續/1-2 續/2-1 續/2-2
續/2-4
洪範(見余卞)
洪龜父(見洪朋)
洪鴻父(見洪羽)
洪駒父(見洪芻)
洪民師(德父)
正/32-11 别/2-1 補/2-16
補/2-17
洪朋(洪龜父、龜父、洪)
正/21-7 正/21-25 正/24-1
正/25-53 正/26-68 别/18-4
别/18-28 别/18-30 别/18-33
續/2-2
洪甥
補/7-46
洪氏四甥(洪朋、洪芻、洪炎、洪羽)
正/24-1 正/27-87 别/18-27
洪炎(洪玉父、玉父)
正/18-20 正/19-11 正/21-9
正/24-1 正/27-87 别/18-3
别/18-27 别/18-28 補/2-18
補/8-15
洪羽(洪鴻父、鴻父)
正/18-20 正/19-11 正/21-15
正/24-1 别/18-5 别/18-28
别/18-31 續/2-2 續/2-4
洪玉父(見洪炎)
洪姊夫

續/1-3
鴻(見酈鴻)
鴻范(鴻范七舅)
補/3-1　補/3-2　補/3-3
補/3-4　補/3-5
鴻范七舅(見洪范)
鴻父(見洪羽)
侯景
續/10-27
侯蒙(侯元功)
外/13-19
侯尉
外/8-14　外/12-27
侯喜
外/6-8
侯嬴
正/2-19　外/13-15
侯元功(見侯蒙)
厚陵(見宋英宗)
呼韓(見呼韓邪)
呼韓邪(呼韓)
正/7-2
胡朝請
外/3-16　外/9-42
胡次仲(胡秀才)
正/19-7
胡洞微(明之)
補/8-38
胡府君(胡蒙父)
外/22-4
胡輔之(彦國)
外/1-15
胡格
正/31-8
胡公達
正/26-50
胡公滿
别/14-15
胡廣(伯始)
外/9-42
胡給事
别/14-31
胡寂
正/31-8
胡勣
别/2-12
胡静
正/31-8
胡居士
外/24-27
胡蒙
外/22-4
胡啓
外/22-4
胡器之(器之)
正/21-1

胡僧孺(唐臣)
外/24-2　别/17-39
胡少汲(見胡直孺)
胡深夫
外/14-6
胡使君
補/6-39
胡氏(黄介妻)
正/31-5
胡氏(僧齊已父)
正/26-60
胡侍郎
外/12-48
胡斯立
别/19-26　續/4-24
胡腆
正/31-8
胡屯田(見胡執中)
胡威
外/20-3
胡秀才(見胡次仲)
胡彦明(處道)
外/8-2　外/10-3
胡堯卿(堯卿、胡宗元、宗元胡氏、宗元)
正/15-1　正/31-8
胡逸老
正/7-40　正/22-25　别/14-12
胡英
别/6-21
胡允明
外/22-4
胡章
正/31-8
胡直孺(胡少汲、少汲)
正/18-24　正/18-27　正/19-1
正/25-61　别/17-39
胡執中(執中公、胡屯田)
正/26-50
胡重慶
正/31-8
胡宗元(見胡堯卿)
胡宗質
正/17-5
胡遵道
正/15-1　正/31-8
胡遵度
正/31-8
胡遵義
正/31-8
斛律明月
外/23-45
壺公
正/7-46
壺公(見壺遂)
壺遂(壺公)

正/29-19　外/4-29　外/9-13
湖兒
續/10-25
湖州(見文同)
虎兒(見米友仁)
虎頭(見顧愷之)
户部(見徐彥孚)
祜老
補/4-16
花光(花光仁老、花光仲仁、花光老)
別/6-64
花光老(見花光)
花光仁老(見花光)
花光仲仁(見花光)
花卿
正/5-26　正/8-10　正/11-28
外/11-12　外/12-66　外/23-10
外/23-37　外/23-38　補/4-27
華陽縣君(見張氏)
化之
正/17-8
淮海居士(見秦觀)
淮陰侯(見韓信)
懷澄(泐潭)
正/15-11
懷道(見李懷道)
懷遘
外/22-1
懷和
外/22-1
懷謹(智悟大師、謹)
正/32-7
懷居士(見懷敏)
懷敏(懷居士、仲訥、懷氏)
外/22-1
懷寧富尉
續/5-26
懷氏(見懷敏)
懷素(素、永州狂僧、狂僧、藏真、長沙)
正/5-2　正/23-23　正/25-43
正/26-17　正/27-17　正/27-72
正/28-19　正/28-20　正/28-31
正/28-57　外/16-15　外/23-15
別/3-55　別/6-14　別/6-46
別/6-48　別/7-21　別/7-56
別/14-18　補/8-62
驩兜(吺)
正/1-26
桓(見黄桓)
桓(見齊桓公)
桓(見魏桓子)
桓温
別/1-56　別/7-56　補/8-46
桓伊
外/16-5

環中(見黃樞)

環中(見王環中)

皇甫規

正/29-7

皇甫泌

外/22-3

皇甫謐

別/2-3

皇甫湜

正/16-8

皇象

別/7-56

黃(見慧南)

黃阿通(李安詩妻)

正/29-1

黃安世(安世十三弟)

別/6-60

黃霸(霸、次公、建成)

正/6-29 正/16-10 外/4-21

續/5-2

黃寶全

補/10-6

黃寶之(茂先、黃茂先)

正/26 28 補/8-38

黃賁(六十五弟賁)

外/11-3

黃斌老(斌老)

正/3-1 正/3-4 正/3-6

正/5-13 正/7-20 正/9-32

正/23-45 正/27-64 外/23-15

別/1-2 別/1-6 別/1-66

別/7-51 別/7-52 別/16-60

別/16-66 別/19-26 別/19-27

續/4-32 續/8-3 補/2-40

黃柄

別/7-13

黃蘗(見慧南)

黃蘗南(見慧南)

黃蘗南禪師(見慧南)

黃才季

別/4-4

黃裳(黃冕仲、冕仲)

正/2-17 正/4-35 正/4-36

外/18-53

黃長善(見黃庠)

黃巢

正/23-29 補/9-4

黃朝奉

補/6-36

黃車

別/10-9

黃忱

正/30-9

黃成之(成之)

別/1-41 補/7-9 補/7-10

補/7-11 補/8-2

黄承彦(阿承)
外/24-29
黄乘
别/2-4
黄初平
外/7-50
黄椿
别/2-13
黄淳(元之、叔祖少卿)
外/18-40
黄從善(見黄降)
黄大臨(黄元明、元明、伯兄、伯氏、七兄長官、七兄司理、家兄、大郎、寅菴、七舅)
正/7-4 正/7-18 正/7-30
正/7-36 正/7-39 正/14-62
正/16-15 正/22-5 正/24-4
正/25-8 正/26-67 正/27-93
正/32-8 外/1-13 外/2-18
外/5-23 外/6-2 外/9-17
外/9-18 外/9-35 外/10-11
外/10-19 外/10-31 外/10-40
外/10-41 外/10-46 外/17-12
外/17-17 外/17-48 外/17-57
外/17-71 外/18-19 外/18-46
别/2-7 别/6-18 别/12-3
别/14-5 别/14-24 别/14-37
别/15-8 别/16-26 别/16-43
别/18-34 别/18-35 别/19-15
别/19-44 别/19-46 别/19-47
續/1-46 續/1-64 續/2-1
續/2-4 續/2-28 續/2-41
續/3-6 續/3-54 續/3-55
續/7-15 續/9-1 續/9-5
續/9-19 續/9-21 續/9-24
續/9-30 續/10-19 補/3-2
補/3-3 補/3-4 補/3-42
補/4-16 補/5-2 補/5-19
補/5-49 補/6-4 補/6-39
補/7-5 補/7-25 補/7-34
補/7-36 補/8-12 補/9-9
補/9-11 補/10-6
黄德甫(德甫)
外/9-3
黄帝(軒后)
正/12-9 正/15-6 正/25-31
正/28-54 正/31-1 正/31-5
外/20-2 外/22-1 别/2-3
别/19-20 别/19-37
黄棣(思燕)
正/24-4
黄東卿(東卿)
續/5-23 續/10-24
黄端己(端己)
續/7-37 續/7-40
黄敦

别/10-9
黄非熊(見黄仲熊)
黄枌
别/2-13
黄夫人(楊恕妻)
正/31-12
黄概
正/31-5
黄公弼
别/10-9
黄公才
别/10-9
黄公範
别/10-9
黄公概
别/10-9
黄公驥
正/32-9
黄公介
别/10-9
黄公麟
正/32-9
黄公溥
别/3-13
黄公器
别/10-9
黄公虞
正/32-9
黄公鎮(公鎮)
補/7-30
黄公準
别/10-9
黄好謙(幾道、幾道通判、黄潁州)
正/6-29 外/12-41 别/15-23
補/4-6 補/4-7
黄好信(汝陽守)
正/6-29
黄爨(處士)
正/31-12 正/31-13
黄桓(桓)
續/9-7 補/9-9 補/9-16
黄回
外/22-16
黄晦甫(見黄照)
黄積微(積微)
補/10-6
黄積中(積中)
正/21-24
黄幾復(見黄介)
黄極(黄无咎)
正/24-4
黄濟川(濟川姪)
正/19-36 續/8-21
黄甲
正/31-5
黄榎(榎)

別/6-4　別/6-30　別/18-34
黄降(黄從善)
正/4-6　正/12-15　外/10-14
黄匠師(見黄樸)
黄杰(杰)
補/9-10
黄粢(安上)
別/4-4
黄介(黄幾復、幾復、黄十七、十七、黄令)
正/1-28　正/7-8　正/7-9
正/25-31　正/31-5　外/8-12
外/9-43　外/11-21　外/12-26
外/13-14　外/16-16　外/17-17
外/17-18　外/18-50　外/18-51
外/19-6　外/19-7　外/19-31
外/20-26　別/18-34
黄靖國
外/10-23
黄居寀(寀)
正/3-1
黄覺民(見黄仲堪)
黄楷(楷)
別/18-35
黄梏
補/9-5
黄廉(夷仲叔父、叔父夷仲、夷仲、給事叔父、叔父給事、伯父給事、亡叔給事、河東叔父、八叔父、叔父、大父)
正/7-12　正/11-34　正/29-27
外/2-1　外/5-9　外/10-2
別/1-21　別/5-6　別/9-1
別/13-4　別/13-5　別/14-14
別/16-45　別/16-68　別/17-20
別/18-25　別/18-31　續/1-44
續/2-3　續/2-30　續/2-42
續/2-43　補/5-11　補/7-30
黄諒正(諒正)
續/7-38
黄陵
補/9-25
黄令(見黄介)
黄龍(見慧南)
黄龍(見祖心)
黄龍惠南(見慧南)
黄龍南禪師(見慧南)
黄龍清禪師(見惟清)
黄龍清和尚(見惟清)
黄龍清老(見惟清)
黄龍慶老(長老慶公)
別/12-13
黄龍肅禪師(見元肅)
黄龍巷頭心禪師(見祖心)
黄龍曉禪師
別/3-49

黄龍心(見祖心)
黄龍心禪師(見祖心)
黄龍心老(見祖心)
黄龍照堂老師
補/8-60
黄龍祖心(見祖心)
黄履
别/9-1
黄湜(大夫公,黄廉父)
别/9-1
黄茂先(見黄寶之)
黄茂宗(崇信、昌裔)
正/32-9
黄懋宗(懋宗奉議)
外/9-30
黄門(見蘇轍)
黄夢升(見黄注)
黄冕仲(見黄裳)
黄某(黄庭堅叔父)
别/9-1
黄睦(睦、三十三,黄庭堅女)
外/22-8 外/15-31 别/18-35
補/7-3 補/7-27 補/7-31
補/10-6
黄丕(黄微仲、微仲)
補/10-6
黄樸(樸、黄匠師、匠師、大主簿)
正/24-4 别/5-10 别/12-36
别/18-35 别/19-39 續/2-45
續/3-54 續/10-25 補/7-34
補/9-9 補/9-11
黄齊
别/10-9
黄檄(小牛、牛兒)
别/7-55 别/18-34 續/3-50
續/3-64 續/4-25 續/4-38
續/5-26 續/6-37 續/7-20
續/10-19 補/4-45 補/4-46
黄筌(阿筌、筌)
正/3-1 正/3-3
黄仁濟
外/22-3
黄潤父
别/8-41
黄善長(世父)
正/26-49 外/5-1 外/5-32
别/6-60 補/10-23
黄贍(一作黄瞻)
正/32-9 别/9-1
黄尚質
正/18-5
黄聲叔(聲叔六姪)
别/18-36
黄聖謨(見黄襄)
黄師旦
别/10-3

黄十七(見黄介)
黄湜(大夫公,黄庭堅祖父)
外/23-3　外/24-47
黄氏(長壽縣君、長壽君、長壽,張誾妻)
正/31-13
黄氏(黄庶長女,洪民師妻)
别/2-1
黄氏(見長壽縣君)
黄氏(青陽簡繼室)
别/10-7
黄氏(楊恕妻)
正/31-12
黄氏(張祺繼室)
正/31-13
黄氏夫人(陳槼妻,黄庭堅妹)
别/10-10
黄世承(世承)
續/5-23
黄世英
續/5-23
黄侍禁(伯祖侍禁,黄庭堅伯祖)
正/26-57
黄叔敖(黄廉幼子)
别/9-1
黄叔豹(黄嗣文、嗣文)
正/19-3　别/9-1　别/18-35
别/19-5　續/5-22　續/5-23
補/2-10　補/4-16　補/10-6
黄叔達(叔達、黄知命、知命弟、知命、二十弟、舍弟、亡弟)
正/9-30　正/9-31　正/12-17
正/14-29　正/14-33　正/14-39
正/14-40　正/14-41　正/20-15
正/22-5　正/24-4　正/25-23
正/26-46　正/26-67　正/27-62
正/29-29　外/3-21　外/4-4
外/4-20　外/8-15　外/8-16
外/10-31　外/13-7　外/13-23
外/17-6　外/20-10　外/24-49
别/4-2　别/8-1　别/8-17
别/8-18　别/14-25　别/15-7
别/15-39　别/16-3　别/16-6
别/16-8　别/16-46　别/16-56
别/17-1　别/17-32　别/17-48
别/18-33　别/18-34　别/19-15
别/19-21　别/19-39　續/3-1
續/3-3　續/3-6　續/3-32
續/3-50　續/3-55　續/3-59
續/3-64　續/4-38　續/5-23
續/5-26　續/5-28　續/6-15
續/6-20　續/6-23　續/6-24
續/6-29　續/6-32　續/6-35
續/6-37　續/6-38　續/7-20
續/7-23　續/7-24　續/7-44
續/9-2　續/10-19　續/10-25

補/3-40　補/3-42　補/4-33
補/4-43　補/4-45　補/5-57
補/5-63　補/6-40　補/7-3
補/7-36　補/8-10　補/8-14
補/9-11　補/10-1　補/10-2
補/10-6
黄叔度(見黄憲)
黄叔夏
别/9-1
黄叔獻(叔獻、黄天民、天民、舍弟、十四弟)
正/24-4　外/4-20　外/11-4
外/13-7　别/15-12　别/18-35
續/10-19　續/10-25　補/7-3
補/9-9　補/9-11　補/10-6
黄叔向(叔向、黄嗣直、嗣直)
正/12-9　正/14-36　正/23-22
别/7-11　别/7-55　别/9-1
别/18-35　續/3-50　續/5-23
續/6-22　補/3-10　補/3-42
補/9-13　補/10-1
黄樞(環中)
别/4-4
黄庶(黄亞夫、先大夫、先公、先君、考君)
正/4-25　外/6-27　外/7-3
外/11-15　外/24-48　别/10-10
别/13-9　别/14-8　别/18-38
續/2-54　續/6-17
黄嗣功(季深、嗣功十八弟、十八弟)
外/24-46　别/13-13　别/13-15
黄嗣深(嗣深節推十九弟、十九弟)
别/13-14　别/18-35
黄相(相、燕子)
正/9-31　别/18-34　續/1-3
續/14-25　補/6-13　補/9-5
黄崧孺
别/18-35
黄天民(見黄叔獻)
黄庭僉
外/22-3
黄同惜(同惜)
續/10-19　補/4-33
黄微仲(見黄丕)
黄聞善(見黄友聞)
黄問(義成逸士、義成)
外/22-3
黄渥(見黄育)
黄无咎(見黄極)
黄先民
補/10-6
黄憲(黄叔度、叔度)
正/22-7　外/5-1　外/9-43
外/15-4　别/7-23
黄襄(黄聖謨、聖謨、叔父十九先生、十九叔父、叔父、臺源先生、臺源)

正/21-22 外/3-10 外/4-20
外/8-17 外/15-4 外/18-38
别/13-6
黄庠(黄長善)
正/26-49 正/32-9 别/6-60
補/10-23
黄相(相、小德、四十)
正/1-22 正/3-27 正/6-9
正/28-68 外/22-8 别/2-14
别/5-10 别/7-13 别/7-55
别/15-31 别/15-34 别/18-3
别/18-33 别/19-25 别/19-39
續/1-51 續/3-1 續/3-3
續/3-50 續/3-57 續/3-64
續/4-25 續/4-38 續/5-19
續/5-26 續/6-20 續/6-24
續/6-37 續/9-23 續/10-25
補/2-33 補/3-42 補/5-62
補/5-69 補/6-13 補/6-17
補/7-27 補/7-31 補/9-1
補/9-5 補/9-11 補/9-16
補/9-25 補/9-27 補/10-6
黄孝先(黄子思)
正/18-13
黄燮
别/10-9
黄栩(夢周)
别/4-4
黄軒
别/10-9
黄亞夫(見黄庶)
黄顔徒(見黄友顔)
黄彦
補/8-36
黄彦孚
外/5-1
黄堯俞
外/22-3
黄彝(黄與迪、與迪、子舟)
正/3-2 正/3-3 正/3-11
正/3-12 正/5-14 别/1-2
别/1-40 别/4-18 别/7-15
黄椅(爰伐)
别/4-4
黄檥
别/8-26
黄益老(益老)
别/14-16
黄益修(見黄友益)
黄媚(媚、四娘)
續/10-25 補/10-6
黄潁州(見黄好謙)
黄友諒(友諒)
正/29-8 續/7-48
黄友聞(黄聞善、聞善)
正/6-13 正/9-37 正/9-38

正/9-39　別/6-16　續/8-15
黄友顔(黄顔徒、顔徒)
正/3-33　別/18-38
黄友益(黄益修、益修四弟、益修)
正/3-9　正/3-10　正/10-57
別/18-39　續/7-36
黄友正
正/29-8
黄槱(尊用、槱)
別/18-41
黄幼安(幼安)
正/26-33　續/5-22
黄庾
別/10-9
黄與迪(見黄彝)
黄育(黄渥、懋達、潤甫、潤父、叔父、和叔)
正/24-16　正/32-9　外/4-5
外/4-6　外/4-7　別/8-41
別/19-1　別/19-2
黄元發
外/7-46
黄元吉(黄廉曾祖)
正/32-9
黄元明(見黄大臨)
黄遠
補/10-6
黄雲夫(雲夫七弟)
續/10-24
黄札(季子)
正/24-4
黄照(照、晦甫、黄晦甫、晦甫伯父、族伯侍御、先侍御)
正/26-57　正/29-8　別/1-41
別/6-59　別/18-38　續/7-38
續/7-39　續/7-48　續/8-15
黄正叔(正叔)
外/23-42　補/4-11
黄知命(見黄叔達)
黄至明
外/7-48
黄中孚
外/22-3
黄中行
正/13-44　正/13-95
黄中坦(光禄府君、光禄)
別/9-1
黄中理
正/32-9
黄仲堪(仲堪、覺民、念八)
正/24-4　正/24-22　外/4-20
外/18-24　別/2-11　別/14-38
補/7-27
黄仲熊(黄非熊、非熊、阿熊、熊、念四、二十四郎、二十四舍弟、舍弟)
正/32-8　外/4-20　外/16-5

外/18-24　外/20-28　别/13-8
别/13-9　别/19-15　續/1-26
續/3-50

黄仲愈
正/32-9

黄重得(重得)
續/5-23

黄州(見王禹偁)

黄書
正/31-5

黄注(黄夢升、夢升、七叔祖主簿、七叔祖)
外/5-1　外/17-30　别/6-59
别/6-60　别/10-9

黄棁(棁)
别/2-13　續/9-23　補/5-62
補/7-15　補/9-5　補/10-6

黄子顧(子顧)
續/10-24

黄子立
别/6-16

黄子思(見黄孝先)

黄梓
别/2-13

黄祖
正/12-11

黄祖善(伯父祖善、祖善黄氏)
外/8-24　外/22-13

晃師(老晃)
正/26-76

回(見顔回)

晦夫(見歐陽闢)

晦夫衡州使君(見歐陽闢)

晦甫(見黄照)

晦甫伯父(見黄照)

晦叔
補/8-61

晦叔(見黎遲)

晦叔(見劉昱)

晦堂(見祖心)

晦堂和尚(見祖心)

晦堂老師(見祖心)

晦堂心公(見祖心)

惠崇
正/8-20　正/10-33　正/27-72
續/7-24

惠洪
正/6-22　正/7-3　正/13-52
補/1-35

惠連(見謝惠連)

惠林
外/24-42

惠南(見慧南)

惠南禪師(見慧南)

惠全
正/32-3

惠休(湯休)
外/10-21
惠言(言師)
正/17-13　正/19-2
惠遠(見大明)
惠之(見楊惠之)
惠宗
補/10-6
慧表(表、明教大師)
正/32-7
慧林
正/19-33
慧林(見若沖)
慧林本(見宗本)
慧林沖禪師(見若沖)
慧林老人
續/2-40
慧林明
别/3-52
慧南(慧南道人、惠南禪師、惠南、南禪師、黄龍南禪師、黄龍惠南、黄龍、黄蘗南禪師、黄蘗南、黄蘗、南公、黄)
正/15-8　正/15-11　正/17-7
正/21-31　正/22-41　正/32-3
外/1-13　外/17-1　外/17-25
補/4-16　補/8-1
慧南道人(見慧南)
慧遠(遠法師、遠公)
正/2-9　正/5-30　正/9-37
正/11-1　正/12-6　外/5-10
續/6-27
慧雲(雲、寶月、寶月大師)
正/32-7　補/8-19
慧照(兜率照公)
别/14-46　别/17-46
慧最
正/17-11
霍去病
正/3-5　正/26-22　補/8-9
嵇康(嵇叔夜、叔夜)
别/6-4
嵇阮(嵇康、阮籍)
外/11-6
嵇叔夜(見嵇康)
箕子
正/24-3
積微(見黄積微)
積中(見黄積中)
吉老(見王陽)
吉鄰機宜
外/10-43
吉祥老子(見吉祥長老)
吉祥長老(吉祥老子)
正/14-14
吉長(見宋兆)

汲□(見汲南玉)
汲黯(汲直)
正/1-8 正/2-4 正/3-7
外/8-4 外/20-34 别/1-34
别/6-29
汲南玉(汲□、南玉)
正/7-38 補/2-40 補/8-34
補/9-17
汲直(見汲黯)
籍湜(張籍、皇甫湜)
正/18-8
幾道(見黄好謙)
幾復(見黄介)
幾仲(見李幾仲)
己(見齊己)
給事叔父(見黄廉)
紀渻(見紀渻子)
紀渻子(紀渻)
正/10-32
季按
補/3-17
季常(見陳慥)
季成(見吴周才)
季點
補/3-17
季恭(見江端禮)
季共(見江端禮)
季海(見徐浩)
季桓(見季桓子)
季桓子(季桓)
外/20-31
季堪(見李季堪)
季康(見李季康)
季康子
正/26-7
季老(見周壽)
季明(見顔季明)
季深(見黄嗣功)
季氏
正/2-18 正/10-32 外/21-10
季偉(見茅容)
季咸
外/7-40 外/24-7
季鷹(見張翰)
季札(札、延陵季子、季子)
正/12-3 正/16-2 正/19-5
正/24-4 正/24-21 正/24-23
别/15-30
季子(見黄札)
季子(見季札)
季子(見蘇秦)
計然
正/16-14 外/9-40
寄(見鄺寄)
冀公主(見冀國大長公主)
冀國大長公主(冀公主,英宗女)

正/21-38　正/21-39
冀國勤惠公(見張孜)
濟川姪(見黄濟川)
濟道(見江通)
濟父(見蕭公餉)
繼隆
別/2-5
繼舒
正/32-5
驥驥(見張詢)
家安國
正/5-17
家希
別/15-17
家兄(見黄大臨)
嘉(見孟嘉)
嘉興郡太(鄧仲常母)
續/1-60
嘉州(見史著明)
夾山遵
正/32-4
賈昌朝(太尉侍中魏公)
正/16-6
賈春卿(見賈青)
賈大夫
別/4-25
賈公彦(公彦)
別/11-36　別/11-42　別/11-43
別/11-44
賈六宅(見賈信臣)
賈琪
補/10-6
賈青(賈春卿、春卿)
正/16-6
賈生(見賈誼)
賈使君(見賈信臣)
賈守
補/5-24
賈碩
正/31-3
賈天錫
正/8-2　正/25-9
賈信臣(賈六宅、賈使君)
正/7-19　別/15-17　別/19-24
續/5-9　續/5-12　續/5-13
賈誼(賈生)
正/19-20　正/26-70　外/6-15
外/10-26　外/21-8　別/1-14
別/5-13
榎(見黄榎)
堅(見楊堅)
監使殿直(見子懷殿直)
監使侍禁
補/2-19
監税承務(承務)
補/7-23　補/7-24

儉與
　續/5-25
蹇道士(蹇侯)
　外/7-22
蹇侯(見蹇道士)
蹇周輔
　正/30-6
簡(見孟簡)
簡(見惟簡)
簡(見魏簡子)
簡夫宮教
　補/2-39
簡公(見惟簡)
簡之(蛾眉僧正)
　正/21-46　別/3-42
簡子(見趙鞅)
建成(見黄霸)
建城公(見周撫)
建康君(見建康太夫人)
建康太夫人(建康君,胥偃妻)
　外/22-21
建隆(隆)
　正/17-6
澗叟(見杜槃)
江安公
　別/16-47
江德(德、轑侯,《漢書》作轑陽侯)
　正/21-54
江都(見李攄)
江都王(見李緒)
江端禮(江季恭、季恭、江季共、季共)
　正/6-8　正/19-1　正/19-18
　正/19-26　正/26-43　正/26-75
　續/1-4　續/2-26
江黄州(江端禮父)
　續/2-26
江季恭(見江端禮)
江季共(見江端禮)
江記注(見江休復)
江鄰幾(見江休復)
江懋相
　正/21-54
江南刺史
　補/9-2
江潘(江端禮、潘邠老)
　續/2-1
江通(濟道)
　補/9-24
江文通(見江淹)
江休復(江鄰幾、江記注、起居君、起居)
　正/26-43
江淹(江文通)
　別/7-24
江陽(見史溥)

江陽隱君(見史溥)
江與京
正/30-6
江樾
外/21-31
江州司馬(見白居易)
姜季
外/18-24
姜詩
外/15-14
蔣大年
補/9-5
蔣侯(見蔣湋)
蔣侃
補/10-6
蔣團練(見蔣偕)
蔣湋(蔣彦回、蔣侯)
正/3-26　正/3-27　正/11-32
蔣偕(蔣團練)
正/30-7
蔣彦回(見蔣湋)
蔣穎叔(見蔣之奇)
蔣之奇(蔣穎叔)
外/7-40
蔣子人
補/10-6
匠師(見黄檏)
郊(見孟郊)
茭橋居士
别/3-47
焦夫子(見焦浚明)
焦光
正/29-7
焦君明
續/2-9
焦浚明(焦夫子、焦子)
外/15-18　補/10-6
焦子(見焦浚明)
教思(見晁端臨)
教源(見王教源)
接輿
外/18-29
杰(見黄杰)
結(見元結)
介卿(見張祉)
介休(見謝氏)
介休縣君(見謝氏)
介子推(子推、之推)
正/27-58　外/3-6　别/11-2
疥(見酈疥)
今皇帝(見宋神宗)
金(見楚金)
金道人
别/18-36
金華縣君(見陳氏)
金君卿

外/22-17
金氏(永安縣君,梁在和妻)
外/22-17
金粟老人
别/12-22
金張(金日磾、張湯)
外/1-8　外/13-9　外/19-22
金紫(見徐執中)
津(見楊津)
錦里先生
補/9-2
謹(見懷謹)
晉城
正/18-21
晉甫(見吕晉父)
晉國公(見辛仲甫)
晉陵縣太君(見李夫人)
晉穆帝(穆帝)
别/7-56
晉卿(見王詵)
晉文公(重耳、文公)
正/19-18　正/27-58　外/21-24
晉之五丈
外/17-11
進徽(見李彦回)
進文
外/10-32
靳婦
補/3-42
盡仁(見石畢)
荆公(見王安石)
荆浩
正/27-70　外/23-38
荆軻(荆卿)
外/4-19
荆卿(見荆軻)
旌德縣君(見侍其氏)
井兒
續/10-25
景差
外/18-46　别/18-46
景初(見孫君昉)
景道(見趙景道)
景道十七(見趙景道)
景道十七使君(見趙景道)
景公(見齊景公)
景回(見陳庸)
景回(見謝師復)
景謨(見蘇嘉)
景年(見劉景年)
景齊(齊公)
别/1-68　别/6-3　補/8-39
景仁(見范鎮)
景山(見彭崇仁)
景山(見楊嵒)
景善(景善節推)

續/1-34　補/7-26
景善節推(見景善)
景叔(見游師雄)
景温(見謝景温)
景文(見劉季孫)
景文(見宋祁)
景憲(見戴景憲)
景陽(見張載)
景沂(沂上人)
別/3-1
景雲
正/18-20　別/18-3
景珍(見趙令𧎚)
景宗
正/4-26
警玄(大陽)
正/25-62
浄慈法師(見法通)
浄圓
正/15-12
浄照(見道臻)
浄照禪師(見道臻)
浄照老人(見道臻)
敬公(見高獲)
敬輿(見陸贄)
靖國
補/2-22　補/4-25
静甫太醫
補/3-20　補/3-21　補/3-22
静翁(見何静翁)
静翁(見劉静翁)
鳩摩羅什(什公)
別/13-10
九方皋
正/27-33　正/28-64　外/9-26
九郎
補/7-27
九孏
續/2-28　續/10-25
九娘
正/19-4　續/10-25　補/6-19
九十三外甥
續/3-6
九仙舜公長老
別/1-10
九兄(見劉昱)
舅母縣君
別/15-31
舅氏(見李常)
居君宜
補/7-49
居泰
補/9-16
駒父(見洪芻)
舉(見王舉)
舉道者

正/18-24
鉅鹿(見魏瓘)
鉅鹿公(見魏徵)
鉅鹿侯(見魏瓘)
覺範(覺範道人)
正/5-10　正/23-28　别/7-54
覺範道人(見覺範)
覺海
正/17-12　續/2-66　續/2-67
續/3-51
覺民(見黄仲堪)
君表(見何君表)
君成(見晁端友)
君賜(見劉君賜)
君孚(見孫升)
君可(見嚴君可)
君貺
别/7-10
君貺(見楊湛)
君禮
别/17-36
君美(見石充)
君謨(見蔡襄)
君平(見嚴遵)
君全(見楊琳)
君瑞運句
續/3-4
君實仁親
續/1-63
君壽朝奉
補/7-22
君素(見高君素)
君庸(見何君庸)
君俞(見魏綸)
君玉(君玉宫藥)
别/15-8　補/3-12　補/3-13
君玉宫藥(見君玉)
君玉主簿
續/2-54
君澤
正/3-21　補/3-6　補/3-7
補/3-8
君正提舉
補/4-30
軍容(見魚朝恩)
濬沖(見王戎)
開國華陰公
外/13-20
開先瑛老(見行瑛)
楷(見黄楷)
康成(見鄭玄)
康國(見陳康國)
康國(見楊康國)
康樂(見謝靈運)
康州(見陶弼)
亢(見石亢)

抗遜(陸抗、陸遜)
外/3-23
考君(見黄庶)
軻(見孟軻)
可旻
正/17-5
可遲
正/17-5
可云
正/17-5
可真(翠巖真禪師、翠巖可真、翠巖真、翠巖)
正/15-8 正/15-10 正/32-3
别/3-28 續/5-25 續/6-32
續/6-33
克文(泐潭文禪師、泐潭文公、泐潭文、真浄禪師、真浄老師)
正/17-4 正/32-5 續/3-15
續/3-20 補/8-1 補/9-12
孔百禄
正/31-4
孔北海(見孔融)
孔常父(見孔武仲)
孔經父(見孔文仲)
孔君(見孔平仲)
孔孟(孔子、孟子)
正/4-10 外/18-35 别/12-4
孔明(見諸葛亮)
孔平仲(孔毅甫、毅甫、孔毅父、孔君)
正/4-18 外/3-23 外/7-14
外/7-15 别/17-17
孔丘(丘、孔仲尼、仲尼父、仲尼、尼父、孔子、孔氏)
正/12-6 正/16-2 正/19-16
正/20-1 正/20-2 正/21-5
正/21-6 正/23-3 正/24-4
正/24-12 正/25-50 正/26-7
正/26-30 正/26-35 正/27-4
正/28-7 正/28-24 正/28-25
正/29-6 正/30-4 正/31-5
外/1-4 外/6-6 外/10-49
外/14-6 外/17-56 外/20-31
外/20-34 外/21-10 外/21-11
外/21-22 外/21-24 别/1-72
别/2-6 别/4-15 别/4-22
别/5-13 别/11-1 别/11-27
别/12-4 别/15-44 别/17-42
别/17-53 别/18-30 别/19-1
補/8-12 補/8-51
孔融(孔北海、孔文舉)
正/12-11 外/3-19 外/13-5
别/6-33
孔氏(見孔丘)
孔四(孔四著作)
外/2-19 外/3-22 外/3-23

孔四著作(見孔四)
孔文舉(見孔融)
孔文仲(孔經父、經父)
正/2-5　別/7-10　別/9-1
孔武仲(孔常父、常父)
正/1-26　正/1-27　正/4-16
正/4-17　外/17-56
孔毅甫(見孔平仲)
孔毅父(見孔平仲)
孔章(見雷煥)
孔仲尼(見孔丘)
孔子(見孔丘)
寇萊公(見寇準)
寇恂
別/18-16
寇準(寇萊公、萊公)
外/2-7　外/11-37
蒯緱
外/13-16
蒯通
外/16-18
寬夫(見張溥)
寬之(見楊恕)
匡(見匡衡)
匡鼎(見匡衡)
匡衡(匡鼎、匡、阿衡、衡)
正/6-15　外/7-30　外/8-16
別/19-47
匡俗先生
外/10-1
狂僧(見懷素)
萊公(見寇準)
萊州使君
續/1-58
藍六
外/15-17　外/18-27　外/18-28
藍𤩽(老藍)
別/6-62
蘭陵夫人
正/28-47
蘭溪(見孫氏)
蘭溪縣君(見孫氏)
懶瓚
正/5-25　正/22-7
郎奇
正/27-89
瑯琊(歌妓)
補/6-32
老禪(見法安)
老聃(老子、老氏、老、聃、儸李)
正/15-9　正/19-16　正/31-5
別/4-24　別/17-24　續/6-25
老杜(見杜甫)
老晃(見晃師)
老萊(見老萊子)
老萊子(老萊)

正/10-41　正/31-13　外/6-11
外/18-22　外/18-24
老藍(見藍璹)
老潘(潘)
補/10-2
老龐(見老聃)
老龐(見龐德公)
老上
外/24-4
老氏(見老聃)
老蘇先生(見蘇洵)
老莊(老子、莊子)
外/23-13
老子(見老聃)
轑侯(見江德)
泐潭(見懷澄)
泐潭(見泐潭曉月)
泐潭道人(見應乾)
泐潭乾和尚(見應乾)
泐潭文(見克文)
泐潭文禪師(見克文)
泐潭文公(見克文)
泐潭我和尚
正/22-47
泐潭曉月(月、泐潭)
正/32-3
樂壽縣君(見吕氏)
樂天(見白居易)
雷(見雷威)
雷公
别/2-3　别/6-62
雷煥(孔章)
外/5-32
雷簡夫(雷太簡)
正/25-44
雷太簡(見雷簡夫)
雷威(雷)
正/19-48
冷卿(見冷庭叟)
冷叟(見冷庭叟)
冷庭叟(冷卿、冷叟)
正/4-20　外/7-26　外/9-30
黎充(見黎遠)
黎晦叔(見黎暹)
黎文長(文長)
外/21-8
黎暹(黎晦叔、晦叔)
外/21-8　别/14-27　續/3-5
黎與幾
别/4-14
黎遠(黎充、子美、子思)
别/4-14
李(見李公麟)
李安詩
正/29-1　正/32-11
李安行

別/2-12
李翺(李習之、習之)
正/18-17
李白(李太白、太白、李翰林、翰林、謫仙)
正/3-16 正/11-3 正/12-10
正/13-1 正/26-17 正/26-48
正/28-55 正/28-73 外/17-28
別/6-18 別/6-45 別/6-67
別/7-29 別/7-42 別/8-22
補/1-16
李百藥
補/8-39
李北海(見李邕)
李昪(徐知誥、先主)
正/17-2 正/17-5 正/25-20
李辨
別/11-20
李秉文(秉文)
補/9-6 補/9-8
李秉彝(李德叟、德叟、李六弟、阿髯)
正/27-86 正/28-79 外/2-20
外/3-3 外/5-28 外/5-29
外/5-30 外/5-31 別/18-32
續/2-27 補/9-6 補/9-8
李伯時(見李公麟)
李伯牖(伯牖)
正/21-53 正/25-17 外/11-28
李布(李公達、公達)
正/26-24 正/26-66 外/24-45
李才甫
外/12-40
李才叟
正/10-54 正/23-10
李才叟(見李材叟)
李材
外/21-3 別/14-2
李參
補/9-6 補/9-8
李長倩(長倩)
正/26-62 續/4-24 續/4-25
續/5-37
李常(李公擇、公擇、李尚書、李學士、祠部學士、六舅學士、六舅、外舅、舅氏)
正/2-13 正/8-13 正/9-37
正/10-12 正/10-13 正/18-2
正/20-9 正/20-18 正/21-22
正/26-67 正/29-28 正/30-3
正/32-11 外/2-6 外/5-7
外/5-27 外/5-28 外/6-25
外/7-49 外/9-13 外/9-18
外/12-46 外/12-47 外/12-49
外/12-51 外/12-53 外/12-55
外/20-25 外/20-28 外/21-4

外/22-8 别/1-42 别/2-12
别/6-7 别/12-3 别/13-3
别/13-14 别/13-15 别/14-4
别/18-3 别/19-34 續/1-31
續/1-66 補/4-37 補/6-25
補/7-50 補/8-32

李潮
别/7-15

李潮音(潮音)
别/6-11 别/14-34

李成(李營丘)
正/8-20 正/10-2 正/17-6
正/27-70 正/27-73 正/27-74
外/6-27 外/16-32 别/7-46

李承晏(承晏)
外/23-36 補/10-2

李承議
正/29-17

李承之
别/14-37

李誠之(見李師中)

李沖元(李元中、龍眠道人、龍眠)
正/12-12 正/21-6 正/22-13
外/16-35 别/8-27 補/8-5

李充
補/9-4

李處仁(李郎)
補/4-10

李純儒
别/10-3

李磁州(見李惇)

李次山
補/7-53

李次翁(次翁、李侯)
正/1-2 正/12-7 外/3-17

李大夫
外/17-27 續/4-17

李大耕(無息)
正/24-20

李大獵(無待)
正/24-20

李大師
正/25-46

李大受
續/5-21

李旦(見唐睿宗)

李道
正/31-10

李道人
正/11-32

李道儒
别/10-3

李德叟(見李秉彝)

李德素(見李楶)

李德裕(文饒)
外/5-32

李德元
别/10-15
李覯(子範)
外/10-33 外/12-22
李殿直
續/5-35
李東(特進公,黄庭堅外祖父)
外/23-3
李都尉
外/18-34
李杜(李白、杜甫)
正/25-31 外/3-3 外/3-10
李偳
外/21-17 别/16-6 别/16-14
續/3-56
李端叔(見李之儀)
李端中
别/17-34
李惇(李磁州)
别/10-3 補/10-6
李惇裕
别/16-23
李發(清閑處士)
正/23-3
李方進(方進)
外/24-28 外/24-29
李夫人(黄庭堅姨母,李公擇妹)
正/9-6
李夫人(晉陵縣太君,宋仲初室)
外/22-14
李夫人(李元叔母)
補/8-23
李夫人(潘萃妻)
别/10-5
李孚先
别/19-21
李甫國(李父)
正/5-27
李輔聖(輔聖)
正/7-26 别/15-3
李父(見李甫國)
李復(履中)
正/7-38 補/2-40 補/2-41
李格
補/9-5
李公
續/6-25
李公達(見李布)
李公立(公立)
補/2-42 補/3-35 補/4-41
李公麟(公麟、李伯時、伯時、李侯、李、龍眠、龍眠道人、龍眠居士)
正/2-9 正/2-10 正/2-11
正/2-12 正/4-4 正/4-5
正/4-28 正/4-29 正/9-9
正/9-16 正/9-17 正/9-18

正/9-19　正/10-31　正/21-6
正/21-38　正/22-5　正/22-22
正/26-63　正/27-51　正/27-59
正/27-61　正/27-62　正/27-69
正/28-62　正/28-80　外/7-25
外/12-57　外/23-43　别/1-11
别/1-16　别/7-39　别/8-2
别/8-27　續/1-35　續/7-23
續/7-24　補/2-11　補/5-1
補/8-63

李公寅(李亮功)
正/3-15　正/7-32　别/1-9

李公藴(公藴知縣宣德、公藴)
别/15-31　别/15-32　續/10-22
續/10-23

李公擇(見李常)

李公照(見李瑋)

李顧之(顧之八舅)
續/8-16

李廣(李將軍、漢家飛將)
正/7-2　正/23-37　正/27-51
正/29-24　外/1-8

李廣心
别/3-2　别/18-33

李漢臣(李仲良、仲良)
正/29-25　正/31-11　别/8-22
續/1-10　續/3-16　續/7-44
續/8-20

李漢舉
正/27-63

李翰林(見李白)

李濠州
外/9-31

李和甫
外/12-33

李賀(長吉)
外/16-4

李侯(見李次翁)

李侯(見李德素)

李侯(見李公麟)

李侯(見李懷道)

李侯(見李楶)

李侯(見李仔)

李後主(見李煜)

李懷道(李令懷道、懷道、李侯、四十二弟)
外/4-33　續/1-56

李懷琳
正/28-23

李幾道
補/9-9

李幾仲(幾仲)
正/18-10

李吉甫(李忠懿公、弘憲)
正/16-7

李季康(季康)

正/18-15　别/17-49　續/3-16
續/8-20　續/8-21　續/8-23
續/8-26
李勣(英公)
補/7-59
李家太君(李堯臣母)
續/3-16
李兼材
外/22-6
李監(見李陽冰)
李建中(李西臺、西臺、西臺學士、李留臺)
正/18-8　正/26-18　正/26-25
正/26-27　正/27-32　正/28-29
外/16-22　外/23-42　外/24-12
别/6-23　别/6-55　别/7-29
别/8-23
李將軍(見李廣)
李校書(見李子先)
李楶(李德素、德素、李侯)
正/1-30　正/2-8　正/29-31
外/3-13　别/8-27　别/10-6
續/5-16　續/5-18　續/5-20
續/5-26　補/7-1　補/7-36
補/10-6
李晉臣
正/31-11
李景儒
别/10-3
李景元
正/16-8
李璟(李氏中主、中主)
正/17-2　别/9-1
李君(見李亮采)
李君(見李通儒)
李君(見李祥)
李君貺
外/16-22
李鎧
外/22-12
李康年(李樂道、李武昌)
正/26-32　外/13-6　外/22-13
别/6-34　别/8-9　補/7-7
李康文
外/18-20
李郎(見李處仁)
李郎(見李倩)
李郎(李德素子)
補/10-6
李亮采(李君)
正/16-3
李亮功(見李公寅)
李陵
正/25-15
李令(安福令)
外/4-22　外/4-23　外/7-16

外/10-17
李令懷道(見李懷道)
李留臺(見李建中)
李六弟(見李秉彝)
李樂道(見李康年)
李泌(鄴侯)
外/5-4
李勉
正/28-58
李邈
正/31-10
李明叔
外/12-67
李謀儒
別/10-3
李彭(李商老)
正/21-10 正/28-79 別/7-13
李栖筠(贊皇)
正/30-10
李倩(李文伯、李郎、李婿,黄庭堅婿)
外/13-10 續/5-27 補/6-19 補/6-29 補/7-29
李翹叟(翹叟)
正/10-54 正/26-7 別/16-27 續/7-29 續/7-35 補/8-44
李悊
外/22-12
李卿
外/17-65
李清臣(右丞)
正/4-22
李慶
外/1-4 別/18-33
李筌
正/28-54
李逡
別/9-1
李髯(見李原)
李任道(見李仔)
李戎(李忻州)
別/6-17
李如篪
正/14-7
李三
續/7-3
李森
補/10-23
李商老(見李彭)
李尚書(見李常)
李少康
續/1-10
李少文
別/14-39
李莘(李野夫、野夫、大舅學士)
正/6-3 正/20-7 別/12-33

别/16-52　别/18-33　續/1-31
續/2-28
李深之(深之)
續/7-41
李師儒
别/10-3
李師載(師載)
正/18-11　外/3-4　續/3-55
李師中(李誠之)
正/18-11　正/30-7
李十八
外/10-42
李十六
補/6-23
李十七
補/6-25
李十五
補/6-25
李時父(時父)
補/4-13　補/5-4　補/6-33
補/6-41
李士高
正/17-5
李士雄(子飛)
外/10-3　外/12-3　補/1-22
李氏(安康縣君李氏、安康郡太君李氏、安康郡太君、安康郡君、安康、壽光縣太君、壽光李夫人、壽光夫人、太夫人、外婆郡太、外婆,黄庭堅母)
正/1-22　正/12-3　正/25-45
正/29-30　正/32-8　外/3-8
外/22-7　外/22-13　外/22-16
外/13-9　别/2-1　别/5-9
别/10-10　别/13-8　别/13-16
别/18-27　續/1-2　續/2-1
續/2-4
李氏(畢憲父妾)
正/30-2
李氏(黄嗣功妻,李常女)
别/13-14　别/13-15
李氏(黄庭堅叔父某之母)
外/22-16
李氏(文城縣君李氏、文城縣君、文城君,洪民師母、黄庭堅姨母)
正/12-6　正/24-1　别/2-1
續/2-2
李氏(姨母李夫人、崇德姨母、崇德君、崇德,黄庭堅姨母)
正/9-6　外/6-28　外/15-22
别/1-52　别/3-36　别/17-54
李氏(昭德縣君,張渭妻)
正/30-5
李氏女(王榊妻)
外/22-7
李氏中主(見李璟)

李勢
別/7-56
李守
補/7-31
李壽
正/27-41
李攄(安詩、江都)
外/3-3 外/5-28 外/24-5
李順
正/30-10 別/10-8
李舜舉
別/9-1
李斯(秦丞相斯、秦相國、丞相)
正/26-5 正/26-12 正/26-32
外/7-13 別/8-3
李叟(見李材叟)
李太白(見李白)
李燾
別/2-10
李恬
外/22-12
李廷邦(見李廷珪)
李廷珪(廷珪、李廷邦)
別/6-11
李通儒(李君、大夫君)
外/22-12 別/10-3
李惟清
別/10-3
李瑋(李公照)
正/27-21
李尉
補/6-21
李渭
正/18-18
李衛(見衛鑠)
李文
外/18-37
李文伯(李倩)
李文舉(文舉)
別/7-17 續/8-30
李文用
外/23-36
李武
正/32-1
李武昌(見李康年)
李西臺(見李建中)
李希烈
正/26-41
李希孝
外/17-3
李習之(見李翱)
李獻父(獻父)
別/15-19 補/3-24 補/7-2
李祥(聖祺、李君)
正/25-16
李相如(見李惴)

李澥
别/10-4
李忻州(見李戎)
李婿(見李倩)
李緒(江都王)
正/10-31
李學士(見李常)
李栒
别/4-25
李遜
正/31-11
李延壽
正/25-46
李彦回(進徽)
别/4-22
李彦明(彦明)
續/9-22
李彦深(見李原)
李陽冰(陽冰、李監)
正/26-18 正/26-32 正/28-56
補/8-65
李堯辨
别/11-19
李堯臣(李元叔、元叔)
正/29-18 正/29-25 正/31-10
正/31-11 别/8-22 續/3-8
續/3-9 續/3-15 續/3-16
李野夫(見李莘)
李夷伯(子真)
外/9-22
李膺(李元禮、元禮)
正/4-22
李誉丘(見李成)
李邕(李北海、北海公)
正/28-73 正/28-74 正/28-76
正/28-79 外/5-30 外/16-23
别/6-22 别/6-38 别/8-37
補/8-47
李右司
外/12-9 補/8-57
李餘慶
别/10-5
李育
正/30-5
李煜(李後主、李主)
正/22-32 正/28-61
李元輔
别/7-18
李元禮(見李膺)
李元朴(元朴)
補/5-41 補/5-45 補/10-6
李元叔(見李堯臣)
李元中(見李沖元)
李原(李彦深、彦深、李髯)
正/29-22 外/2-6 外/2-7
外/2-11 外/6-20 外/13-8

李掾人
正/19-13
李愿
外/2-22 別/7-2
李雲從
外/22-6
李允工(允工)
續/5-20
李贊華(東丹)
正/9-20
李慥(彦顧)
正/25-3 外/22-12
李擇道(擇道)
續/5-19
李展
正/27-90
李湛然(嗣滕王、滕王)
正/9-20 外/4-28 別/16-48
李昭道(小李將軍)
正/27-70 正/27-81 別/8-15
李珍
正/26-65
李正臣
正/7-31 正/26-73
李正夫(正夫)
外/22-5
李正孺
續/4-28
李之純(見李周)
李之儀(李端叔、端叔)
外/5-24 外/14-11 外/17-23
外/22-11 別/14-24 別/15-17
別/18-21
李志
正/26-41 正/27-5 補/8-40
李豸(見李廌)
李致堯
外/23-18 外/23-21
李廌(李豸、方叔)
正/4-31 正/25-13 別/14-26
李忠懿公(見李吉甫)
李仲覽
補/6-40
李仲良(見李漢臣)
李仲同
外/4-24
李仲牖(仲牖)
補/3-11 補/5-52 補/6-33
補/10-6
李仲元
外/15-18
李周(李之純)
正/4-2
李主(見李煜)
李惴(李相如、相如)
別/4-11 別/7-21 補/2-43

補/2-44
李仔(李任道、任道、李侯)
正/5-11 正/9-28 正/10-44
正/18-18 正/24-20 外/12-62
别/1-8 别/1-18 補/4-26
補/8-62
李子
正/21-18 别/3-9
李子平
别/10-3
李子奇(子奇)
外/12-3 補/1-22
李子先(子先、李校書)
外/3-5 外/9-26 補/6-23
李子修
别/16-69
李子真
外/8-22 外/12-5
李宗成(宗成)
别/7-49 續/7-24
李宗諤
外/21-23
李宗古
正/11-31 正/11-32
李宗儒
别/10-3
李左車(廣武)
外/16-19
禮夫(見陳中)
力道(見王肱)
立之(見王立之)
吏部(見韓愈)
吏部公(見陳洎)
利相禪師
正/17-4
利儼(儼)
正/17-7
歷陽公(見王安上)
麗姬
外/3-6 外/4-28
酈道元(道元)
外/22-14
酈鴻(鴻)
外/22-14
酈寄(寄)
正/6-15 正/25-15 外/22-14
酈疥(疥)
外/22-14
酈商(曲周)
外/22-14
酈生(見酈食其)
酈氏(宋仲妻)
外/22-14
酈炎(炎)
外/22-14
酈食其(酈生)

外/7-12　外/22-14　别/17-37
酈仲隱
外/22-14
廉藺（廉頗、藺相如）
外/13-12　外/20-34
廉頗（頗）
正/26-41　别/4-11　補/8-40
濂溪居士（見周惇頤）
良翰（見王良翰）
良价（新豐老人、洞山价禪師）
正/25-62
良樂（王良、伯樂）
别/11-1
梁百之
外/22-17
梁大夫（知太平州）
續/1-46
梁定之
外/22-17
梁鐸
外/22-9
梁公（見狄仁傑）
梁鴻（伯鸞）
外/9-19　外/17-35
梁冀
别/10-4
梁暕
外/22-6
梁簡文（見梁簡文帝）
梁簡文帝（梁簡文）
别/4-25
梁精之
外/22-17
梁君（見梁在和）
梁千之
外/22-17
梁如圭（如圭、水部君）
外/22-9
梁升之（升之）
外/22-17　續/5-10　補/4-20
補/4-21　補/7-12
梁武（見梁武帝）
梁武帝（梁武）
正/14-72　别/3-57　别/7-56
續/10-27
梁孝王
别/16-48
梁亞之
外/22-17
梁在和（梁君）
外/22-17
梁鑄
外/22-9
梁子熙
正/27-38
兩龐（龐德公、龐士元）

外/5-1
兩蘇(蘇軾、蘇轍)
正/9-36　正/11-4
亮功(見李公寅)
亮長老
别/3-40
諒正(見黄諒正)
廖琮(廖致平、致平)
正/7-37　正/32-1　續/5-34
補/8-34　補/9-17
廖鐸(廖宣叔、宣叔)
正/18-18　正/23-7　正/23-8
正/23-9　正/23-13　正/32-1
别/3-41　别/6-11　别/16-58
别/19-6　補/3-13　補/4-22
廖方叔
别/15-18
廖扶(北郭漢先生)
外/6-9
廖構
正/32-1
廖翰(廖君、仲良)
正/22-8　正/32-1
廖侯(見廖獻卿)
廖侯(見廖正一)
廖及(廖君、南園遯翁、遁翁、成叟)
正/32-1　别/6-62
廖君(見廖翰)
廖君(見廖及)
廖明略(見廖正一)
廖念二(念二)
外/22-20　補/7-27
廖青規
外/22-20
廖青箱
外/22-20
廖璆
正/32-1
廖桐
正/32-1
廖亹
正/30-4
廖獻臣
外/1-12
廖獻卿(廖袁州、廖侯)
外/10-22　外/10-23　外/10-26
外/16-28
廖宣叔(見廖鐸)
廖養正(養正)
補/8-54　補/9-19
廖袁州(見廖獻卿)
廖正一(廖明略、明略、廖侯)
正/3-22　正/3-24　正/7-46
正/13-76　外/6-8　外/6-9
外/6-10　外/6-11　外/6-12
外/6-13　外/22-20　外/23-41

別/7-10　補/3-8　補/5-21
補/6-28　補/7-24
廖致平(見廖琮)
了觀
正/22-33　補/10-6
了賢
別/2-19
了謁
別/3-1
了愚
別/3-1
了元(雲居了元、佛印)
正/19-41　外/22-7　別/1-55
續/1-67　補/6-39
瞭然
正/23-57
列禦寇(列子)
外/21-31　補/8-6
列子(見列禦寇)
林表亭
別/7-45
林逋(林處士、林和靖、林和静)
正/10-51　正/25-51　正/26-25
外/24-12　別/7-36　續/1-22
林處士(見林逋)
林大監
補/5-21
林夫人(見林氏)
林鎬
外/22-13
林和靖(見林逋)
林和静(見林逋)
林氏(林夫人,黄庭僉妻)
外/22-3
林爲之(爲之)
外/1-4　外/1-5　外/1-6
林宗(見郭泰)
林宗(見祝林宗)
琳公(道林琳公、道林)
正/4-5　別/6-49　續/3-3
續/9-29　補/5-73
臨濟(見義玄)
臨邛(見楊從)
臨淄公(見晏殊)
藺大節(持正)
別/2-6
藺相如(相如)
正/2-28　正/15-10　正/26-41
別/4-11　補/8-40
伶玄
外/11-47
靈源叟(見惟清)
令初(初)
正/17-12
令舉(見陳舜俞)
令準(準禪師)

正/17-12
令宗
正/27-46
留侯(見張良)
留守安撫太師侍中(見文彦博)
劉(見劉楨)
劉攽(劉貢父)
别/4-15
劉邦直(劉郎)
正/9-41　正/10-51　正/25-61
别/8-32
劉備(劉玄德)
正/27-11
劉賓客(見劉禹錫)
劉才卿(劉法直、才卿)
别/1-7　别/17-55
劉寀
正/30-11
劉昌祚
别/9-1
劉長卿(劉隨州)
正/3-20　别/1-7
劉敞(劉仲原父、劉原父、仲原甫、劉侍讀君)
正/25-7　正/25-63　外/22-3
别/2-3　别/4-15　别/7-19
劉朝請
别/12-1
劉誠
正/30-11
劉秤(阿秤)
外/6-23
劉次莊(劉中叟)
别/1-1
劉待制
别/12-29
劉道純(見劉格)
劉道原(見劉恕)
劉道者
正/6-10
劉德(河間獻王)
别/9-2
劉殿直
續/5-35
劉法直(見劉才卿)
劉蕡
别/1-72
劉奉職
續/4-12
劉夫人
補/3-5
劉夫人(陳庸初室)
正/30-13
劉夫人(狄遵度妻)
正/30-3
劉夫人(見劉氏)

劉夫人(徐彦伯妻)
正/32-12
劉復
别/10-2
劉格(劉道純、道純)
正/20-16 外/6-23
劉公(見劉涣)
劉公幹(見劉楨)
劉公敏(公敏)
外/21-17 續/3-62 補/2-32
補/6-22
劉貢父(見劉攽)
劉觀國
正/28-68
劉瓘
正/32-4
劉光國
正/25-4
劉廣之
補/2-40 補/9-17 補/9-18
劉和叔(劉咸臨、咸臨)
正/31-9 續/2-2
劉侯(見劉季孫)
劉侯(見劉永年)
劉涣(劉凝之、凝之、劉公、劉屯田)
正/3-14 正/29-20 正/31-4
正/31-9 正/32-12 外/5-11
外/7-12 外/22-4
劉焕
補/10-6
劉晦叔(見劉昱)
劉季(見漢高祖)
劉季孫(劉景文、景文、劉侯)
正/3-30 正/7-17 正/25-45
外/5-4 外/7-30 外/7-31
外/11-44 外/12-6 續/10-12
劉季展(劉郎)
正/7-41
劉紀
正/30-7
劉薦
别/6-19 續/3-55
劉將軍(將軍)
正/8-21 正/9-20 正/10-35
劉教授
别/18-31
劉築
正/30-11
劉景年(景年)
别/15-38 續/6-35
劉景文(見劉季孫)
劉静翁(静翁)
正/23-24 正/23-25 别/2-2
續/6-33
劉居士
續/3-7

劉君
補/10-6
劉君(見劉克恭)
劉君(見劉恕)
劉君(見劉禹)
劉君賜(君賜)
補/5-41　補/5-45　補/10-6
劉克恭(義賢、劉君)
外/23-22
劉昆(光禄)
正/16-10
劉琨
續/10-27
劉郎
外/16-3
劉郎(見劉邦直)
劉郎(見劉季展)
劉郎(見劉禹錫)
劉李二君
外/17-28
劉立言
正/32-12
劉栗
正/19-48
劉伶(伯倫)
正/9-37　外/1-1　外/11-25
外/17-28
劉夢得(見劉禹錫)
劉敏修
正/30-1
劉明仲(子劉子、劉子)
外/20-34
劉凝之(見劉涣)
劉槃
正/30-11
劉棨
正/30-11
劉尚書(見劉晏)
劉韶
正/25-47
劉莘老(莘老)
别/17-28
劉士彦
正/1-10
劉氏(李漢臣妻)
正/31-11
劉氏(劉夫人、彭城縣君,黄廉妻)
别/9-1
劉氏(彭城太君,徐彦伯母)
正/32-12
劉氏(桃源太君、祖母,黄庭堅祖母)
外/24-48　外/24-50
劉氏(智悟大師母)
正/32-7
劉侍讀君(見劉敞)
劉侍禁

補/5-61
劉恕(劉道原、道原、劉子、劉君)
正/25-46　正/31-4　正/31-9
劉司法(袁州司法)
外/10-24
劉思齊
正/30-11
劉斯立
别/17-30
劉四
續/2-2
劉泗州
外/20-24　别/1-59
劉餗
正/25-46
劉隨州(見劉長卿)
劉太博
外/18-18
劉太沖
正/28-47
劉退夫
别/6-32
劉屯田(見劉涣)
劉温如
别/15-1
劉文叔(見劉秀)
劉翁
正/14-48
劉無言
正/28-23
劉希仲
外/18-34
劉羲叟(劉仲更)
别/8-10
劉羲仲(劉壯輿、壯輿、子劉子)
正/25-46　正/27-60　正/31-4
别/7-13　别/19-4　補/4-25
劉咸臨(見劉和叔)
劉相國
别/6-63
劉向(劉子政、子政、劉校尉、更生)
正/3-30　正/6-28　正/7-25
正/11-34　正/25-46　外/5-11
外/6-23　外/21-1　外/21-5
别/2-3　别/5-13　别/18-30
續/10-7
劉項(劉邦、項羽)
外/16-18
劉校尉(見劉向)
劉勰
正/18-17　外/21-13
劉歆
正/25-46
劉秀(劉文叔)
正/9-19
劉玄德(見劉備)

劉晏（士安、劉尚書）
正/16-7
劉遺民（遺民）
正/2-9　外/5-10
劉彝
正/30-7　別/10-5
劉永年（劉侯）
別/1-13
劉瑜（倩玉）
別/15-50
劉禹（劉君、希儉）
正/30-11
劉禹錫（劉夢得、劉賓客、劉郎）
正/13-19　正/25-18　正/25-33
正/25-34　正/25-35　正/28-69
別/7-6　別/7-48　別/8-11
別/8-12　別/8-13　別/8-19
補/8-26
劉昱（劉晦叔、晦叔、九兄）
正/9-10　正/25-8　別/14-22
劉元輔
別/3-38
劉元樂
續/1-56
劉原父（見劉敞）
劉筠
正/32-9
劉珍（善慶、劉真人）
別/2-18
劉真人（見劉珍）
劉楨（劉公幹、劉）
正/10-5　正/10-24
劉拯
正/30-12
劉芝
正/30-11
劉知幾（劉子玄）
正/25-46　外/21-13
劉中叟（見劉次莊）
劉仲更（見劉羲叟）
劉仲原父（見劉敞）
劉壯輿（見劉羲仲）
劉子（見劉明仲）
劉子（見劉恕）
劉子玄（見劉知幾）
劉子真
別/19-5
劉子政（見劉向）
劉左藏
別/18-32
瘤（見宿瘤女）
柳朝散（柳侯）
外/10-35
柳誠懸（見柳公權）
柳夫人（河東夫人，陳慥妻）
補/7-43　補/7-44

柳公權(柳誠懸、誠懸)
正/3-1 正/28-51 正/28-61
正/28-70 正/28-74
柳和父(和父)
續/9-8
柳閎(柳展如、柳君)
正/1-11
柳侯(見柳朝散)
柳侯(見柳平)
柳侯(見柳子宜)
柳侯(見柳宗元)
柳敬叔
正/21-30
柳君(見柳閎)
柳開
補/7-56
柳平(子儀、柳侯)
正/25-42
柳七
别/18-3
柳聖功
外/13-5
柳四
别/18-3
柳通叟
正/7-6 外/9-25
柳下惠
正/18-3 正/19-16 正/24-23
正/27-4 外/2-17 外/6-6
别/16-57
柳彦輔
别/6-63
柳毅升
别/15-12
柳永(耆卿)
别/6-63
柳惲
外/17-31 别/4-25
柳展如(見柳閎)
柳仲遠
正/25-7
柳子厚(見柳宗元)
柳子文
正/28-1
柳子宜(柳侯)
正/12-3 正/25-42
柳宗元(柳子厚、子厚、柳侯)
正/25-32 正/27-28 正/28-54
正/28-69 别/2-3 别/7-3
别/11-4 補/8-40
六舅(見李常)
六舅學士(見李常)
六郎
續/10-25
六六(見戴經)
六娘

續/1-65
六十八
續/5-23
六十五弟賁(見黄賁)
六縣君
别/14-39
六姨
正/19-39 續/2-27
六祖(見師範)
六祖禪師範公(見師範)
六祖長老(見師範)
六祖範禪(見師範)
六祖範老(見師範)
隆(見建隆)
隆慶長老儼公
補/4-23
龍昌期
正/30-10
龍眠(見李沖元)
龍眠(見李公麟)
龍眠道人(見李沖元)
龍眠道人(見李公麟)
龍眠居士(見李公麟)
龍眠三李(李公麟、李窠、李沖元)
别/8-27
龍姥
續/1-66
龍女
正/22-35 外/15-22
龍丘子(見陳慥)
龍山祖心禪師(見祖心)
婁行父
正/3-19
盧鴻(盧郎)
正/9-13
盧文紀
正/28-32
盧溪叟(見初虞世)
瀘川贊府
續/7-13
瀘南詩老(見史扶)
瀘州少府
續/3-69
魯哀(見魯哀公)
魯哀公(魯哀)
外/20-31
魯公(見顏真卿)
魯恭
正/4-11
魯侯(見魯有開)
魯三江
正/27-41
魯山(見元德秀)
魯使君(見魯有開)
魯翁(見王壽卿)
魯有開(元翰、魯使君、魯侯)

正/16-5　正/18-18

魯仲連

別/4-11

魯宗道(肅簡公)

正/16-5

陸(見陸龜蒙)

陸(見陸機)

陸(見陸柬之)

陸安

補/7-37

陸道士(見陸修静)

陸龜蒙(陸魯望、陸)

正/6-15　外/11-16

陸海

補/7-15

陸機(陸平原、陸)

正/3-24　正/27-57　外/9-17

外/9-35　別/8-11

陸柬之(陸)

補/8-44

陸魯望(見陸龜蒙)

陸平原(見陸機)

陸如岡

外/22-3

陸師閔

別/9-1　別/10-2

陸探微

正/18-8　正/27-92　續/1-8

陸修静(陸道士)

正/11-1

陸宣公(見陸贄)

陸羽

正/16-15　續/1-63

陸雲

外/9-17　別/4-25

陸贄(敬輿、陸宣公)

正/9-36　正/16-7

禄兒(見安禄山)

禄山(見安禄山)

潞公(見文彦博)

欒鍼

正/16-4

輪扁

正/9-21　正/26-32　正/27-63

正/27-90　外/1-13　外/11-9

外/14-14　外/24-19　別/6-27

羅富

續/6-30

羅漢南(見系南)

羅漢南公(見系南)

羅漢南老(見系南)

羅侯(見羅中彦)

羅茂衡(見羅中彦)

羅山人

外/16-24

羅紹

別/10-5
羅審禮
外/22-4
羅彦臣
正/31-8
羅遹
正/30-2
羅趙(羅叔景、趙元嗣)
別/7-56
羅中彦(羅茂衡、茂衡、羅侯)
正/24-17　外/7-6　外/7-35
別/19-19　補/2-29
羅忠
補/5-23
絡秀
正/14-27
吕(見吕誨)
吕大忠
別/5-5
吕道人
外/5-7　別/11-17　續/6-14
吕德
補/3-36
吕洞賓
別/6-39
吕夫人
別/10-21
吕公(見吕尚)
吕公著(吕正獻、小吕申公、申公)
別/9-1　補/8-29
吕虢州
正/2-28
吕侯(見吕晉夫)
吕誨(吕)
正/1-29
吕嘉
外/6-21
吕晉夫(吕侯)
正/21-3
吕晉父(晉甫)
別/14-28
吕令
補/5-69　補/5-72
吕秘丞
外/18-25
吕三十六
別/14-16
吕尚(吕公、太公)
正/25-2　外/17-14　外/17-15
吕氏(樂壽縣君)
正/6-31
吕氏(喬敞繼室)
正/30-12
吕大淵(見吕太淵)
吕太淵(吕大淵)
正/27-49　別/11-17

呂新婦(徐俯妻)
正/19-3　續/1-3
呂珣(呂東玉、東玉)
別/7-45　別/14-2　別/16-50
別/16-52　補/7-55　補/9-24
呂元鈞(元鈞)
別/12-4
呂元明(元明)
正/10-21
呂正獻(見呂公著)
呂知常
外/7-28
履常(見陳師道)
履中(見成節)
履中(見李復)
履中(見宋匪躬)
麻姑
正/28-35　外/21-2
馬(見司馬相如)
馬純(馬景純、馬文叔、文叔、毅夫)
別/4-6　續/6-23　補/4-22
補/8-19
馬醇(馬粹老、粹老、馬卿)
外/12-7　外/18-10　外/18-13
外/20-11
馬粹老(見馬醇)
馬達(馬君)
正/16-8
馬二郎
別/16-49
馬固道(固道)
別/1-19
馬瑊(馬中玉、中玉、忠玉十三兄、忠玉提刑、忠玉、馬荆州)
正/7-25　正/7-28　正/10-47
正/10-48　正/10-49　正/27-50
外/5-5　別/2-4　別/8-23
別/16-26　別/16-27　續/7-34
補/3-23　補/3-25　補/3-26
補/3-27　補/3-28　補/3-29
補/3-30　補/3-31　補/3-32
補/3-33　補/3-34　補/3-35
補/3-36　補/3-37　補/3-38
補/7-8　補/8-32
馬荆州(見馬瑊)
馬景純(見馬純)
馬君(見馬達)
馬南郡(見馬融)
馬卿(見馬醇)
馬融(馬南郡)
正/32-10　外/2-14
馬潤之
別/8-9
馬少游
正/7-20　外/4-28　外/7-43
馬師(見馬祖龐翁)

馬文叔(見馬純)
馬新婦
續/5-23
馬尋
正/30-3
馬援(伏波)
正/9-36
馬中玉(見馬瑊)
馬著作
外/2-14
馬祖龐翁(龐翁、馬師、龐公)
正/22-36　外/1-13
曼卿(見石延年)
漫郎(見元結)
漫叟(見元結)
毛遂
别/11-2
茅季偉(見茅容)
茅容(茅季偉、季偉)
正/26-69　别/18-31
茂衡(見羅中彦)
茂深(見宗測)
茂世(見錢培)
茂叔(見周惇頤)
茂先(見黄寶之)
茂宗(見張珫)
懋達(見黄育)
懋宗奉議(見黄懋宗)
枚(見枚乘)
枚乘(枚)
正/12-3　别/7-3　别/16-48
梅(歌妓)
正/13-58
梅福(子真)
外/12-16
梅灝(梅子明、子明)
外/6-22
梅聖俞(見梅堯臣)
梅堯臣(梅聖俞、聖俞)
正/25-44　正/26-43　别/8-38
别/11-4　别/16-50　補/3-6
梅子明(見梅灝)
門下蘇侍郎(見蘇轍)
孟(見孟軻)
孟嘗
續/5-38
孟東野(見孟郊)
孟扶埸(孟甥)
正/1-1
孟公綽(公綽)
外/13-26　别/18-30　續/6-31
孟光(光)
正/1-1　正/11-32　外/2-2
外/17-35
孟浩然(浩然)
外/14-1　補/1-5

孟嘉（嘉）
正/1-1
孟堅（見班固）
孟簡（簡）
正/1-1
孟郊（孟東野、郊）
正/1-1　正/1-18　外/23-29
别/6-10　補/8-50
孟軻（軻、孟子、孟）
正/1-1　正/16-2　正/16-3
正/19-16　正/20-2　正/23-24
正/24-12　正/24-16　正/25-16
正/28-6　外/1-1　外/14-5
外/16-5　别/2-3　别/4-6
别/5-13　别/12-4　别/18-30
别/18-31　續/1-10　補/3-31
孟甥（見孟扶場）
孟氏（見孟宗）
孟孫
正/24-26
孟獻子（獻子）
正/16-14
孟一
續/6-27
孟易（道傳）
續/2-49
孟雲卿（雲卿）
正/1-1
孟仲子（仲子）
正/1-1
孟子（見孟軻）
孟宗（孟氏）
外/15-14
孟宗八
續/5-25
夢得（見仇夢得）
夢升（見黄注）
夢英
正/28-62
夢周（見黄栩）
彌子
别/19-1
禰（見禰衡）
禰處士（見禰衡）
禰衡（禰處士、禰）
正/12-11　外/2-23　外/3-19
米芾（米元章、元章、阿章）
正/10-8　正/25-27　正/26-30
正/27-30　别/6-20　别/17-12
續/2-65
米友仁（虎兒）
正/10-8
米元章（見米芾）
密（見崇勝）
密公（見崇勝）
密老（見崇勝）

密師(見崇勝)
勉之(見歐陽問)
冕仲(見黄裳)
苗時中
正/30-4
咩兒
續/10-25
敏思(見晁端晉)
閔(見閔子騫)
閔仲叔
外/7-1
閔子騫(閔)
正/2-18
明兒
續/10-25
明發
外/3-3　外/16-9　續/8-7
明妃(見王嬙)
明復(見王明復)
明皇(見唐玄宗)
明教大師(見慧表)
明舉(見鄭少微)
明略(見廖正一)
明叔(見郭知章)
明叔(見楊皓)
明遠
正/5-30
明遠(見党光嗣)
明允(見蘇洵)
明允公(見蘇洵)
明瓚
補/8-54
明之(見胡洞微)
明助教
補/8-1
鳴犢舜華
外/20-31
嫫母
外/24-2
摩訶迦葉
正/15-12
摩詰(見王維)
莫愁
外/15-11
莫公(見莫郎中)
莫洞
補/10-6
莫郎中(莫公)
續/10-3
莫彦照
補/10-6
墨(見墨翟)
墨翟(墨)
正/1-1
木皮居士
别/12-22

木平(見善道)
木平和尚(見善道)
牧之(見杜牧)
睦(見黄睦)
慕閑
正/32-6
慕喆(大潙喆禪師、喆禪師、大潙禪師、大潙、潙山喆老、潙山道人、潙山老人、潙山)
正/15-8 正/15-10 正/22-42 正/32-3 外/7-6 别/18-18 續/2-48 續/2-68 補/4-16 補/5-73
穆帝(見晉穆帝)
穆夫人
補/7-56
穆父(見錢勰)
嬭(見王嬭)
南八(見南霽雲)
南禪(見南禪藻公)
南禪師(見慧南)
南禪藻公(南禪)
續/6-24 續/6-31 續/6-32 續/6-40
南董(南史、董狐)
正/22-9
南公(見慧南)
南宫日休
别/10-9
南宫元龜
外/22-16
南霽雲(南八)
外/17-44
南康郡君(見時氏)
南康史君察院
别/16-68
南老
别/12-13 别/14-14 别/15-49 續/3-31 續/3-33 續/3-42
南陵(見楊淑)
南泉(見普願)
南山禪師
别/3-60
南史
正/4-9
南玉(見汲南玉)
南園遯翁(見廖及)
南子
外/20-31
尼父(見孔丘)
尼悟超
補/9-5
尼智遷
正/17-11
廿五叔母(叔母)
續/10-24

念八(見黄仲堪)
念二(見廖念二)
念九(胡僧儒子)
　别/17-39
念四(見黄仲熊)
念四嬭
　續/2-28
聶德誨
　正/25-20
聶冠卿
　正/25-20
聶師道(問政、問政先生、宗微、逍遥大師)
　正/25-20
甯戚
　外/3-6
甯武子(見甯俞)
甯俞(甯武子)
　正/25-50
寧成
　别/4-10
寧子興(子興,一作寧子與)
　正/3-21　正/11-22　正/11-23
凝之(見劉涣)
凝之(見王凝之)
牛兒(見黄檝)
牛李(牛僧孺、李德裕)
　别/1-4
農沔
　續/9-8
穠李
　正/10-10
儂智高
　正/20-17　正/30-7
區君(見區叔時)
區叔時(叔時、區君)
　補/10-6
歐(見歐陽詢)
歐(舞妓)
　正/13-58
歐率更(見歐陽詢)
歐梅(歐陽修、梅堯臣)
　正/11-12
歐薛顔柳(歐陽詢、薛稷、顔真卿、柳公權)
　正/28-21
歐陽(見歐陽修)
歐陽崧
　正/31-1
歐陽誠發
　正/5-31
歐陽從道
　外/12-25
歐陽佃夫(見歐陽襄)
歐陽棐(歐陽叔弼)
　正/26-53

歐陽公(見歐陽修)
歐陽晦夫(見歐陽闢)
歐陽堅石
外/22-6
歐陽君(見歐陽闢)
歐陽君(見歐陽問)
歐陽闢(歐陽晦夫、晦夫、晦夫衡州使君、歐陽君)
别/8-30　别/8-38　别/17-17
歐陽企
外/22-6
歐陽叔弼(見歐陽棐)
歐陽率更(見歐陽詢)
歐陽文忠(見歐陽修)
歐陽文忠公(見歐陽修)
歐陽問(勉之、歐陽君)
外/22-6
歐陽獻(歐陽元老、元老)
正/18-15　正/21-48　正/25-58
正/26-54　别/8-28　别/15-1
續/3-15　續/3-16　續/7-44
續/7-46　續/8-20　補/2-2
歐陽襄(歐陽佃夫、佃夫)
正/28-75　正/28-77　别/2-11
補/10-6
歐陽修(歐陽永叔、永叔、歐陽子、歐陽、歐陽文忠公、歐陽文忠、歐陽公、文忠公、文忠)
正/16-15　正/18-17　正/19-24
正/21-18　正/25-41　正/25-46
正/25-51　正/26-18　正/26-43
正/26-44　正/26-52　正/27-7
正/28-35　正/29-20　外/5-1
别/2-3　别/6-59　别/6-60
别/7-19　别/8-10　别/8-24
别/10-9　别/12-4　别/14-48
别/19-41　補/8-25
歐陽詢(歐陽率更、歐率更、歐)
正/26-3　正/26-26　别/6-36
别/6-50　别/7-17　别/7-23
别/7-56　補/8-44
歐陽永叔(見歐陽修)
歐陽元老(見歐陽獻)
歐陽陟
别/8-30
歐陽準
外/22-6
歐陽子(見歐陽修)
歐虞(歐陽詢、虞世南)
正/28-28
歐虞褚薛(歐陽詢、虞世南、褚遂良、薛稷)
正/26-32　正/28-18　正/28-34
正/28-60　正/28-78　外/23-44
潘(見老潘)
潘(見潘大臨)

潘(見潘岳)
潘郊老(見潘大臨)
潘丙
別/10-5
潘伯恭(見潘夙)
潘處士(見潘萃)
潘萃(潘處士、信夫)
別/10-5
潘大夫
補/7-24
潘大臨(潘郊老、郊老、潘)
正/19-1 正/19-13 正/19-15
正/19-17 正/25-56 正/27-87
外/5-1 外/21-4 外/21-5
外/21-7 別/7-17 別/18-4
別/19-13 別/19-14 續/1-2
續/1-8 續/1-76
潘匪
別/10-5
潘鯁
別/10-5
潘供奉(潘郎)
外/16-36
潘谷
正/28-53 外/24-14
潘河陽(見潘岳)
潘洪(潘大臨、洪朋兄弟)
正/25-56 續/1-56
潘侯(潘夙子)
正/26-19
潘吉甫(工部)
別/10-5
潘季荀(太僕)
別/10-5
潘景
正/30-13
潘君(見潘子真)
潘陸(潘岳、陸機)
正/27-38
潘岐
正/26-4 別/6-38
潘騎省(見潘岳)
潘衢(屯田)
別/10-5
潘仁杲(殿中)
別/10-5
潘夙(潘伯恭)
正/26-19
潘興嗣(潘延之)
正/27-87
潘秀才
外/18-1
潘延之(見潘興嗣)
潘楊(潘岳、楊經)
外/4-27
潘原

别/10-5

潘岳(安仁、潘河陽、潘騎省、騎省、潘)

正/3-24 正/6-31 正/16-11

外/4-25 外/18-19

潘子真(子真、潘君)

正/19-5 正/21-27 正/27-87

外/6-22 外/9-22 外/13-13

别/18-26 别/18-28 别/18-29

别/18-31

潘祖述

别/10-5

盤庚

續/4-37

逄興文

正/16-9 外/21-17 别/15-45

續/3-25 續/3-33 續/5-8

續/5-15 補/4-20 補/4-21

龐安常(見龐安時)

龐安時(龐安常、龐老)

正/15-6 正/23-24 續/6-33

續/6-34 續/10-24 補/10-1

龐道者(見悟超)

龐德公(老龐)

正/1-18 外/9-40

龐公(東漢人)

外/3-24

龐公(見馬祖龐翁)

龐老(見龐安時)

龐翁(見馬祖龐翁)

庖丁

正/7-12 正/8-1 正/14-49

正/20-18 正/27-90 外/2-8

外/2-13 外/4-31 外/9-2

外/10-30 外/10-52 外/20-34

别/1-4 别/6-42 别/7-7

裴安世

别/19-12

裴度(裴晉公、裴公)

外/20-8

裴公(見裴度)

裴晉公(見裴度)

裴綸(裴仲謀、仲謀、裴仲謨、裴尉)

正/1-22 外/9-12 外/14-6

外/17-46 外/19-12 外/19-13

續/2-45

裴髯(見裴通直)

裴士章(憲之)

正/32-6 外/24-2

裴氏(十八弟妻)

别/13-13

裴通直(裴髯)

外/5-30

裴尉(見裴仲謀)

裴休

正/22-37

裴煜(如晦)
別/19-12
裴仲謨(見裴綸)
裴仲謀(見裴綸)
沛公(見漢高祖)
彭(見彭祖)
彭城叔母(叔母)
別/13-11
彭城太君(見劉氏)
彭城縣君(見劉氏)
彭崇仁(彭景山、景山)
外/23-1
彭道微(道微、彭文思)
正/13-68　正/13-91　正/14-44
正/26-65　續/5-37　補/7-4
彭景山(見彭崇仁)
彭居士
補/2-2
彭南陽
外/18-21
彭女
正/23-55
彭汝礪(器資)
正/32-3
彭師晏
正/30-7
彭守
別/17-9
彭壽
續/6-1
彭團練
別/18-32
彭文思(見彭道微)
彭宣
補/9-2
彭澤(見陶潛)
彭仲微
補/6-33
彭祖(彭)
正/22-19　別/6-66
蓬萊縣君(見曹氏)
蓬萊縣太君(見徐氏)
鵬道者
續/5-33
丕(見曹丕)
皮(見皮日休)
皮日休(皮)
正/6-15
疋礓(見段疋礓)
平津(見公孫弘)
平陽柴氏主(李淵女)
正/27-69
平陰王氏妹
續/10-19
平原
外/17-19

平原公
別/8-4
平仲(見畢平仲)
平仲少府(見徐平仲)
萍鄉老子(見應乾)
憑(見石憑)
坡(見蘇軾)
頗(見廉頗)
蒲傳正
別/7-30
蒲大防(蒲元禮、元禮)
正/18-17 外/13-6 外/13-7
外/17-51 外/19-22 外/19-23
外/24-7 續/5-38
蒲夫人(見蒲氏)
蒲稷
正/32-10
蒲君(見蒲遠猶)
蒲亮
正/32-10
蒲穆
正/32-10
蒲氏(蒲夫人,陳綱繼室)
正/31-6
蒲泰亨(見蒲志同)
蒲勳
正/32-10
蒲棪(庭臣)
別/2-20
蒲幼芝
正/32-10
蒲裕
正/32-10
蒲元禮(見蒲大防)
蒲遠猶(蒲仲輿、仲輿、蒲君)
正/32-10
蒲志同(蒲泰亨、泰亨)
別/2-20 續/10-12 續/10-13
補/1-3
蒲仲輿(見蒲遠猶)
普觀
正/32-6
普姐
續/10-25
普覺禪師(見楚金)
普明(見歸恭)
普明道者(見歸恭)
普義(見邵革)
普義邵侍禁(見邵革)
普願(南泉)
正/22-46
樸(見黄樸)
七二(見戴綱)
七二郎(見戴綱)
七哥
補/7-3

七舅(見黄大臨)
七叔祖(見黄注)
七叔祖主簿(見黄注)
七兄(見黄大臨)
七兄司理(見黄大臨)
七兄長官(見黄大臨)
栖蟾
外/10-4
棲賢和尚
續/9-27
漆雕開
正/20-1
漆園(見莊周)
祁連將軍(見田廣明)
岐伯
别/2-3　别/6-62
耆卿(見柳永)
琦上人
别/3-60
齊公(見景齊)
齊桓公(桓、小白)
正/21-22　外/21-24
齊己
正/26-60
齊景公(景公)
正/8-27　正/16-2　補/8-51
齊君
補/7-54
齊君(見齊術)
齊術(齊君)
正/23-2
齊宣公(宣)
正/21-22
騎省(見潘岳)
乞弟
外/7-33
起居(見江休復)
起居君(見江休復)
氣游(見石翼)
器之
别/7-10　别/16-27
器之(見戴器之)
器之(見胡器之)
器資(見彭汝礪)
遷之(見田益)
錢才翁
别/1-4
錢俶(錢忠懿王、忠懿王、忠懿)
正/22-2　正/27-1
錢德循(德循)
别/1-48　補/3-25　補/3-30
錢杲卿(錢一)
外/13-11
錢公(見錢勰)
錢轂(錢志仲)
正/1-21

錢景祥(錢孺文)
正/1-21
錢鏐(錢武肅王)
補/10-11
錢穆父(見錢勰)
錢培(茂世、錢總)
正/24-13
錢孺文(見錢景祥)
錢尚父
正/28-3
錢氏(仙源縣君、仙源)
正/31-13
錢氏(尹宗興妻)
正/30-8
錢塘縣君(見丁氏)
錢武肅王(見錢鏐)
錢勰(錢穆父、穆父、錢公)
正/4-7　正/4-8　正/6-6
正/26-9　外/12-45　别/6-20
别/6-50　别/8-1
錢一(見錢杲卿)
錢志仲(見錢彀)
錢忠懿王(見錢俶)
錢總(見錢培)
倩玉(見劉瑜)
喬敞(喬君、廣叔)
正/30-12
喬君(見喬敞)
喬君(見喬令)
喬令(喬君)
正/22-11
喬年
别/17-33
喬卿
正/19-26
喬彦柔
正/30-12
喬彦直
正/30-12
喬彦中
正/30-12
翹叟(見李翹叟)
欽之(見傅堯俞)
秦(見秦觀)
秦巴西(巴西)
正/8-15　正/24-26
秦晁(秦觀、晁補之)
正/2-21
秦丞相斯(見李斯)
秦處度(見秦湛)
秦德
補/5-23
秦覯(覯、秦少覯、秦少儀)
正/2-20　正/7-3
秦端友
外/22-6

秦二世(二世皇帝)
正/26-12
秦覯(覯、秦少章、少章、秦郎、秦君)
正/1-25 正/2-3 正/2-19
正/2-20 正/2-21 正/5-4
正/6-7 正/19-8 正/22-5
正/25-47 正/27-39 外/12-58
别/18-19 續/1-4
秦觀(秦少游、少游、秦、淮海居士、太虚)
正/2-18 正/2-20 正/3-24
正/5-3 正/5-4 正/5-26
正/9-36 正/11-7 正/14-64
正/14-66 正/18-13 正/18-17
正/19-2 正/19-8 外/21-13
外/21-27 别/2-3 别/6-12
别/6-69 别/7-44 别/8-1
别/8-19 别/11-10 别/14-25
别/17-23 别/17-51 别/18-23
續/5-37 續/7-34 補/7-50
補/9-5
秦靖
補/10-6
秦君(見秦覯)
秦郎(見秦覯)
秦郎(見秦湛)
秦敏學
補/10-22
秦少覿(見秦覯)
秦少儀(見秦覿)
秦少游(見秦觀)
秦少章(見秦覯)
秦始皇
正/26-12
秦世章(秦子明、子明)
正/25-22 續/2-68 續/3-1
秦王(見唐太宗)
秦相國(見李斯)
秦瑜
别/14-9
秦禹錫
補/10-6
秦越人(越人)
外/22-2 别/2-3 别/6-62
秦湛(秦處度、處度、秦郎)
正/3-24 别/1-47 續/9-9
續/9-29 續/9-30
秦子明(見秦世章)
青瑣
正/18-22
青陽寶
别/10-7
青陽賁
别/10-7
青陽孚
别/10-7

青陽革

別/10-7

青陽畧

別/10-7

青陽簡(青陽希古、希古)

別/10-7

青陽升

別/10-7

青陽希古(見青陽簡)

青陽倚

別/10-7

青宜(見鬼章青宜結)

青州老人(見義青)

卿長老

別/18-37

清(見法清)

清(見惟清)

清禪師(見惟清)

清道人(見惟清)

清公(見惟清)

清和尚(見惟清)

清河君

別/16-58

清老(見俞澹)

清涼國師(見澄觀)

清上人

補/8-28

清閑處士(見李發)

清獻趙公(見趙抃)

清新(惟清、悟新)

別/3-48

清兄(見惟清)

清虛(見王定國)

清隱(見惟湜)

清隱禪師(見惟湜)

清源奇道者

別/2-4

清長老

續/5-24

慶崇(見史禧)

慶兒

別/18-34　補/6-17

慶公(見文慶)

慶餘

正/17-5

慶源(見王淮奇)

慶州(見范純粹)

丘(見孔丘)

丘遲

外/11-15

丘楫

續/1-31　補/9-6　補/9-8

丘江(丘遲、江淹)

正/3-22

丘敬和

別/11-12

丘郎（見丘十四）
丘郎（見丘子進）
丘明（見左丘明）
丘十四（丘郎）
外/11-15　外/16-21
丘文播
外/23-25
丘子進（丘郎）
正/10-12
求（見冉求）
求父（見高元敏）
仇侯（見仇夢得）
仇覽
外/18-52
仇夢得（夢得、仇侯）
外/7-33　外/12-60　别/17-43
屈到
正/26-9
屈殿直
别/19-24
屈平（見屈原）
屈伸
别/15-50
屈宋（屈原、宋玉）
外/4-20　外/18-33
屈原（屈平）
正/12-3　外/6-4　别/6-66
别/11-2
瞿令（見瞿令問）
瞿令問（瞿令）
正/6-30　别/2-16
蘧伯玉
外/9-24　外/13-17　外/17-17
蘧瑗（見蘧伯玉）
曲周（見酈商）
全璧（天粹）
正/24-23
全甫（見郭全甫）
佺（僧名）
别/17-46
佺期（見沈佺期）
泉起（見王潁叔）
筌（見黄筌）
然明
外/6-13
冉求（求）
正/19-16
冉雍
外/8-20
仁夫（見陳居）
仁甫（見道臻）
仁和縣君（王純中繼室）
補/10-22
仁上座
正/27-70　外/12-43
仁壽郡夫人（張田妹、王凱妻）

正/25-21
仁擇
正/27-34
仁宗皇帝(見宋仁宗)
仁宗張貴妃(温成后)
別/4-10
仁祖(見宋仁宗)
任(見太任)
任伯傳
外/22-20
任從簡(見任宗易)
任大夫(見任公漸)
任道(見李仔)
任德公
補/10-6
任昉
外/23-30
任夫人(見任氏)
任更
外/22-20
任公漸(任大夫)
外/10-20　外/15-15　外/18-43
外/19-19
任廣(任叔儉)
正/21-45
任君
外/17-40
任桀(子修)
補/9-15
任氏(任夫人,廖正一妻)
外/7-34　外/22-20
任叔儉(見任廣)
任象
正/18-18
任元常
正/30-2
任軫
外/22-20
任之(見昌惟賢)
任仲微
外/17-42　外/17-47　外/18-46
任宗易(任從簡)
正/21-46
戎州新守
續/4-3
榮緝(見榮輯)
榮輯(榮緝、榮咨道、榮子邕、子雍、榮君)
正/1-15　正/26-3　正/28-24
正/28-25　正/28-26
榮君(見榮輯)
榮緒(見陳榮緒)
榮咨道(見榮輯)
榮子邕(見榮輯)
融師
外/8-2

如(見如化主)
如圭(見梁如圭)
如化主(如)
別/15-29 續/9-30
如晦(見裴煜)
孺子(見徐稚)
汝礪(見蔡汝礪)
汝器(見陳適用)
汝用
續/9-29
阮東平(見阮籍)
阮籍(阮嗣宗、嗣宗、阮東平、阮校尉)
正/9-37 外/1-5 外/6-11 外/8-7 外/10-21 外/13-13 外/16-14 別/1-7
阮君(見阮髯)
阮髯(阮君)
續/9-23 續/9-24
阮嗣宗(見阮籍)
阮咸(阮仲容)
正/4-33 正/12-4
阮校尉(見阮籍)
阮修(三語掾)
外/3-5 外/20-18
阮逸
別/9-2
阮之武
正/30-1
阮仲容(見阮咸)
瑞崖湛老
補/10-17
潤甫(見黄育)
潤父(見黄育)
潤之(見陳轂)
若沖(慧林沖禪師、慧林)
正/22-44 正/23-49 正/26-8
三聰
續/5-17 續/5-19
三妗太君(見張夫人)
三孔(孔武仲、孔文仲、孔平仲)
正/1-27
三郎
續/5-23
三孏
續/2-28
三十三(見黄睦)
三十三娘(李文伯妻)
續/5-19 續/5-27
三王(王尊、王章、王駿)
正/22-5
三兄
續/7-36
三醫(矯氏、俞氏、盧氏)
正/6-31
三語掾(見阮修)

桑弘羊(桑羊)
外/11-37
桑羊(見桑弘羊)
僧兒
别/18-32
僧護(黄庭堅子姪小字)
外/1-13
僧繇(見張僧繇)
僧肇
外/23-13
沙頭宋公
續/2-68
沙頭樂公
續/2-68
山父(見郭韭)
山公(見山濤)
山巨源(見山濤)
山司空(見山濤)
山濤(山巨源、山司空、山公)
正/9-39 正/13-90 正/20-5
正/26-6 正/27-14 外/3-19
外/17-62 别/1-34 别/7-56
别/13-1
珊上座
續/5-22
單豹
正/8-1
單埭
外/22-11
單渢
外/22-11
單公(見單頊)
單孟陽(見單頊)
單卿(見單頊)
單鎔
外/22-11
單頊(單孟陽、單卿、單公、光禄)
外/22-11
善本
正/32-5
善才
正/21-38
善長(見石亢)
善道(木平和尚、木平)
正/22-38 補/4-16
善慶(見劉珍)
善暹(暹道者)
正/17-2
商公(見陶弼)
商君(見商鞅)
商翁(見陶弼)
商巖(見傅説)
商鞅(商君)
外/1-17 外/16-19
商紂王(紂)
正/16-2 正/21-23

賞(見徐賞)
上官均(彦衡、上官御史)
別/7-10 別/9-1
上官御史(見上官均)
上皇(見唐玄宗)
尚書(見晁宗簡)
韶陽公(見悟新)
韶陽老人(見悟新)
少府秘校
補/3-9
少激(見文抗)
少汲(見胡直孺)
少陵(見杜甫)
少施(見少施氏)
少施氏(少施)
外/21-10
少師(見楊凝式)
少魏
續/8-11
少文(見宗炳)
少伊
補/10-6
少游(見秦觀)
少章(見秦覯)
少張(見陳綱)
少莊(見趙安時)
召伯
正/16-1
召信臣
外/14-7 別/16-55
邵伯埭
正/28-44
邵革(邵彦明、彦明、邵普義、普義、普義邵侍禁、邵君)
別/2-11 別/19-43 別/19-44
補/10-6
邵君(見邵革)
邵君(見邵叶)
邵南
別/3-17
邵平
外/5-33 外/8-2 外/11-51
邵普義(見邵革)
邵彦明(見邵革)
邵彦昇
別/2-11
邵叶(邵君)
正/16-10
邵之才
外/18-54 外/19-28
紹慈
補/8-1
紹概
別/2-7
紹國師
補/8-55

紹潤(見杜靖)
紹熙
正/17-5
紹先(見馮當時)
紹宗(宗)
正/17-2
舍弟(見黄叔達)
舍弟(見黄叔獻)
舍弟(見黄仲熊)
舍老人
續/6-31
申(見王申)
申公
正/29-19
申公(見吕公著)
莘老(見劉莘老)
莘老(見孫覺)
莘老(見余天任)
深道(見晁詠之)
深道(見韋許)
深道(見吴蔚)
深父(見龔原)
深源
别/15-34
深之(見晁詠之)
深之(見李深之)
神岡圓首座
正/23-36
神考(見宋神宗)
神農
正/15-6　正/16-10　正/19-39
外/20-2　外/22-1　别/2-3
補/8-7
神堯(見唐高祖)
神宗(見宋神宗)
神宗皇帝(見宋神宗)
沈簿
别/15-32
沈傳師
正/28-64　正/28-65　正/28-78
補/8-48
沈存中(見沈括)
沈道
正/30-3
沈東陽(見沈約)
沈烱
外/17-3
沈括(沈存中)
正/25-60
沈郎
外/20-6
沈郎(見沈約)
沈起
正/30-7
沈佺期(佺期)
正/6-12

沈士龍
正/30-6
沈氏(安仁縣君沈氏,吴革妻)
正/30-6
沈謝(沈約、謝朓)
外/16-6
沈遜
正/30-3
沈約(東陽沈侯約、沈東陽、沈郎)
正/9-12 外/15-15 外/18-19
别/16-20
沈諸梁(見葉公子高)
脊修
補/7-39
慎思(見鄧忠臣)
慎展
正/17-4
慎中(見王寅)
升之(見梁升之)
聲叔六姪(見黄聲叔)
繩祖(見衛書)
省郎(見趙宗閔)
盛度(盛文肅公、文肅公)
正/25-45 正/27-44 别/9-2
盛二十舅(見盛陶)
盛孟適
正/27-44
盛陶(中叔、盛二十舅)
外/18-45 續/2-42
盛天錫(天錫、盛推官、盛推,黄庭堅表弟)
别/16-12 續/4-13 續/4-15
補/4-9
盛推(見盛天錫)
盛推官(見盛天錫)
盛文肅公(見盛度)
盛憲(盛孝章)
正/26-45 别/19-29
盛孝章(見盛憲)
勝女子(伏勝女)
正/27-48
勝師方丈
正/26-71
勝之(見王凱)
聖弼(見朱聖弼)
聖東(見張聖東)
聖庚(見元聿)
聖美(見王子韶)
聖謨(見黄襄)
聖褀(見李祥)
聖思(見晁端頤)
聖涂(見王闢之)
聖俞(見梅堯臣)
聖與(見向聖與)
施(見西施)
師(見顯孫師)

師川（見徐俯）
師範（範道人、範上座、範上人、範長老、範和尚、範公禪師、範公、範、中和六祖禪師、六祖禪師範公、六祖範禪、六祖範老、六祖長老、六祖）
正/15-7 正/23-39 正/23-40
正/23-47 外/21-26 外/24-40
外/24-41 别/2-20 别/3-39
别/3-53 别/3-54 别/8-4
别/14-2 别/15-38 别/15-39
别/15-53 别/16-46 别/16-52
别/18-18 别/18-34 續/2-68
續/3-1 續/3-2 續/3-8
續/3-9 續/3-15 續/3-17
續/3-20 續/4-34 續/6-15
續/6-22 續/6-25 續/6-29
續/6-30 續/6-31 補/4-16
補/5-55 補/5-61 補/6-17
補/8-10 補/8-22 補/10-16
師哥
續/10-25
師厚（見謝景初）
師慧
正/17-11
師曠（子野）
正/22-13 外/6-15 外/24-2
别/17-23
師敏（見田師敏）
師舜
續/6-34 續/6-35
師文（見安師文）
師楊（見安師楊）
師載（見李師載）
師直（見謝景温）
詩老（見史扶）
什公（見鳩摩羅什）
十八新婦
續/2-28
十九弟（見黄嗣深）
十九娘
續/1-45 續/4-16
十九叔父（見黄襄）
十六舍弟
續/3-3
十娘
續/10-25
十七（見黄介）
十三妹
續/2-28
十三太君（李布妻）
外/24-45
十四弟（見黄叔獻）
十四舅
續/2-2
十五郎

別/18-39　別/18-41
十一舅母(見范夫人)
十一推官
續/8-16
石畢(盡仁)
別/4-7
石秉文
別/3-21
石參(孝立)
別/4-7
石長卿
正/5-12　續/4-41
石充(君美)
別/2-20
石存
補/8-19
石奮(萬石)
別/12-38
石輔之
正/25-7
石供奉
外/23-25
石衮(衮)
補/8-19
石介
正/31-9
石君美
補/8-50
石君澥
別/10-11
石君豫
補/9-5
石亢(亢、善長)
別/4-7　補/8-19
石恪
正/9-33　外/23-25　別/1-36
別/14-47　別/14-48
石奎(秉文)
別/4-7
石勒
別/4-25
石諒(石信道、信道)
正/18-5　別/4-7　別/17-7
續/6-12　續/7-5　補/8-34
補/8-51　補/9-17　補/9-22
石曼卿(見石延年)
石悉(石懋、石敏若、悉)
正/11-3　補/9-10
石懋(見石悉)
石敏若(見石悉)
石南溪
別/19-10
石憑(憑)
補/9-10
石七三(石信道家兒)
正/8-24

石橋（見元上座）
石霜（見楚圓）
石燾（燾）
補/8-19
石庭簡
正/28-1
石頭（見希遷）
石頭和尚（見希遷）
石推官
别/1-35
石信道（見石諒）
石興宗（見石振）
石延年（石曼卿、曼卿）
正/26-28　正/26-43　正/26-57
石翼（氣游）
别/4-7
石悠（悠）
補/9-10
石瑜
别/6-61
石振（振、石興宗、興宗）
補/9-9　補/9-10
石中書
正/11-34
石壯（壯）
補/8-19
拾遺（見杜甫）
時當（見管及）
時發（見朱時發）
時父（見李時父）
時進叔
外/1-2
時氏（南康郡君，楊申妻）
外/22-22
時中
補/1-24
史安世
正/31-13
史褒（屯田）
别/10-8
史昌遂（大理君、大理）
别/10-8
史德言
正/32-2
史端臣（見史直躬）
史夫人（見史氏）
史扶（翊正、瀘南詩老、詩老）
正/32-2
史鎬
正/32-2
史光庭
正/32-2
史沆
正/20-18
史回（知非子、知非）
正/32-2

史會(史彦昇)
正/10-43　别/7-41
史君卿
别/10-6
史戩(彦祖)
别/2-20
史利用(光禄)
别/1-32
史溥(江陽隱君、江陽)
正/32-2
史起
外/14-7
史遷(見司馬遷)
史慶崇
别/6-11　别/7-48　補/8-34
史銓
正/32-2
史鋭
正/32-2
史嫂
續/6-6
史紹封
别/7-41
史實
别/10-6
史氏(史夫人,張祺再繼室)
正/31-13
史氏(張祺初室)
正/31-13
史天常
别/10-8
史天休(見史祥)
史銅
正/32-2
史禧(慶崇)
補/9-17
史襄
正/31-13
史祥(史天休)
别/1-32
史孝岑
正/27-13
史炎玉
别/3-37
史嚴
正/32-2
史彦柏
外/23-28
史彦昇(見史會)
史彦直
正/18-18　續/5-39　續/6-4
續/6-5
史應之(見史鑄)
史魚
正/20-5
史鎮

正/32-2
史直躬(史端臣、端臣)
別/10-8
史周彦(周彦)
史著明(嘉州)
正/32-2
史鑄(史應之、應之)
正/10-41 正/10-42 正/14-9
正/14-10 正/22-16 正/22-17
正/32-2
史子山
正/18-16 別/7-6 別/18-17
史宗簡(天和子、天和)
正/32-2
使君大夫
補/4-4
士安(見劉晏)
士常(見趙士常)
士夫(見王士夫)
士節(見張愨)
世弼(見王純亮)
世承(見黄世承)
世父(見黄善長)
世因(見黄世因)
世祖(見漢光武帝)
侍其純夫
正/24-27 別/3-1
侍其佃(仲年)
正/24-24
侍其鑑(彌明)
正/24-27
侍其氏(旌德縣君,張杰初室)
正/31-7
侍其瑛
正/27-89 正/27-90 別/11-18
續/6-1
適用(見陳適用)
釋迦
正/15-9 正/23-47 正/27-34
別/3-28 續/10-26
釋之(見張釋之)
守瓌
別/8-29
守能
補/9-5
守之(見唐節)
守芝(大愚芝、大愚、芝公)
正/15-11 外/24-43 別/6-64
守智(雲蓋智和尚)
正/22-49
壽安姑(見徐氏姑)
壽安君(見徐氏姑)
壽安縣君(見鄒氏)
壽禪師
別/18-1
壽光夫人(見李氏)

壽光李夫人(見李氏)
壽光縣君(見張氏)
壽光縣君(見趙氏)
壽光縣太君(見李氏)
叔才(見蘇舜元)
叔粲(見宗彧之)
叔達(見黄叔達)
叔旦(見周公旦)
叔度(見黄憲)
叔父(見黄廉)
叔父(見黄襄)
叔父(見黄育)
叔父給事(見黄廉)
叔父夷仲(見黄廉)
叔和(見張塤)
叔誨
外/16-12
叔敬
别/17-5
叔母(見彭城叔母)
叔母劉(劉涣女)
外/1-13
叔齊
正/5-15　正/16-2　補/8-51
叔時(見區叔時)
叔武(見陳槊)
叔獻(見黄叔獻)
叔向
正/22-3　正/30-4
叔向(見黄叔向)
叔夜(見嵇康)
叔元(見吴叔元)
叔原(見晏幾道)
叔震
續/5-22
叔子
外/14-19
叔祖少卿(見黄淳)
淑德皇后(見太宗尹皇后)
舒道士
正/23-22
舒焕(舒堯文)
外/6-26
舒申之
外/10-18
舒堯文(見舒焕)
蜀王妃
别/4-25
蜀掾
别/19-9
率(見王率)
雙林(見傅大士)
水部君(見梁如圭)
舜(重華、真人)
正/2-19　正/14-70　正/19-5
正/19-10　正/19-16　正/20-2

正/20-3　正/20-4　正/20-9
正/20-15　正/21-5　正/21-6
正/21-23　正/22-3　正/24-2
正/24-23　正/29-1　正/29-19
正/31-5　外/1-3　外/2-17
外/5-36　外/7-12　外/12-69
外/13-10　外/14-14　外/19-33
外/20-16　别/1-30　别/1-71
别/11-2　别/12-4　别/14-15
别/19-37　别/19-38

司空圖
别/6-17

司馬(見司馬遷)

司馬班揚(司馬遷、班固、揚雄)
正/22-4　正/22-5

司馬丞相(見司馬光)

司馬旦
正/21-37

司馬德操(見司馬徽)

司馬公(見司馬光)

司馬公(見司馬徽)

司馬公休(見司馬康)

司馬光(司馬文正公、司馬文正温公、文正温公、司馬温公、温公、司馬公、司馬丞相)
正/6-24　正/9-36　正/20-4
正/29-10　正/29-11　正/31-4
正/31-9　外/23-31　外/24-11
别/6-6　别/6-25　别/9-1
别/13-1　别/13-2　别/19-5
别/19-15　别/19-36　續/1-9

司馬宏
别/9-1

司馬侯
正/19-18

司馬徽(見司馬德操、德操、司馬公)
正/9-28　正/22-17　别/17-7

司馬諫議(見司馬公休)

司馬康(司馬公休、公休、司馬諫議)
别/13-2　補/5-20

司馬倫(趙王倫)
外/22-6

司馬遷(司馬子長、司馬、史遷)
正/16-2　正/18-21　正/20-2
正/25-46　别/2-3　别/17-39
續/1-10

司馬氏夫人(崇德縣君)
别/10-19

司馬竦
正/21-37

司馬泰
正/21-37

司馬談(太史公)
正/9-28　正/25-46

司馬温公(見司馬光)

司馬文正公(見司馬光)

司馬文正溫公(見司馬光)
司馬相如(相如、長卿、馬)
正/4-9 正/4-17 正/5-12
正/10-24 正/13-16 正/13-17
正/13-53 正/19-20 外/6-7
外/7-20 外/7-50 外/10-19
外/11-36 外/15-18 外/15-25
外/18-8 别/1-7 别/2-3
别/11-28 别 16-48 别/13-10
司馬子長(見司馬遷)
思禪師
外/13-23
思大禪師(思大師)
别/2-13 補/8-39
思大師(見思大禪師)
思道(見晁端國)
思道(見孫思道)
思度(度)
正/17-1
思公(見行思)
思順
别/7-11
思燕(見黄棣)
斯舉(見何頡)
斯立
續/1-40
死心禪師(見悟新)
死心道人(見悟新)
四哥
别/14-39 補/4-8
四嬭
續/10-25
四娘(見黄媢)
四十(見黄相)
四十二弟(見李懷道)
四十九侄
續/10-5
四十七承務
續/1-45
四十乳母(黄相乳母)
續/6-22 補/6-17
四十五弟
别/13-5 補/7-31
四休(見孫君昉)
四休居士(見孫君昉)
四一
補/5-9
姒(見太姒)
嗣功十八弟(見黄嗣功)
嗣深節推十九弟(見黄嗣深)
嗣滕王(見李湛然)
嗣文(見黄叔豹)
嗣賢(見衛嗣賢)
嗣直(見黄叔向)
嗣宗(見阮籍)
松滋(見鄒永年)

崧老(見許翰)
聳上座
續/6-15
宋白(文安公、文安)
正/32-11
宋班(宋粹父、粹父、宋子)
正/32-11
宋純
别/14-48
宋昌言(仲謨)
正/16-5
宋倅
續/5-9　續/5-13
宋粹父(見宋班)
宋儋
正/27-19　正/28-15
宋迪
正/20-17
宋殿直
續/6-16
宋匪躬(履中)
别/7-10
宋夫人
别/1-33
宋公
正/7-14
宋景文公(見宋祁)
宋景瞻
别/1-5
宋君(見宋仲)
宋楙宗(見宋肇)
宋祁(宋子京、子京、宋景文公、景文)
正/31-3　外/23-6　别/8-10
别/11-46　續/6-28
宋齊丘
正/17-2
宋喬年(宋仙民、宋僊民)
正/22-14　正/25-8　别/15-37
宋仁宗(仁宗皇帝、仁祖、昭陵皇帝、昭陵)
正/6-25　正/13-15　正/16-1
正/22-1　正/25-1　外/5-37
外/8-6　外/10-43　外/11-7
外/16-25　别/1-4　别/6-29
别/12-16　續/5-2
宋榮子
别/14-38
宋三十七(見宋子茂)
宋詵
續/3-62
宋神宗(神宗皇帝、神宗、神考、今皇帝、先皇、裕陵)
正/1-17　正/4-23　正/6-23
正/6-27　正/20-9　正/20-13
正/26-20　正/29-9　正/29-11

外/7-20　外/24-4　外/24-38
別/6-29
宋氏夫人
別/10-20
宋适
外/22-13
宋綬(宋宣獻公、宣獻公、宣獻、常山公)
宋太宗(太宗皇帝、太宗、熙陵)
正/27-1　正/30-8　外/22-18
別/3-24　別/6-1
宋太祖(藝祖)
別/3-24
宋完(志父)
正/24-21
宋琬
正/32-11
宋仙民(見宋喬年)
宋僊民(見宋喬年)
宋庠(公序)
別/7-20
宋宣德
補/3-42
宋宣獻(見宋綬)
宋宣獻公(見宋綬)
宋英宗(英宗、英祖、英皇、治平皇帝、厚陵)
正/12-13　正/17-11　正/28-70
正/29-9　正/29-11　外/12-44
宋盈祖(廣平公)
正/7-13
宋玉
正/3-10　正/11-3　正/12-3
正/13-54　正/14-17　正/19-20
外/16-6　外/17-22　別/7-3
別/16-48
宋元壽(富順君)
正/27-44
宋遠
外/22-13
宋澤
正/32-11
宋兆(吉長)
正/27-44
宋肇(宋楙宗)
正/7-14　正/7-15　外/20-35
宋真宗(真宗、真皇、章聖皇帝、章聖)
正/20-18　正/22-3　正/25-1
外/8-6　外/15-10
宋正臣(端弼)
別/2-21
宋仲(宋君)
外/22-14
宋子(見宋班)
宋子(見宋宗儒)

宋子京（見宋祁）
宋子茂（子茂、宋三十七）
正/26-22　外/21-26　外/21-30
別/15-50　別/17-2　續/3-50
續/4-8　續/4-16　續/4-26
續/7-10
宋子正
補/10-6
宋宗儒（宋子）
正/4-33　正/22-15
蘇（見蘇軾）
蘇波
別/16-65　別/16-66　別/16-67
蘇伯固
續/3-1　續/3-6
蘇才翁（見蘇舜元）
蘇大壽
正/30-5
蘇大通（大通）
別/17-11　續/6-6　續/6-7
蘇耽
正/6-12　外/10-8
蘇東坡（見蘇軾）
蘇二（見蘇軾）
蘇公（見蘇軾）
蘇漢侯
別/7-46
蘇翰林（見蘇軾）
蘇浩然（浩然）
外/7-31
蘇侯
外/13-21
蘇侯（見蘇太祝）
蘇黄門（見蘇轍）
蘇蕙（蘇若蘭）
正/10-38
蘇嘉（景謨）
續/2-44
蘇堅
補/7-36
蘇九
補/6-25
蘇郎（見蘇舜欽）
蘇李（蘇軾、李公麟）
正/3-16　正/12-4　外/5-29
外/7-22　續/1-21
蘇廉（正平）
別/3-15
蘇靈芝
外/23-3　別/6-57
蘇密州（見蘇軾）
蘇明允（見蘇洵）
蘇某（劉禹婿）
正/30-11
蘇秦（季子）
正/9-41　外/16-11

蘇若蘭(見蘇蕙)
蘇尚書(見蘇軾)
蘇慎言
補/8-8
蘇軾(蘇子瞻、子瞻、蘇東坡、東坡蘇公、東坡先生、東坡道人、東坡居士、東坡老人、翰林東坡、東坡、蘇尚書、蘇太史、翰林蘇公、蘇翰林、翰林公、翰林、蘇密州、蘇餘杭、蘇子、蘇公、蘇、坡、蘇仙翁、蘇仙、謫仙人、蘇二、端明、儋耳道人、海上道人)
正/1-3 正/1-6 正/1-11
正/1-14 正/1-18 正/1-27
正/2-4 正/2-12 正/2-14
正/2-29 正/2-30 正/3-16
正/3-32 正/4-3 正/4-5
正/4-9 正/4-12 正/4-13
正/4-14 正/4-15 正/4-21
正/4-28 正/4-31 正/4-32
正/5-4 正/5-5 正/5-23
正/5-24 正/5-26 正/5-31
正/7-4 正/7-10 正/7-15
正/7-31 正/7-32 正/8-17
正/9-9 正/9-14 正/9-15
正/9-34 正/10-4 正/12-4
正/12-5 正/13-44 正/13-56
正/14-1 正/14-36 正/14-44
正/14-48 正/16-15 正/18-1
正/18-2 正/18-13 正/18-15
正/18-17 正/18-18 正/18-21
正/19-2 正/19-33 正/22-4
正/22-22 正/22-36 正/25-12
正/25-13 正/25-22 正/25-34
正/25-37 正/25-38 正/25-39
正/25-40 正/25-41 正/25-45
正/25-63 正/26-1 正/26-2
正/26-3 正/26-4 正/26-7
正/26-8 正/26-9 正/26-12
正/26-14 正/26-28 正/26-32
正/26-50 正/26-53 正/26-62
正/26-73 正/27-19 正/27-28
正/27-46 正/27-55 正/27-56
正/27-57 正/27-61 正/27-67
正/27-80 正/27-87 正/28-36
正/28-67 正/28-68 正/28-69
正/28-70 正/28-71 正/28-72
正/28-73 正/28-74 正/28-75
正/28-76 正/28-77 正/28-78
正/28-79 正/28-80 正/31-3
外/2-23 外/3-1 外/3-2
外/6-24 外/6-26 外/7-22
外/8-3 外/11-17 外/11-40
外/12-44 外/12-45 外/12-46
外/12-48 外/23-8 外/23-16
外/23-17 外/23-47 外/24-10

外/24-11　外/24-18　外/24-24
别/1-17　别/1-23　别/1-39
别/1-44　别/2-3　别/3-1
别/6-20　别/6-22　别/6-23
别/6-35　别/6-38　别/6-40
别/6-49　别/6-61　别/6-65
别/6-69　别/7-4　别/7-8
别/7-10　别/7-19　别/7-29
别/7-30　别/7-37　别/7-38
别/7-39　别/7-40　别/7-42
别/7-43　别/7-46　别/8-3
别/8-8　别/8-25　别/8-27
别/8-30　别/8-31　别/8-32
别/8-37　别/11-10　别/12-3
别/12-4　别/14-13　别/14-25
别/14-42　别/15-20　别/16-27
别/16-50　别/16-52　别/17-10
别/17-23　别/17-26　别/17-40
别/17-51　别/18-5　别/18-6
别/18-7　别/18-20　别/19-15
别/19-34　續/1-9　續/1-13
續/1-20　續/1-26　續/2-63
續/2-65　續/3-19　續/4-24
續/5-38　續/6-6　續/6-8
續/6-10　續/6-28　續/7-17
續/7-21　續/7-23　續/7-24
續/7-30　續/7-31　續/7-32
續/7-34　續/8-21　續/8-31
續/9-15　續/10-7　續/10-12
補/4-35　補/5-12　補/5-22
補/6-38　補/7-49　補/8-6
補/8-8　補/8-15　補/8-30
補/8-38　補/8-40　補/8-41
補/8-47　補/8-52　補/8-53
補/8-61　補/9-2　補/9-16
補/10-3

蘇舜欽（蘇子美、子美、蘇長史、蘇郎）
正/26-18　正/26-24　正/26-43
正/27-38　别/1-4　别/6-52

蘇舜元（蘇才翁、才翁通判承事、才翁承事、才翁、叔才）
正/26-23　正/26-37　正/27-38
正/28-49　正/29-21　外/19-14
外/21-21　外/23-15　外/23-39
别/7-21　别/7-46　補/2-3
補/2-4　補/2-5　補/4-29

蘇頌（蘇魏公、蘇相國）
外/23-35　别/12-14

蘇太史（見蘇軾）

蘇太祝（蘇侯）
外/15-11

蘇魏公（見蘇頌）

蘇溪
正/25-18　别/6-5

蘇熹（道宗）

外/22-18
蘇仙(見蘇軾)
蘇仙翁(見蘇軾)
蘇相國(見蘇頌)
蘇洵(蘇明允、明允公、明允、老蘇先生)
正/19-24　正/25-38　外/21-5
別/7-40
蘇餘杭(見蘇軾)
蘇元老(在庭)
別/17-26
蘇長史(見蘇舜欽)
蘇轍(蘇子由、子由、蘇子、蘇黄門、黄門、門下蘇侍郎)
正/1-27　正/1-29　正/2-16
正/4-4　正/4-5　正/9-9
正/10-3　正/10-4　正/18-2
正/18-3　正/18-13　正/25-39
正/26-14　外/10-6　外/10-7
外/10-8　外/10-9　外/23-43
別/1-24　別/6-69　別/7-43
別/7-46　別/12-3　別/14-25
續/6-6　續/6-10　續/8-1
補/8-6
蘇舟
補/10-6
蘇州(見韋應物)
蘇子(見蘇軾)
蘇子(見蘇轍)
蘇子美(見蘇舜欽)
蘇子平
外/5-29
蘇子由(見蘇轍)
蘇子瞻(見蘇軾)
夙(見蔡夙)
素(見懷素)
素(見重素)
素兒
正/13-38　續/1-25
素師(見重素)
素翁(見楊素翁)
肅簡公(見魯宗道)
肅宗(見唐肅宗)
宿瘤女(瘤)
正/21-22　正/29-24
眭京(眭固、京房)
正/26-42
睢老
續/2-55
睢陽(見張巡)
隋文(見隋文帝)
隋文帝(隋文)
正/17-11
邃夫(見周淵)
孫八
補/5-47

孫賁(公素、孫陽翟)
正/1-28 正/25-10
孫抃(孫文懿)
續/8-10
孫伯遠
正/18-13
孫不愚
外/9-11 外/17-49 外/17-55
外/18-31
孫材父
補/3-30
孫承議(富春公)
外/4-24 外/7-5 外/16-28
孫芻言
續/6-11
孫端(孫子實、子實)
正/2-18 正/2-21 補/7-34
孫惇夫
正/26-47 别/8-34 别/15-2
孫諤(元忠)
正/9-1
孫逢原
别/19-27
孫奉議
外/12-38
孫馨
正/30-2
孫公(見孫覺)
孫公善
外/4-24
孫覺(孫莘老、莘老、孫公)
正/2-13 正/9-37 正/10-13
正/10-14 正/18-2 正/19-1
正/20-5 正/27-86 外/5-6
外/5-27 外/21-4 外/22-8
别/4-20 别/7-10 别/13-3
别/14-4 别/18-3 别/19-34
續/10-14 補/1-8
孫君
别/17-5
孫君昉(景初、四休居士、四休)
正/10-1
孫克
續/1-55
孫郎(見孫彦立)
孫愐
别/7-35
孫侔(孫少述)
正/1-15
孫彭年
補/3-10
孫朴(孫元忠)
正/9-1
孫權(仲謀、紫髯將軍)
正/11-2 外/9-25
孫汝楫

補/8-8
孫少述(見孫侔)
孫莘老(見孫覺)
孫升(君孚)
補/7-13
孫氏(蘭溪縣君、蘭溪,黄庭堅初室)
外/20-29 外/22-8
孫叔敖
正/22-5 別/6-21 別/11-12
孫叔慈
補/9-19
孫思道(思道)
續/8-10
孫太古
外/23-43
孫文懿(見孫抃)
孫吴(孫武、吴起)
正/2-28 正/28-71 正/30-7
外/14-7
孫謝兩舅母(指黄庭堅妻孫夫人、謝夫人)
續/2-1
孫彦立(孫郎)
正/13-70
孫彦昇(子漸)
補/10-6
孫陽翟(見孫賁)
孫元忠(見孫朴)
孫知微
正/21-29 外/23-25
孫仲安
別/6-11
孫著作
外/16-14
孫子
補/4-8
孫子實(見孫端)
損道(見鄒餘)
索繼萬(希一)
別/2-18
索靖(索征西、征南)
正/18-8 正/26-17 正/27-11
正/27-17 正/28-23 外/7-6
別/14-19
索征西(見索靖)
臺源(見黄襄)
臺源先生(見黄襄)
太白(見李白)
太倉(見淳于意)
太常(見周澤)
太沖(見左思)
太傅(見蕭望之)
太公(見吕尚)
太皇太后(見英宗高皇后)
太母縣君(洪朋母)
別/18-28 別/18-30

太平(見惟清)
太平和尚(見惟清)
太平清公(見惟清)
太平清老(見惟清)
太僕(見潘季荀)
太奇
正/17-6
太丘(見陳寔)
太任(任)
正/1-29 正/2-4 正/6-23
太師(見顔真卿)
太史公(見司馬談)
太姒(姒)
正/6-23
太尉
外/15-13
太尉(見魏羽)
太尉(見楊震)
太尉(見張亢)
太尉侍中魏公(見賈昌朝)
太虚(見秦觀)
太原郡開國侯(見王世行)
太真(見楊貴妃)
太宗(見漢孝文帝)
太宗(見宋太宗)
太宗(見唐太宗)
太宗皇帝(見宋太宗)
太宗尹皇后(淑德皇后,尹廷勛女)
正/30-8
泰伯
正/12-3 正/24-21
泰亨(見蒲志同)
泰陵(見唐玄宗)
泰陵皇帝(見唐玄宗)
曇遷
正/17-11
曇相
續/6-8 續/6-9
曇秀(芝上人)
續/2-62
檀敦禮(敦禮、檀公、檀君、檀郎)
正/21-50 正/23-58 正/26-28
別/17-12 續/7-17 續/7-18
續/7-19 補/4-33 補/4-34
補/4-35 補/4-36 補/4-37
補/4-39 補/4-40 補/4-41
補/4-42 補/4-43 補/4-44
補/4-45 補/4-46 補/4-47
檀敦信
正/11-8
檀公(見檀敦禮)
檀君(見檀敦禮)
檀郎(見檀敦禮)
譚處道
別/2-15 補/9-23
譚存之

别/18-34
譚司理
續/5-13
坦夫
外/16-13
湯居善
别/7-14
湯武(商湯、周武王)
正/20-3
湯休(見惠休)
湯正臣
正/25-22
唐臣(見胡僧孺)
唐次公(次公)
續/9-10　補/3-22　補/10-6
唐當時(見唐遘)
唐道人(見唐履)
唐輔文
正/25-17
唐高宗(高宗)
正/28-2　正/28-3　别/6-48
别/7-56
唐高祖(神堯)
正/27-69　正/28-63
唐公(見張瓌)
唐遘(唐當時、當時)
别/4-9　别/19-47
唐驥(希德)
别/4-3
唐節(守之)
正/24-14
唐坰(唐林夫)
正/26-26　外/11-32　别/8-37
别/16-22
唐君益
續/5-25
唐景
别/16-48
唐林夫(見唐坰)
唐履(唐坦之、唐道人、道人)
正/18-8　正/18-16　正/25-23
别/7-55　别/8-5　别/8-14
别/8-16　别/18-17　别/19-20
續/3-57　續/4-5　續/4-25
續/6-24　補/9-16　補/9-25
唐睿宗(李旦、相王)
正/28-25
唐肅宗(肅宗)
别/4-25
唐太宗(太宗)
正/26-20　正/27-2　正/28-63
外/23-2　别/4-25　别/6-48
别/7-6　别/7-56
唐坦之(見唐履)
唐僖宗(僖宗)
正/32-2　正/32-10

唐憲宗(憲宗)
正/14-7
唐玄度
正/28-62
唐玄宗(玄宗、明皇、上皇、泰陵、泰陵皇帝)
正/5-27　正/14-55　正/17-6
正/27-52　正/30-1　外/11-47
别/6-48
唐詢(唐彦猷)
正/26-3　别/6-50
唐彦道
别/15-10　續/2-35　續/3-10
唐彦猷(見唐詢)
唐元夫
别/10-22
唐元老
補/10-6
唐昭宗
别/10-5
堂(宋氏夫人子)
别/10-20
堂父(見郭基)
燾(見石燾)
桃源太君(見劉氏)
陶(見陶潛)
陶弼(陶君、商公、商翁、康州)
正/30-7　别/13-8　補/8-42
陶公(見陶潛)
陶弘景(陶隱居)
正/25-16　續/8-21
陶桓公(見陶侃)
陶介石(見陶豫)
陶靖節(見陶潛)
陶矩
正/30-6
陶鬫
正/30-6
陶均
正/30-6
陶君
補/10-6
陶君(見陶弼)
陶侃(陶桓公、長沙)
正/17-6　外/5-10　别/6-8
陶令(見陶潛)
陶彭澤(見陶潛)
陶潛(陶淵明、淵明、陶元亮、陶彭澤、彭澤、陶長官、陶靖節、陶徵君、陶公、陶令、柴桑道人、陶)
正/2-9　正/2-23　正/2-24
正/3-17　正/3-32　正/5-30
正/6-18　正/7-32　正/8-25
正/9-7　正/9-37　正/10-52
正/11-1　正/14-5　正/14-47
正/16-14　正/18-13　正/23-14

正/25-28 正/25-30 正/25-32
正/25-50 正/25-58 正/26-7
正/26-53 正/29-6 外/1-1
外/2-17 外/5-10 外/6-14
外/7-16 外/8-22 外/10-34
外/11-16 外/15-12 外/15-23
外/18-37 外/19-4 外/23-11
外/24-13 別/1-14 別/7-24
別/8-7 別/8-8 別/11-4
別/15-21 別/19-31 別/19-40
續/6-24 續/6-28 補/1-30
補/10-17
陶通
正/30-6
陶同
正/30-6
陶兀居士(見吴元祥)
陶謝(陶潛、謝靈運)
正/2-28 正/18-13 正/26-15
外/5-15 外/10-5
陶隱居(見陶弘景)
陶庾(陶潛、庾信)
外/8-22
陶豫(陶介石)
正/3-27 別/2-16 補/9-5
補/9-27
陶淵明(見陶潛)
陶元亮(見陶潛)
陶岳
正/30-6
陶徵君(見陶潛)
陶長官(見陶潛)
陶朱(見范蠡)
陶朱公(見范蠡)
特進公(見李東)
滕甫
外/22-3
滕公(見夏侯嬰)
滕氏(畢憲父繼室)
正/30-2
滕王(見李湛然)
滕文公
別/15-8
騰騰和尚
別/3-3
天鉢(見智航)
天鉢長老(見智航)
天粹(見全璧)
天和(見陳知白)
天和(見史宗簡)
天和子(見史宗簡)
天將
補/2-45 補/2-46
天覺(見張商英)
天民(見黄叔獻)
天同

續/6-6
天錫(見盛天錫)
天衣(見義懷)
天衣義懷(見義懷)
天隱(見徐確)
田常(田子)
正/12-11　外/20-31
田端彦(端彦)
續/3-15　續/3-16　續/7-43
續/8-21　續/8-22
田鳳(田郎)
正/9-41
田廣明(祁連將軍)
正/9-20
田鈞(田子平、子平、田子)
正/9-41　正/10-54　正/25-5
外/5-43　續/7-50
田郎(見田鳳)
田清
正/26-7
田師敏(師敏)
別/6-15　別/16-51
田師閔
續/5-11
田益(遷之、友直、田子)
正/24-15
田仲乙
別/18-31
田子(見田常)
田子(見田鈞)
田子(見田益)
田子平(見田鈞)
廷珪(見李廷珪)
庭臣(見蒲棪)
庭誨(見郭庭誨)
庭傑
補/7-31
挺之(見趙挺之)
通判通直
別/14-6　補/4-31　補/4-32
通叟姨夫
續/8-17
同安君
補/6-25
同安郡主(梁鑄妻)
外/22-9
同惜(見黄同惜)
童進
續/5-17　續/5-19
童政
正/31-5
投子聰老(聰老)
正/18-26
退夫(見張亢)
退之(見韓愈)
屯田(見潘衢)

屯田(見史褒)
外舅(見李常)
萬石(見石奮)
萬淵
别/10-5
亡弟(見黄叔達)
亡叔給事(見黄廉)
王安豐(見王戎)
王安國(王平甫)
别/12-28
王安上(純父、歷陽公)
正/18-8
王安石(王介甫、王荆公、荆公、半山老人)
正/1-17 正/8-14 正/8-15
正/11-30 正/14-5 正/18-17
正/19-24 正/25-6 正/25-16
正/25-17 正/25-25 正/25-41
正/25-57 正/25-63 正/26-27
正/26-51 正/27-34 正/27-35
正/27-37 正/27-59 正/28-17
正/31-4 外/21-21 外/24-11
别/2-3 别/6-65 别/9-1
别/15-21 别/15-22 續/3-33
補/8-39
王翺翔
正/31-12
王本(本)
補/10-22
王彬
外/22-7
王兵部
補/9-4
王秉
續/9-20 續/9-21
王炳之(王伯虎、王侯)
正/4-9 正/6-4 别/1-28
王伯虎(見王炳之)
王勃
别/16-48
王博喻
外/18-35
王補之(見王獻可)
王才叔(見王廣淵)
王粲
外/9-16 外/17-60
王長源(見王滌)
王朝議(朝議姨父)
别/13-7
王丞(見王道濟)
王丞(見王詵)
王充(王仲任)
正/6-18
王充道
正/5-19 正/10-53 正/25-14
王崇信

外/22-7
王處沖(處沖)
别/14-50
王純亮(王世弼、世弼、王郎、王生、王甥)
正/1-19 外/1-3 外/1-13
外/8-6 外/8-7 外/9-18
外/9-19 外/12-8 外/12-68
外/12-69 外/13-9 外/16-6
外/16-11 外/17-35
王純中(文叔、王君)
補/10-22
王醇老
外/7-19
王澡(永裕、王長者)
外/22-7
王從政
别/2-12
王存(王正仲、正仲)
外/2-9 外/9-40 别/8-26
王達
别/9-1
王大成
外/22-16
王旦(文正公)
正/15-3
王當
正/23-3
王導(導)
别/7-56
王道亨
别/16-49
王道濟(王丞)
正/5-5 外/6-27
王道矩
别/7-40
王道淵
正/25-14
王德全
補/3-9
王滌(王長源)
正/26-61
王棣
外/22-7
王殿丞
外/15-24
王定國(見王鞏)
王定民(佐才、王君)
正/16-3
王都尉(見王詵)
王敦
别/7-56
王蕃(王觀復、觀復)
正/3-8 正/5-18 正/10-52
正/18-9 正/18-15 正/18-17
正/18-18 正/19-25 正/25-32

正/25-60 正/26-54 正/26-55
正/26-58 外/23-4 外/23-6
别/8-28 續/3-18 續/4-9
續/4-24 續/4-25 續/5-36
續/6-5 續/8-6 續/8-21
王梵志(梵志)
正/26-10 正/26-69
王方平
外/21-2
王汾(王彦祖)
外/8-4
王逢原(王令)
正/28-9 别/7-5 别/19-36
王阜(阜)
補/10-22
王該(達夫)
正/32-11
王溉
補/10-6
王公(見王繼忠)
王公(見王禹偁)
王公濟(公濟)
别/14-40 補/4-13 補/5-3
補/5-5 補/5-31 補/5-32
補/5-52 補/6-33 補/6-34
補/7-9 補/7-11
王公權
正/7-37 正/23-14
王肱(王力道、力道、王氏)
正/31-2
王恭公
補/10-23
王鞏(王定國、定國、王子、清虚)
正/1-6 正/1-14 正/1-29
正/2-16 正/6-10 正/7-7
正/9-3 正/10-11 正/15-3
正/26-11 外/24-25 别/1-23
别/1-24 别/1-25 别/1-26
别/6-62 别/11-10 别/15-9
續/4-42 續/8-3 補/5-47
補/8-43
王固(固)
補/10-22
王觀復(見王蕃)
王廣道
續/3-12
王廣淵(王才叔)
正/26-29
王珪(王文恭公)
正/6-27 外/22-3
王洪
正/30-4
王竑(王稚川、稚川、王子)
正/1-6 正/1-29 正/9-8
正/10-20 外/2-2 外/2-3
外/2-5 外/9-14 外/9-15

外/11-6　外/22-10
王侯(見王炳之)
王侯(見王世行)
王厚
正/23-4
王淮奇(慶源、王群、子衆、王五三伯、王宣義)
正/4-32　外/23-8　外/23-9
王環中(環中)
正/14-72　正/19-33　外/7-18
補/6-32　補/8-17
王黄州(見王禹偁)
王徽之(王子猶、子猶)
外/7-16
王洄
別/10-3
王晦之(晦之使君)
外/9-16　外/15-16　外/15-21
補/2-38
王慧先
續/3-51　續/3-52
王及之(見王檢)
王吉
別/4-8　別/18-30
王吉老
外/23-11　補/9-1
王季哲
外/8-6
王稷(王沙監)
補/10-6
王濟
別/7-56
王繼忠(王侍中、王太尉、王公)
正/25-1　正/25-15
王家二令(王獻之、王珉)
正/28-2
王家父子(王羲之、王獻之)
正/28-72　別/14-19
王儉
外/23-30
王檢(王及之)
正/19-35
王漸(王紫堂、紫堂山人)
續/9-18　補/10-6
王交
正/32-9
王教源(教源)
續/8-3
王介(王仲父)
正/13-44
王介甫(見王安石)
王謹中
正/19-33
王晉卿(見王詵)
王荆公(見王安石)
王居士

正/10-46　外/12-59
王舉(舉)
補/10-22
王均
別/10-8　別/10-11
王君
補/7-30
王君(見王純中)
王君(見王定民)
王君溉
別/19-46
王君全
續/6-13
王君宜
續/4-30
王君玉
別/8-20
王凱(勝之)
正/25-21
王克臣(王子難)
外/7-17
王會稽(見王羲之)
王逵
正/31-5
王夔玉(見王球)
王郎(見王純亮)
王郎(見王適)
王郎(見王羲之)
王老
續/3-20
王老人(見王孝子)
王力道(見王肱)
王立之(見王直方)
王良
正/1-2　正/15-3　外/1-6
外/13-5　外/14-8
王良翰(良翰)
正/21-14　別/14-16
王琳
正/29-23
王鄰
正/30-4
王霖(王子均、子均)
正/26-59　正/28-68　外/21-30
別/11-21　別/17-6　續/4-8
續/4-14　續/4-15　續/4-21
王令(見王逢原)
王令(見王喬)
王隆化
正/3-8
王瀘州(見王獻可)
王魯翁(見王壽卿)
王倫
外/22-7
王略(澤辭)
補/8-64

王楙
外/22-7
王蒙亨
正/32-10
王濛
正/28-17
王夢錫
别/1-60
王珉
别/7-56
王明復(明復)
外/14-9　外/17-60
王明之
别/1-20
王摩詰(見王維)
王默(復之)
正/30-4　正/32-1
王嬭(嬭)
别/18-34
王尼
外/20-3
王凝之(凝之)
正/27-15
王闢之(王聖涂、聖涂)
正/12-14　正/16-2　正/16-7
王平甫(見王安國)
王朴(王子厚、王居士,周世宗相)
正/10-45　别/14-47　别/14-50
王嫱(明妃、昭君)
正/9-26　正/13-13　補/1-7
王喬(王子晉、子晉、王令)
外/17-34　外/17-52　外/17-58
外/17-68　别/1-65
王欽臣(王仲至、仲至)
正/4-27　正/9-2　補/8-32
王慶源
别/6-40
王球(王夔玉)
外/3-22　外/10-28
王全
正/32-1
王全州
續/3-13　續/8-19
王佺
補/10-6
王銓
正/25-46
王權
外/22-7
王群(見王淮奇)
王髯
外/19-15
工仼
正/16-9
王戎(王安豐、安豐、濬沖)
正/4-35　正/6-12　外/3-5

外/3-19　外/13-13
王融(元長)
外/12-68
王柔(伯惠,朱春卿妻)
外/22-10
王潤(王獻之女)
正/27-24
王森
外/22-7
王僧虔
正/27-20
王沙監(見王稷)
王韶
正/30-9
王申(申)
補/10-22
王申師
續/10-20
王詵(王晉卿、晉卿、王丞、王都尉)
正/26-31　外/11-23　别/1-46
别/1-65　别/6-44　别/8-15
王昚中(見王寅)
王生(見王純亮)
王甥(見王純亮)
王聖美(見王子韶)
王聖涂(見王闢之)
王聖予
正/26-5
王師(見祖元)
王師孟
正/17-6
王十六(見王箴)
王實(王仲弓,實一作寔)
正/1-9　正/2-31
王士夫(士夫)
補/10-22
王氏(長樂縣君,郭大昕妻)
别/10-2
王氏(見王肱)
王氏(見王羲之)
王氏(李堯臣初室)
正/31-10
王氏(喬敞初室)
正/30-12
王氏(楊申妾,楊淑母)
外/22-22
王氏(永和縣君、永和,梁如圭妻)
外/22-9
王世弼(見王純亮)
王世行(祖道、王侯、太原郡開國侯)
正/20-17
王侍中(見王繼忠)
王侍中(見王廣)
王適(王子立、王郎)
正/2-14
王壽卿(王魯翁、魯翁)

正/28-56　補/8-65
王帥(見王獻可)
王率(率)
補/10-22
王四
外/5-8
王素(懿敏公)
正/15-3
王肅
別/4-10
王隨(王文惠公)
續/2-62
王太尉(見王繼忠)
王曇首
別/7-56
王庭
補/2-35
王通
補/9-1
王望之
正/30-10
王微
別/4-25
王維(王摩詰、摩詰、王右轄、王右丞、右丞)
正/7-32　正/22-5　正/27-45
正/27-53　正/27-55　外/6-27
外/8-1　外/10-38　別/16-57
王文恭公(見王珪)
王文惠公(見王隨)
王文叔
別/3-12
王文通
正/7-6
王翁
正/8-12
王五三伯(見王淮奇)
王熙叔(熙叔)
外/16-15　別/7-10
王羲之(王逸少、逸少、王右軍、右軍、王會稽、王郎、王氏)
正/23-29　正/26-5　正/26-6
正/26-17　正/26-21　正/26-25
正/26-32　正/27-2　正/27-3
正/27-5　正/27-6　正/27-7
正/27-21　正/27-24　正/27-26
正/27-27　正/27-28　正/27-31
正/27-32　正/27-33　正/28-4
正/28-5　正/28-6　正/28-7
正/28-8　正/28-10　正/28-11
正/28-13　正/28-14　正/28-21
正/28-23　正/28-35　正/28-36
正/28-37　正/28-38　正/28-43
正/28-60　正/28-64　正/28-69
正/28-71　正/28-77　正/28-78
外/11-1　外/11-34　外/16-21

外/16-22　外/20-34　外/23-2
外/23-26　外/23-42　外/24-11
外/24-17　别/6-12　别/6-20
别/6-21　别/6-27　别/6-47
别/7-16　别/7-56　别/11-12
别/11-14　補/8-44　補/8-46

王獻可(獻可、王補之、補之、王帥、王瀘州、安撫公、安撫使君)
正/13-69　正/18-11　正/20-17
正/29-24　外/21-17　别/6-68
别/15-52　别/15-54　别/16-1
别/16-6　别/16-7　别/16-11
别/17-6　别/19-24　别/19-25
續/3-53　續/4-4　續/4-7
續/4-10　續/4-11　續/4-18
續/4-21　續/5-9　續/5-31
補/2-30　補/2-31

王獻之(獻之、王子敬、子敬、大令、王中令、中令)
正/27-10　正/27-11　正/27-24
正/27-29　正/27-30　正/27-33
正/28-10　正/28-11　正/28-20
正/28-37　正/28-46　正/28-52
外/24-11　别/7-31　别/7-56
别/16-8　别/16-22　别/19-26

王庠(王周彦、周彦、周彦公)
正/18-13　正/18-18　外/23-12
别/1-14　别/1-15　别/8-3
别/12-4　别/17-21　别/17-22
續/5-1　續/8-2　補/8-5

王孝子(王老人)
外/23-14　别/19-8

王行者
别/18-34

王秀才
别/15-9

王宣義(見王淮奇)

王珣
别/7-56

王衍(夷甫)
外/6-4　别/4-25

王彦臣
補/10-6

王彦祖(見王汾)

王晏
正/30-4

王陽(吉老、志父)
外/5-11　外/9-30　别/4-8
補/9-1

王揚休(揚休)
正/4-34　正/4-35　外/6-22
補/2-4

王倚
别/8-21

王廣(王侍中)
正/27-21

王逸
別/19-40
王逸少(見王羲之)
王寅(慎中、王眘中)
正/1-13 正/25-57 別/16-28
王隱
正/25-46
王英
正/30-11
王穎叔(泉起)
補/9-19
王庸
正/32-2
王雍
續/8-5
王由
正/31-12
王友
外/12-59 別/14-48
王右丞(見王維)
王右軍(見王羲之)
王右轄(見王維)
王雱(王子予、子予、王子與、子與)
正/11-9 正/11-10 正/11-11
正/18-14 正/21-49 正/26-59
外/21-18 外/21-30 別/8-10
別/17-2 續/4-8 續/4-14
續/4-18 續/4-21 補/7-47
王禹偁(王元之、元之、王黄州、黄州、王公)
正/1-8 正/3-7 正/22-3
正/25-41 外/8-4 外/21-23
別/6-1
王棫(王才元、才元、王舍人)
正/2-15 正/9-7 正/10-18
正/10-19 續/1-16
王元道
補/10-6
王元之(按:此人非王禹偁)
正/29-13
王元之(見王禹偁)
王元直(見王箴)
王原叔(見王洙)
王源
正/30-4
王雲(王子飛、子飛)
正/16-12 正/18-12 正/21-51
正/26-59 正/27-43 外/12-3
外/21-20 外/21-23 外/21-30
別/17-1 別/17-2 別/17-4
別/17-5 別/17-6 續/4-8
續/4-18 續/4-19 續/4-21
續/4-26 續/4-27 補/1-22
補/2-35 補/3-1
王宰
別/7-14 續/7-20 補/4-42

王縡(王知載)

正/25-52

王曾(文正公)

正/25-52

王長者(見王潨)

王肇(肇)

補/10-22

王箴(王元直、元直、王十六)

别/2-20　别/7-37　别/17-26

别/17-42　續/10-7　補/5-12

補/9-21

王震(子發)

别/7-10

王鎮

正/31-5

王正仲(見王存)

王知載(見王縡)

王直方(立之、王立之、直方)

正/9-12　正/19-8　正/19-20

正/28-58　外/11-55　外/11-56

外/12-54　外/21-12　别/15-40

别/15-42　續/1-11

王植

外/22-7

王至言

外/22-11

王智

外/22-7

王稚川(見王础)

王中令(見王獻之)

王中正(中正)

正/30-2　别/9-1

王忠州

續/3-38

王仲父(見王介)

王仲弓(見王實)

王仲簡(仲簡)

補/10-22

王仲任(見王充)

王仲至(見王欽臣)

王周彦(見王庠)

王洙(王原叔)

别/4-25

王主簿

外/10-27

王著

正/26-21　正/26-25　正/27-32

正/28-29　正/28-37　正/28-42

别/7-20　别/14-19

王鑄

别/8-26

王莊叔(莊叔,王庠兄)

别/12-4　别/17-21　續/8-3

王子(見王鞏)

王子(見王础)

王子飛(見王雲)

王子晉(見王喬)
王子敬(見王獻之)
王子均(見王霖)
王子鈞
正/21-28
王子駿
别/8-35
王子立(見王適)
王子難(見王克臣)
王子韶(王聖美、聖美)
正/7-5　外/23-42
王子猶(見王徽之)
王子予(見王雱)
王子與(見王雱)
王子舟
正/21-11
王紫堂(見王漸)
王祚
正/30-4
望之
别/17-18
威烈(見周威烈王)
微生高
續/6-13
微仲(見黄丕)
微子
正/24-3　外/14-5
韋誕(韋仲將、仲將)
外/16-22　别/11-16　别/11-17
韋侯(見韋偃)
韋許(韋深道、深道、韋君、邦任)
外/23-39　别/4-12　補/4-11
補/4-12　補/4-13　補/4-14
補/4-15
韋君(見韋許)
韋深道(見韋許)
韋蘇州(見韋應物)
韋偃(韋侯)
外/7-25
韋應物(韋蘇州、蘇州)
正/31-5　外/2-1　外/2-7
外/23-26　外/24-17　别/14-5
别/16-47
韋元甫
正/25-7
韋昭
别/6-8
韋仲將(見韋誕)
惟迪
正/32-5
惟鳳(見文昭)
惟鳳文昭(見文昭)
惟簡(簡公、簡)
外/23-17
惟清(惟清道人、太平清老、太平清公、太平和尚、太平、黄龍清老、黄

龍清和尚、黄龍清禪師、清道人、清和尚、清禪師、清公、清兄、雲巖西堂和尚、西堂清公、清、靈源叟、高居大士)
正/3-28　正/7-29　正/11-33
正/18-4　正/19-42　正/22-51
正/25-48　正/26-74　正/32-3
正/32-6　外/23-12　别/7-27
别/12-9　别/14-43　别/14-46
别/16-37　别/17-46　别/18-18
續/3-15　續/5-17　續/5-22
續/5-24　續/5-27　續/6-17
續/6-28　續/8-21　續/10-18
補/3-25　補/4-16　補/5-26
補/7-45　補/8-1　補/10-20
惟清道人(見惟清)
惟深(見周渤)
惟勝
正/32-5
惟湜(清隱禪師、清隱)
正/17-6　續/1-70　續/1-71
惟儼(藥山)
正/17-2
爲之(見林爲之)
潙山(見慕喆)
潙山道人(見慕喆)
潙山老人(見慕喆)
潙山喆老(見慕喆)
偉長(見徐幹)
未慭
補/3-12　補/3-13
未蒙
補/4-25
味道(見程旨)
渭老
補/4-25
蔚宗(見范曄)
衛都曹
别/15-55
衛夫人(見衛鑠)
衛瓘(衛中令)
正/27-22
衛宏
續/1-42
衛書(繩祖)
續/1-42
衛鑠(李衛、衛夫人)
外/15-22
衛嗣賢(嗣賢)
續/1-42
衛文公
續/4-37
衛中令(見衛瓘)
魏伯陽
正/25-18　别/6-5
魏昌

正/20-18
魏道輔(見魏泰)
魏夫人(見魏華存)
魏公(見韓琦)
魏公(見魏瓘)
魏公(見魏徵)
魏瓘(用之、魏公、鉅鹿侯、鉅鹿)
正/20-18
魏衡
正/20-18
魏侯(見魏綸)
魏侯(見魏文侯)
魏華存(魏夫人,晉司徒魏舒女)
外/12-15
魏桓子(桓)
正/20-18
魏簡子(簡)
正/20-18
魏絳(魏昭之、昭)
正/20-18
魏君俞(見魏綸)
魏鄰幾
外/13-15
魏綸(魏君俞、君俞、魏侯)
正/17-10　正/20-18　正/30-6
外/16-7
魏謩
正/20-18
魏氏(章應全妻)
別/10-6
魏舒(陽元公)
外/4-19
魏遂
正/20-18
魏泰(魏道輔、道輔)
正/25-56　外/4-19　外/4-28
外/4-29　外/4-30　補/7-1
魏王(見趙頵)
魏文帝
別/4-25
魏文侯(魏侯)
正/24-26
魏文明太后馮氏(文明太后)
補/9-1
魏獻文帝(獻文)
補/9-1
魏獻子(獻)
正/20-18
魏相
正/30-2
魏孝文帝(孝文、高祖)
外/6-21　補/9-1　補/9-4
魏琰
正/20-18
魏繽
正/20-18

魏羽(太尉)
正/20-18
魏昭子(見魏絳)
魏鄭公(見魏徵)
魏徵(魏鄭公、魏公、鄭公、鉅鹿公)
正/19-2 正/20-18 正/24-23
外/4-29 外/10-48 外/16-7
别/3-16 别/7-6
魏主簿
外/18-51
魏莊帝(莊帝)
補/9-1
温成后(見仁宗張貴妃)
温飛卿(見温庭筠)
温夫人(見温氏)
温公(見司馬光)
温可賢
别/10-9
温氏(温夫人,黄注妻)
别/10-9
温庭筠(温飛卿)
外/23-47
文安(見宋白)
文安公(見宋白)
文安國(見文勛)
文安國(子家)
正/24-6
文長(見黎文長)
文城(見李氏)
文城君(見李氏)
文城縣君(見李氏)
文定公(見張方平)
文夫子(見文同)
文公(見晉文公)
文湖州(見文同)
文煇(德夫)
别/2-18
文會
正/25-62
文姬(見蔡琰)
文紀
正/17-8
文舉(見李文舉)
文君(見卓文君)
文抗(文少激、少激)
正/7-22 正/7-23 正/7-24
補/9-17
文潞公(見文彦博)
文明太后(見魏文明太后馮氏)
文頎
補/10-6
文潛(見張耒)
文慶(崇寧慶公、慶公、崇寧道人)
正/5-32 補/10-6
文饒(見李德裕)
文少激(見文抗)

文氏(陳穀妻)
外/22-2
文叔(見馬純)
文叔(見王純中)
文肅公(見盛度)
文同(文與可、與可、文湖州、湖州、文夫子)
正/2-29 正/3-1 正/3-2
正/3-3 正/15-7 正/27-55
正/27-64 正/27-65 正/27-80
外/20-34 别/6-42 别/7-43
别/7-44 别/7-51 别/7-52
文王(見周文王)
文翁
别/16-55
文武(魏文侯、魏武侯)
正/20-18
文武(周文王、周武王)
正/9-36
文信(成都六祖院沙彌)
正/23-31 正/23-39 續/6-38
文勛(文安國)
正/6-30 正/7-34 正/22-12
文偃(雲門偃、雲門)
正/32-3 正/32-4
文演
别/2-13
文彦博(文潞公、潞公、留守安撫太師侍中)
外/10-47 外/12-9 外/12-47
外/20-10 外/23-31 外/23-32
外/23-33 外/23-34 别/1-51
别/5-1 别/6-57 别/12-26
文儀甫
補/10-6
文益
補/8-62
文與可(見文同)
文玉
别/15-8
文元(見晁迥)
文悦(雲峰文悦、雲峰、翠巖悦禪師、翠巖悦、悦禪師、悦上人、悦老、悦)
正/15-11 正/32-3 外/24-43
别/15-39 續/5-25 續/6-22
文昭(惟鳳文昭、惟鳳)
正/32-5 補/9-16
文照
别/2-15
文正(見范仲淹)
文正公(見范仲淹)
文正公(見王曾)
文正公(見王旦)
文正温公(見司馬光)
文質

别/11-23
文忠(見歐陽修)
文忠公(見歐陽修)
文莊(見晁宗慤)
聞善(見黄友聞)
聞善二兄(見黄友聞)
聞尚
正/21-39
汶師
外/11-49
問政(見聶師道)
問政先生(見聶師道)
翁伯(見郭解)
巫馬期
外/4-24
巫山君
别/17-17
烏程(見胥茂諶)
烏孫公主
正/13-13
鄔氏
正/32-3
吴卞
外/22-13
吴竝
正/30-6
吴彩鸞
别/7-35
吴長裕(吴君、長溪)
外/22-15
吴充(吴正憲公、吴正憲、正憲公)
别/9-1
吴充禮
正/30-3
吴道玄(吴生)
正/3-1 正/9-33 正/15-7
正/19-20 正/22-25 正/27-57
正/28-59 外/3-13 外/23-25
别/19-35 續/7-24
吴頓
正/30-6
吴革(孚道、吴君)
正/30-6
吴公
别/16-55
吴閎(子家)
别/4-13
吴季成
正/25-6
吴玕
正/30-6
吴久中
外/22-15
吴珏
正/30-6
吴君

正/10-50
吴君(見吴長裕)
吴君(見吴革)
吴君(見吴履中)
吴君(見吴無至)
吴開(子國)
别/4-13
吴可權(見吴與)
吴履中(與權、吴君)
正/16-3
吴美中
外/22-15
吴明府(見吴與)
吴南雄
外/7-7
吴朋
正/30-6
吴生(見吴道玄)
吴時
正/31-13
吴叔元(叔元)
别/2-14　别/17-44
吴通微
正/27-9　正/28-40
吴蔚(深道)
正/30-6
吴無至(吴君)
正/27-88
吴希照
續/6-1
吴仙(見吴道士)
吴宣義
正/2-25
吴彦
外/1-15
吴彦成
補/10-6
吴用之
正/30-6
吴羽
正/30-6
吴與(吴可權、吴明府)
正/3-20　正/7-46
吴元祥(陶兀居士)
正/13-44　正/13-46　正/22-16
吴掾
别/15-32
吴擇賓
補/9-6　補/9-8
吴正憲(見吴充)
吴正憲公(見吴充)
吴執中
正/11-17
吴中復
正/20-17
吴周才(季成)

正/25-6 别/7-2 補/4-22
吴兹
正/30-6
浯溪僧(見道卿)
浯溪長老新公(見長老新公)
无咎(見晁補之)
無待(見李大獵)
無己(見陳師道)
無名(見宗殆)
無名師(見宗殆)
無爲居士(見楊傑)
無息(見李大耕)
無演(圜明大師、圜明、圓明)
正/32-5 别/13-10 别/14-34
别/14-36 續/6-23 續/6-35
續/6-40 補/8-22
五舅
正/19-12
五開府
續/10-9
五郎
續/5-23 補/7-27
五柳翁(見陶潛)
五娘
續/10-25
五祖(見法演)
五祖演禪師(見法演)
武辯叔(辯叔、武皇城)
續/7-1 續/7-4
武丞相(見武元衡)
武侯(見諸葛亮)
武后(見武則天)
武皇城(見武辯叔)
武王(見周武王)
武元衡(武丞相)
别/8-16
武則天(武后)
正/30-1 補/8-39
武宗道
續/7-10
悟超(龐道者)
正/22-34 别/3-18 别/3-33
悟道者
别/7-46
悟機
正/17-3
悟新(翠巖新禪師、新禪師、雲巖新公、雲巖新老、雲巖和尚、新長老、新老人、新公、韶陽老人、韶陽公、死心禪師、死心道人)
正/3-28 正/17-3 别/12-15
别/14-43 别/14-46 别/17-46
續/3-15 續/6-28 續/8-21
補/8-1
西禪暹老(怡山暹老)
正/15-12

西施（西子、施）
正/9-30　正/28-69　外/5-5
外/14-13　外/19-2　外/23-5
外/23-16　外/24-2　别/13-3
續/10-15
西臺（見李建中）
西臺學士（見李建中）
西堂清公（見惟清）
西園（見祖心）
西子（見西施）
希達
别/15-19
希道（見鄭惇方）
希德（見唐驥）
希古（見青陽簡）
希儉（見劉禹）
希遷（石頭和尚、石頭）
正/25-18　别/6-5
希文
正/17-3　别/19-36　補/8-60
希孝
外/13-18
希一（見索繼萬）
希圓
正/25-36
希召都監左藏
續/10-21
郗方回（見郗愔）
郗愔（郗方回、方回）
正/27-23　别/7-56　續/10-7
息（蔡仲舒甥）
正/31-8
犀首（見公孫衍）
熙陵（見宋太宗）
熙紹
正/18-20
熙叔（見王熙叔）
僖宗（見唐僖宗）
席明府（見席延賞）
席延卿
外/22-11
席延賞（席子澤、子澤、席子、席明府）
正/5-2　正/22-23　補/2-7
補/2-14　補/2-15　補/2-16
補/7-18　補/7-19　補/7-57
席子（見席延賞）
席子澤（見席延賞）
習鑿齒（習主簿）
正/4-24　正/18-12　外/8-23
外/10-37
習之（見李翺）
習之（見丁説）
習主簿（見習鑿齒）
隰朋
别/19-37

隰斯彌(隰子)
正/12-11
隰子(見隰斯彌)
襲美
續/6-35
喜(見孟喜)
系南(羅漢南公、羅漢南老、羅漢南)
正/23-41　正/23-42　别/14-14
續/2-60
峽守
續/8-14
遐叔
别/7-10　續/2-44
下蔡縣君(見刁氏)
夏父弗忌
别/4-25
夏公立(見夏倚)
夏侯勝
續/5-2
夏侯嬰(滕公)
外/16-19
夏君玉
外/5-9
夏鬲
正/32-9
夏氏(趙克敦妻)
别/9-2
夏倚(公立、夏公立)
正/32-3
仙居縣君(見胥氏)
仙源(見錢氏)
仙源縣君(見錢氏)
先大夫(見黄庶)
先大夫(楊皓父)
先夫人(見李氏)
先公(見黄庶)
先公(見趙克敦)
先公朝議(王晦之父)
補/2-38
先公贊善(王蕃父)
續/3-19
先皇(見宋神宗)
先君(見黄庶)
先侍御(見黄照)
先主(見李昪)
僊李(見老子)
暹道者(見善暹)
鮮長江(見鮮洪範)
鮮澄(鮮自源、自源、鮮君、鮮子)
正/18-9　正/21-12　正/21-13
正/21-47　外/21-2　外/21-30
别/17-3　别/18-17　續/4-9
續/4-37　續/5-38
鮮洪範(鮮長江、長江)
正/27-41
鮮君(見鮮澄)

鮮思明

正/27-41

鮮挹之(挹之)

續/5-36　續/5-37

鮮于亨

正/16-11

鮮子(見鮮澄)

鮮自源(見鮮澄)

咸臨(見劉和叔)

賢公座主

續/6-16

賢師

正/23-46

顯臣(見周顯臣)

憲父(見畢憲父)

憲之(見裴士章)

憲宗(見唐憲宗)

獻(見魏獻子)

獻父(見李獻父)

獻可(見王獻可)

獻靈(漢獻帝、漢靈帝)

外/9-29

獻文(見魏獻文帝)

獻之(見王獻之)

獻子(見孟獻子)

香林遠公

别/12-19

香嚴敷老

續/3-52

香巖稜道者

别/17-46

襄王(見楚襄王)

祥侍者

補/2-20

翔父(見張庖民)

相(見黄相)

相國(見蕭何)

相如(見李惴)

相如(見藺相如)

相如(見司馬相如)

相王(見唐睿宗)

向賓

别/8-16

向郭(向秀、郭象)

外/13-14

向和卿(向侯)

正/8-27　正/9-40　續/8-11

向侯(見向和卿)

向日華

補/10-6

向聖與(聖與權郡)

續/1-49　續/3-1

向解元

續/3-2

向秀(子期)

正/20-3　外/17-73

向長(向子平、向子)
别/4-25
向子(見向長)
向子平(見向長)
象(鼻亭公,舜之弟)
正/11-31
象之(見張渭)
逍遥大師(見聶師道)
蕭褒
補/9-5
蕭訪
别/10-1
蕭玕
正/31-1
蕭公
正/21-2
蕭公餉(蕭濟父、濟父)
正/12-2　正/31-1　别/17-45
蕭規
正/27-71
蕭漢卿
正/31-1　别 10-1
蕭皡
正/31-1
蕭何(蕭相、相國)
外/12-14　外/16-19
蕭濟父(見蕭公餉)
蕭景修(子長、蕭子長)
别/10-1
蕭麟
正/31-1
蕭明之
補/8-15
蕭裒
補/9-5
蕭史
外/18-47
蕭氏妹
正/26-48
蕭統(昭明太子、昭明)
外/5-13　别/7-24
蕭望之(太傅)
外/7-43
蕭相(見蕭何)
蕭巽
外/3-15
蕭衍
正/27-18
蕭彦和
别/15-35
蕭曄
正/31-1
蕭詠
正/31-1
蕭齋郎
外/18-47

蕭之純
别/10-1
蕭之方
别/10-1
蕭之邵
别/10-1
蕭之彦
别/10-1
蕭中和
正/31-1
蕭中師
别/10-1
蕭子長(見蕭景修)
蕭子孝(蕭公餉子)
别/17-45
蕭子雲
正/28-21 正/28-23 外/12-17
别/7-16
小白(見齊桓公)
小德(見黄相)
小高(見高文進)
小高待詔(見高文進)
小韓
續/10-25
小何(見何顗)
小李
補/6-32
小李將軍(見李昭道)
小吕申公(見吕公著)
小鸞
正/10-4 正/13-92
小牛(見黄檝)
小山(見晏幾道)
小謝(見謝朓)
小謝(見謝子高)
小邢(見邢居實)
小許
補/10-6
小許(見許子温)
小薛
外/13-7
小宗(見宗茂深)
曉(見曉老)
曉純
外/11-39
曉老(曉)
續/2-39 補/9-6
曉賢
正/23-27 别/15-51
曉顔
正/32-5
孝立(見石參)
孝文(見漢孝文帝)
孝文(見魏孝文帝)
孝武(見漢武帝)
孝錫(見杜純)

孝宣(見漢宣帝)

解將軍

續/7-7

謝安(謝安石、謝太傅、謝公)

正/13-44 正/27-21 正/27-24 正/28-10 正/28-11 正/28-44 外/2-11 外/5-27 外/11-7 外/17-57 别/1-56

謝安石(見謝安)

謝敞

外/18-35

謝悰(謝公定、公定、謝公)

正/1-15 正/1-28 正/4-24 外/1-17 外/6-21 外/8-6 外/11-37 外/11-49 外/12-8 别/18-22

謝道韞(道韞)

外/15-22

謝法曹(見謝惠連)

謝敷

正/23-3

謝公(見謝安)

謝公(見謝悰)

謝公(見謝景初)

謝公(見謝景温)

謝公(見謝朓)

謝公定(見謝悰)

謝公静(見謝愔)

謝惠連(惠連、阿連、謝法曹)

正/14-29 外/3-21 外/4-7

謝絳(謝希深)

外/22-21 别/10-9 别/19-41

謝景初(謝師厚、師厚、謝公、謝外舅)

正/2-28 正/18-2 正/32-3 外/2-6 外/2-8 外/2-9 外/2-10 外/2-11 外/2-12 外/2-13 外/2-14 外/2-15 外/3-24 外/6-18 外/7-8 外/8-8 外/8-9 外/8-20 外/8-21 外/9-38 外/9-39 外/9-40 外/11-7 外/22-8 别/12-3

謝景回(謝師復)

正/25-54

謝景平(謝氏)

正/16-2

謝景温(景温、師直、謝公)

正/19-23 正/32-3 續/1-30

謝君(見謝卿材)

謝康樂(見謝靈運)

謝靈運(謝康樂、康樂)

正/6-12 正/17-6 外/24-13 别/16-47 補/9-7

謝卿材(謝君)

外/7-23

謝生
外/1-10　補/6-19
謝師復(見謝景回)
謝師厚(見謝景初)
謝時中(時中)
外/7-13　外/12-23
謝氏(見謝景平)
謝氏(介休縣君、介休,黄庭堅繼室)
外/22-8　外/24-53
謝氏(胥茂諶妻)
外/22-21
謝守(見謝朓)
謝太傅(見謝安)
謝濤
外/22-21
謝朓(謝玄暉、玄暉、謝宣城、宣城、謝公、謝守、小謝)
正/2-26　正/6-3　正/9-35
正/10-8　正/14-25　正/25-36
外/7-20　外/7-50　外/8-6
外/9-31
謝外舅(見謝景初)
謝文灝
外/7-20
謝希深(見謝絳)
謝憲
正/27-20
謝宣城(見謝朓)
謝玄(玄)
别/1-56
謝玄暉(見謝朓)
謝琰(琰)
别/1-56
謝愔(謝公静、公静)
外/2-7　外/6-19　外/11-35
外/11-36　别/11-3　續/8-29
謝舟師
補/5-7
謝子高(子高、小謝)
外/1-3　外/1-10　外/6-14
心(見祖心)
心禪師(見祖心)
心公(見祖心)
心首座(見祖心)
辛大方
正/16-15
辛紘(堯夫)
正/16-15
辛毗
正/3-12
辛若沖
外/22-18
辛顯仁
外/22-18
辛有則
外/22-18

辛媛(辛夫人、辛氏,蘇熹妻)
外/22-18
辛仲甫(晉國公)
外/22-18
新安縣君(見刁氏)
新禪師(見悟新)
新昌知縣
補/5-13　補/5-14
新豐老人(見良价)
新公(見悟新)
新老人(見悟新)
新長老(見悟新)
歆向(劉歆、劉向)
正/31-4
信禪師(見知信)
信道(見石諒)
信夫(見陳孚)
信夫(見潘萃)
信公
别/17-28
信陵君
外/13-15
信孺(見程信孺)
信中(見范寥)
興(僧名)
别/17-46
興公(見興上座)
興化海老
補/7-45
興上人
補/8-28
興上座(興公)
續/8-8　續/8-10　補/3-32
興文(見逢興文)
興宗(見石振)
省禪師(見歸省)
省身
正/32-5
行思(思公)
外/3-20　别/18-18
行瑛(瑛、開先瑛老、東溪老)
正/17-2　正/18-8　續/2-58
邢惇夫(見邢居實)
邢敦夫(見邢居實)
邢和叔(見邢恕)
邢居實(邢敦夫、敦夫、邢惇夫、惇夫、邢襄陽、小邢、邢子)
正/2-1　正/2-28　正/9-36
正/10-25　正/25-54　正/25-55
正/25-56　别/18-25　續/1-19
續/1-23　補/7-14
邢尚書(見邢恕)
邢恕(邢和叔、和叔、邢尚書)
正/9-36　别/14-4　補/7-14
邢襄陽(見邢居實)
邢子(見邢居實)

幸子宜
補/10-6
性父(見賀天成)
熊(見黄仲熊)
熊本
正/30-4
修公(護國院僧)
正/26-53
修惠(圓照師)
外/16-27
修睦
正/17-5
修義
補/9-16
秀老(見俞紫芝)
秀女
別/18-34
秀實
續/6-17
胥茂諶(烏程)
外/22-21
胥茂世
外/22-21
胥氏(仙居縣君)
正/31-13
胥偃(翰林瑯琊公)
外/22-21
胥彦回
續/9-1
胥元衡(都官君)
外/22-21
虚白(見楊凝式)
徐白
續/7-24
徐佖(徐純中、純中)
補/10-23
徐常(徐彦和)
正/19-21　別/19-12　續/1-28
補/8-46　補/10-6
徐常侍(見徐浩)
徐純中(見徐佖)
徐德郊(德郊)
外/24-23
徐德修
正/26-9
徐德占(見徐禧)
徐鼎臣(見徐鉉)
徐多老(多老)
補/10-23
徐福
續/7-3　續/7-6
徐俯(徐師川、師川、徐外甥)
正/7-3　正/18-20　正/19-1
正/19-12　正/25-53　正/25-56
正/27-87　外/21-28　別/7-25
別/18-25　別/18-29　別/18-31

別/18-33　續/1-3　續/5-25
續/5-27
徐斡(偉長)
外/9-41
徐公
外/7-48
徐公(見徐積)
徐光(光)
補/10-23
徐光禄(見徐禧)
徐浩(徐季海、季海、徐會稽、徐常侍)
正/19-37　正/25-36　正/26-12
正/26-21　正/28-28　正/28-37
正/28-40　正/28-64　正/28-65
正/28-70　正/28-73　正/28-74
正/28-76　正/28-78　別/6-17
別/6-20　別/6-22　別/8-37
別/11-18　補/8-53
徐積(徐仲車、仲車、徐公)
正/2-22　正/3-17　正/3-18
正/3-19　別/16-38　別/16-39
別/16-40　續/1-52
徐季海(見徐浩)
徐景道
外/8-5
徐靖國
補/10-6
徐巨(徐生)
正/27-75
徐會稽(見徐浩)
徐麐(子西)
正/24-26
徐陵
別/6-60
徐麃(次西)
正/24-26
徐平仲(平仲少府、主簿、主簿二十君)
正/3-17　正/3-18　別/16-38
別/16-41
徐佺
正/8-12
徐確(徐天隱、天隱、徐隱父)
外/5-35　外/5-36　外/5-37
外/9-2　外/9-41　補/9-17
徐孺子(見徐稚)
徐三班
續/5-15
徐沙彌
續/6-35　續/6-36　補/10-14
徐賞(賞)
補/10-23
徐尚書(見徐禧)
徐生
正/8-20

徐生(見徐巨)
徐師川(見徐俯)
徐氏(見徐禧)
徐氏(蓬萊縣太君,黄廉母)
別/9-1
徐氏姑(壽安君、壽安姑)
外/15-3　續/5-23　續/10-24
徐氏妹
續/10-24
徐思齊
別/3-45
徐天隱(見徐確)
徐外甥(見徐俯)
徐王
正/32-3
徐望
正/32-12
徐望聖
正/21-20
徐温
正/17-5　正/25-20
徐文將
正/10-9
徐文信
續/6-32
徐武
正/32-12　補/9-27
徐熙
正/12-6　正/13-58
徐禧(徐德占、德占、徐光禄、徐尚書、徐氏)
正/11-2　正/26-49　正/29-19
外/3-9　外/7-12　別/7-25
別/14-30　續/2-14　補/10-20
徐鉉(徐鼎臣、鼎臣)
正/26-18　正/28-61　別/16-51
續/5-15
徐偃
外/1-4
徐彦伯(徐長孺、長孺)
正/32-12
徐彦孚(户部)
正/32-12
徐彦和(見徐常)
徐禋
補/10-22
徐隱甫
外/4-31
徐隱父(見徐確)
徐有功(有功)
正/24-26
徐庾(徐陵、庾信)
正/3-31
徐説
正/32-12
徐樂

别/16-48
徐長孺(見徐彦伯)
徐喆
别/10-1
徐知誥(見李昪)
徐知訓
正/17-5
徐執中(金紫)
正/32-12
徐陟(宣德君)
補/10-23
徐稚(徐穉、徐孺子、孺子)
正/24-26 外/4-31 外/9-1
外/9-31
徐穉(見徐稚)
徐仲車(見徐積)
許安世
外/22-3
許大郎
正/19-10
許道寧(醉許、許生)
外/6-27
許斧子(見許翽)
許翰(崧老)
别/14-32
許翽(許玉斧、許斧子)
外/4-24 外/12-15
許靖(許文休)
正/2-20
許覺之(見許彦先)
許少張
别/6-68
許邵(子將)
外/1-15
許慎(許氏)
外/19-8
許生(見許道寧)
許氏(見許慎)
許文休(見許靖)
許彦先(許覺之)
正/9-4 别/15-33
許玉斧(見許翽)
許雲封
正/27-88
許子温(子温、小許)
續/9-10 續/9-12 補/3-14
補/3-15 補/3-16 補/3-17
補/3-18 補/3-19
詡正(見史扶)
宣(見齊宣公)
宣城(見謝朓)
宣城葛(見諸葛高)
宣德君(見徐陟)
宣帝(見漢宣帝)
宣徽(見張宣徽)
宣鑒(周金剛)

續/6-32　補/8-1
宣九(宗室宣州院第九家)
外/16-4
宣叔(見廖鐸)
宣獻(見宋綬)
宣獻公(見宋綬)
軒后(見黄帝)
軒轅彌明
正/28-77
玄(見謝玄)
玄暉(見謝朓)
玄真(見張志和)
玄真子(見張志和)
玄宗(見唐玄宗)
薛公(見薛稷)
薛稷(薛公)
正/7-33
薛樂道
外/1-16　外/6-18　外/14-17
薛密學(見薛向)
薛能
正/28-73
薛使君(滎州使君)
别/17-19
薛向(薛密學)
别/12-30
薛宣
正/2-18
薛彦輔
正/30-8
雪竇重顯(見重顯)
勳師
續/9-8
荀粲
外/3-1　續/6-11
荀侯(見荀息)
荀況(荀卿、荀氏)
正/20-1　正/20-2　正/25-46
外/20-29　外/24-5　外/24-8
别/2-3　别/4-6　别/5-13
别/11-50　續/1-10
荀令(見荀彧)
荀氏(見荀況)
荀息(荀侯)
外/15-25
荀彧(荀令)
外/10-27　外/10-35　别/6-33
洵仁
續/1-6　續/1-34
循之(見韓治)
牙兒(黄聲叔之子)
别/18-36
亞棲(一作亞栖)
外/23-21
燕邸洋川公
别/1-38

燕公(見燕肅)
燕貴
別/6-43
燕荆南(見燕肅)
燕默
別/17-38
燕肅(燕荆南、燕公)
正/3-1 正/15-7 外/20-34
燕文貴
正/27-73
延恩長老(見法安)
延陵季子(見季札)
延慶
正/32-5
延壽(見楊椿)
言師(見惠言)
炎(見酈炎)
研桑(計然、桑弘羊)
外/4-25
閻伯仁
續/2-17
閻夫子(見閻子常)
閻君(見閻立本)
閻立本(閻君)
正/27-44 外/6-16 別/6-26
別/14-16
閻求仁
外/15-20
閻生
外/1-4
閻氏(永寧縣君,李子平繼室)
別/10-3
閻子常(閻夫子)
外/6-16
顏公(見顏真卿)
顏闔
外/13-17
顏回(顏淵、顏子)
正/19-10 正/22-5 正/28-7
正/29-24 外/20-34 外/21-25
別/4-22 別/12-4 別/19-37
顏季明(季明)
正/28-47 正/28-75 補/8-59
顏李(顏真卿、李陽冰)
外/21-2
顏魯公(見顏真卿)
顏平原(見顏真卿)
顏泉明
正/28-58
顏冉(顏回、冉求)
外/23-12
顏尚書(見顏真卿)
顏氏(胡府君妻)
外/22-4
顏叔子
外/2-17

顏太師(見顏真卿)
顏徒(見黄友顏)
顏惟貞
正/28-47
顏延年(見顏延之)
顏延之(顏延年)
正/26-53
顏楊(顏真卿、楊凝式)
正/9-15 正/26-32 正/28-78
外/21-21 外/23-7 外/24-11
顏淵(見顏回)
顏真卿(顏平原、顏太師、太師、顏尚書、顏魯公、魯公、顏公)
正/26-17 正/26-25 正/26-32
正/26-41 正/26-65 正/27-7
正/27-33 正/28-19 正/28-20
正/28-21 正/28-28 正/28-32
正/28-34 正/28-35 正/28-36
正/28-44 正/28-45 正/28-46
正/28-47 正/28-57 正/28-58
正/28-60 正/28-64 正/28-70
正/28-71 正/28-72 正/28-74
正/28-75 正/28-78 外/1-8
外/3-20 外/11-16 外/11-34
外/13-17 外/23-44 外/24-11
外/24-18 别/6-27 别/6-38
别/7-4 别/7-13 别/7-29
别/8-17 别/8-35 别/8-37
别/11-14 别/16-31 續/8-19
補/8-59
顏之推
别/4-25
顏子(見顏回)
嚴(見嚴忌)
嚴安
外/10-26
嚴椿
别/7-32
嚴光(嚴子陵、子陵、嚴陵)
正/9-19 外/11-48 外/16-25
外/19-33
嚴忌(嚴)
别/16-48
嚴介
正/30-7
嚴君可(君可)
正/18-13 别/7-32 續/5-2
嚴君平(見嚴遵)
嚴陵(見嚴光)
嚴徐(嚴安、徐樂)
正/10-41 外/13-27
嚴永
外/23-14 别/7-28 别/11-17
補/8-43
嚴與(公權)
别/17-26

嚴子陵(見嚴光)
嚴遵(嚴君平、君平)
外/8-19　外/13-24　外/15-18
琰(見謝琰)
儼(見利儼)
彦顧(見李慥)
彦國(見胡輔之)
彦衡(見上官均)
彦明
補/2-22
彦明(見李彦明)
彦明(見邵革)
彦深(見李原)
彦修
别/15-26　别/15-27　續/5-15
彦澤(見趙子沇)
彦祖(見史戩)
晏丞相(見晏幾道)
晏公子(見晏幾道)
晏幾道(小山、晏叔原、叔原、晏公子、晏子、晏丞相)
正/15-4　正/27-88　正/31-2
外/2-2　外/2-3　外/2-4
外/11-6
晏郎
續/2-28
晏叔原(見晏幾道)
晏殊(晏元獻、元獻、臨淄公、淄公)
正/15-4　外/23-6　外/23-40
晏嬰(晏子)
正/19-18　外/7-13
晏元獻(見晏殊)
晏子(見晏幾道)
晏子(見晏嬰)
燕子(見黄相)
羊何(羊璿、何長瑜)
外/10-37
羊生(見羊曇)
羊曇(羊生)
外/11-7
羊欣
正/27-18　正/28-23　正/28-72
别/7-56
羊仲
外/9-36
陽冰(見李陽冰)
陽虎(見陽貨)
陽貨(陽虎)
外/20-31　外/20-34
陽元公(見魏舒)
揚大夫(見揚雄)
揚道者
續/6-16
揚馬(揚雄、司馬相如)
正/2-28
揚雄(揚子雲、子雲、揚大夫、揚子)

正/3-7　正/4-9　正/7-23
正/18-2　正/19-20　正/20-2
正/23-14　正/24-20　正/25-46
正/31-5　外/1-1　外/1-5
外/1-17　外/2-9　外/3-19
外/4-34　外/5-42　外/6-20
外/6-25　外/9-19　外/13-9
外/14-13　外/15-18　外/16-5
外/16-11　外/19-6　外/19-29
外/21-1　别/1-15　别/1-62
别/2-3　别/5-13　别/7-3
别/7-56　别/11-50　别/13-10
别/16-42
揚休(見王揚休)
揚子(見揚雄)
揚子雲(見揚雄)
楊播(播)
補/9-1
楊春老
别/4-21
楊椿(椿、延壽)
補/9-1
楊次公(見楊傑)
楊從(存道、楊君、臨邛)
正/22-9　外/10-37　别/6-25
楊大年(見楊億)
楊道孚(見楊克一)
楊道人
外/17-16
楊道者
續/4-26
楊妃(見楊貴妃)
楊風子(見楊凝式)
楊概(宰平、楊君)
正/24-11
楊公
外/13-20
楊公(見楊億)
楊瓘
外/10-50
楊廣道(廣道)
正/26-10
楊貴妃(玉環、楊妃、真妃、楊太真、太真)
正/14-55　正/27-52　外/11-47
别/6-31
楊行密(楊氏)
正/17-2　正/17-7
楊皓(楊明叔、明叔、楊君、楊子)
正/3-7　正/6-1　正/6-2
正/23-5　正/26-54　正/26-56
外/23-10　外/23-22　别/3-43
别/7-6　别/7-45　續/4-25
補/7-55　補/9-15
楊侯(見楊子問)
楊惠之(惠之)

正/15-7 正/17-8
楊吉老(見楊克一)
楊繼安
正/31-12
楊堅(堅)
補/8-56
楊傑(楊次公、次公、無爲居士)
正/15-11 正/28-50 正/32-3
别/3-31 别/7-31
楊介(楊君)
别/2-3
楊津(津)
補/9-1
楊景山(見楊嵒)
楊君
續/5-29
楊君(見楊從)
楊君(見楊概)
楊君(見楊皓)
楊君(見楊介)
楊君(見楊照)
楊君(楊郎)
續/5-32
楊君全(見楊琳)
楊康國(康國)
正/10-55 正/10-56 正/23-26
楊康侯(見楊子建)
楊克一(楊道孚、楊吉老)
别/6-42
楊寬之(見楊恕)
楊逵
别/7-28
楊郎(見楊君)
楊琳(楊君全、君全)
正/7-21 正/10-39 别/2-20
補/9-21
楊履道
正/9-29
楊夢貺
正/5-10 别/7-54
楊明叔(見楊皓)
楊墨(楊朱、墨子)
正/1-1 正/24-18
楊寧
正/20-17
楊凝式(楊少師、少師、楊虚白、虚白、楊風子、楊氏)
正/26-12 正/26-27 正/26-32
正/27-33 正/28-29 正/28-30
正/28-34 正/28-57 正/28-59
正/28-60 正/28-71 正/28-72
正/28-74 正/28-78 外/23-44
外/24-11 别/6-13 别/6-27
别/7-29
楊朴
外/12-2

楊溥
正/25-20
楊岐(見方會)
楊器之
補/8-36
楊三班
别/16-4
楊少師(見楊凝式)
楊申(大夫公)
外/22-22
楊伸
别/19-27
楊師道
别/7-56
楊十
續/6-22
楊十三(見楊子問)
楊氏(晁君成妻)
正/31-3
楊氏(見楊行密)
楊氏(見楊凝式)
楊氏(史扶初室)
正/32-2
楊氏(原武郡楊夫人,趙克敦母)
别/9-2
楊姝
正/14-53　外/12-64　補/9-26
楊淑(南陵)
外/22-22
楊恕(楊寬之、寬之)
正/31-12
楊素翁(素翁)
正/16-13　别/17-25　别/17-26
補/8-11
楊太尉(見楊震)
楊太真(見楊貴妃)
楊畋
正/30-7
楊綰(楊文簡)
正/9-36　正/31-12　别/13-1
楊韡
别/2-19
楊畏(楊子安)
正/6-10
楊文公(見楊億)
楊文簡(見楊綰)
楊希節
别/10-16
楊咸孺
别/6-11　補/9-19
楊修
正/12-11　别/6-33
楊虚白(見楊凝式)
楊皛(楊景山、景山)
正/10-40　外/23-1　别/2-20
别/7-28　補/9-21

楊億(楊大年、大年、楊文公、楊公)
正/3-7　正/21-4　外/15-10　外/21-23
楊應辰
正/30-9
楊昱(昱)
補/9-1
楊齋郎
别/18-15　續/4-34
楊湛(君䁔)
别/2-21
楊照(楊君)
别/6-15
楊震(楊太尉、太尉)
别/13-1
楊中師
正/31-12
楊中玉
别/6-11　補/8-34
楊仲明
正/31-12
楊仲潁
别/4-21　補/7-28
楊朱
正/6-6　外/21-30
楊子
正/21-16
楊子(見楊皓)
楊子安(見楊畏)
楊子建(楊康侯)
别/2-3　别/17-27
楊子聞(子聞)
外/6-29　外/7-17
楊子問(楊十三、楊侯)
外/16-31
仰山(仰山簡和尚)
正/22-50　别/16-43
仰山簡和尚(見仰山)
養叔(見養由基)
養由基(由基、養叔)
正/8-20　續/4-41
養正(見廖養正)
姚察
正/25-46　正/30-1
姚誠老
别/6-12
姚崇(姚元崇)
正/30-1
姚大夫(見姚原道)
姚滌
正/30-1
姚公(見姚原道)
姚洸
正/30-1
姚沆
正/30-1

姚滸
正/30-1
姚汲
正/30-1
姚簡
正/25-46
姚君
別/17-2　別/17-5
姚君玉(姚子)
正/23-12　別/6-62
姚勔
正/31-11
姚滂
正/30-1
姚璹
正/30-1
姚思廉
正/30-1
姚元崇(見姚崇)
姚原道(姚大夫、姚公)
正/29-16　正/30-1
姚瓚
正/30-1
姚子(見姚君玉)
堯封(見曹堯封)
堯夫(見范純仁)
堯夫(見辛紘)
堯民(見晁端仁)
堯卿(見胡堯卿)
遥集
補/5-11
藥山(見惟儼)
野夫(見李莘)
葉公(見葉公子高)
葉公子高(葉公、沈諸梁)
外/13-6　外/14-6　外/15-11
外/15-18　外/15-22　外/17-34
外/17-46　外/17-52　外/17-68
葉均(公秉)
別/1-24
葉筠(元禮)
補/10-6
鄴侯(見李泌)
伊尹
正/20-2　別/12-4
猗頓
正/16-14　正/22-8　正/25-14
補/8-10
醫和
正/1-3
夷甫(見王衍)
夷仲(見黄廉)
夷仲叔父(見黄廉)
沂國
別/17-18
沂上人(見景沂)

怡山遲老(見西禪遲老)
姨母李夫人(見李氏)
遺民(見劉遺民)
以弼(弼)
正/17-4
以道(見晁説之)
倚遇(法昌老禪將)
正/5-22
易生
正/22-26
挹之(見鮮挹之)
益老(見黄益老)
益老(見張損)
益修(見黄友益)
益修四弟(見黄友益)
逸(見成逸)
逸民(見陳師道)
逸少(見王羲之)
翊道通判
别/17-31
翊正(見史扶)
義成(見黄問)
義成逸士(見黄問)
義城公(見庾信)
義夫(見陳宜)
義懷(天衣義懷、天衣)
正/32-6
義明
補/9-5
義青(青州老人)
續/3-9
義賢(見劉克恭)
義玄(臨濟)
正/15-12 正/17-6 正/17-12
外/24-43 别/12-14
毅夫(見馬純)
毅甫(見孔平仲)
藝祖(見宋太祖)
懿敏公(見王素)
殷浩(殷子)
外/17-5
殷子(見殷浩)
陰長生(陰真君)
别/6-68
陰何(陰鏗、何遜)
正/6-12 外/6-16
陰真君(見陰長生)
陰子春
正/10-53
媔(見黄媔)
寅菴(見黄大臨)
尹崇珪
正/30-8
尹崇珂
正/30-8
尹夫人(黄庭堅妻之叔母)

補/5-20
尹公亶
正/30-8
尹公庠
正/30-8
尹君(見尹宗與)
尹師魯(見尹洙)
尹廷勛
正/30-8
尹翁歸(翁歸)
外/7-38　外/10-13
尹元輿(姑蘇)
正/30-8
尹昭壽
正/30-8
尹洙(尹師魯)
正/26-44　别/19-41
尹宗奭
正/30-8
尹宗輿(尹君)
正/30-8
隱子(見董隱子)
應霖
外/24-43
應昭若
正/30-1
英發(見郭英發)
英公(見李勣)
英皇(見宋英宗)
英宗(見宋英宗)
英宗高皇后(太皇太后)
正/20-4　正/20-6　正/20-8
正/20-10　别/5-6
英祖(見宋英宗)
瑛(見行瑛)
瑩中(見陳瓘)
應夫(長蘆夫和尚)
正/22-48
應乾(泐潭乾和尚、泐潭道人、萍鄉老子)
正/22-46
應之(見史鑄)
雍熙光禪師(見雍熙光老)
雍熙光老(雍熙光禪師、雍熙老)
正/23-29　别/19-9　續/3-20
雍熙老(見雍熙光老)
永安縣君(見金氏)
永邦
正/17-1
永禪師(見智永)
永觀
續/6-9
永和(見王氏)
永和縣君(見王氏)
永嘉
外/8-16　續/3-6

永明(見永明智覺禪師)
永明智覺禪師(永明)
正/5-2 正/19-43 續/1-29
永年(見趙令松)
永寧縣君(見閻氏)
永師(見智永)
永首座
正/23-37
永叔(見歐陽修)
永思(見晁端常)
永興(見虞世南)
永裕(見王濮)
永州狂僧(見懷素)
用之(見魏瓘)
悠(見石悠)
優孟
正/22-5 正/27-36 别/6-21
别/11-12
由(見仲由)
游景叔(見游師雄)
游師雄(游景叔、景叔)
正/5-7 正/5-8 正/7-2
正/10-6
游氏(黄育妻)
正/32-9
友諒(見黄友諒)
友直(見田益)
有道(見祝林宗)
有功(見徐有功)
有若
外/20-34
槱(見黄槱)
右丞(見李清臣)
右丞(見王維)
右丞相范公(見范純仁)
右軍(見王羲之)
右軍父子(王羲之、王獻之)
正/26-5 正/26-21 正/26-25
正/27-5 正/27-21 正/27-31
正/27-32 正/27-33 正/28-13
正/28-14 正/28-35 正/28-36
正/28-64 正/28-71 正/28-78
别/6-20 别/11-14
幼安(見黄幼安)
于公
别/7-33
于氏(廖及妻)
正/32-1
于寺丞
外/7-19
于説(習之)
正/4-31 别/2-6
余卞(余洪範、洪範)
正/19-45 正/26-53 外/8-11
外/10-30 外/12-24 外/12-35
别/1-3 别/15-8 續/3-7

續/3-8
余成
外/20-3
余亶
别/10-9
余宏
正/32-9
余洪範(見余卞)
余景中
别/4-20
余天任(莘老)
别/4-20
余尉(龍泉縣尉)
外/20-17
余彦明
補/10-22
俞充
别/9-1
俞澹(子中、俞紫琳、紫琳、俞清老、清老)
正/1-16 正/19-14 正/25-25
正/25-27 正/25-28 正/27-34
正/27-35 正/27-36 正/27-37
正/27-59 正/27-62 别/15-21
續/1-52 補/8-30
俞櫜
别/10-3
俞清老(見俞澹)
俞秀老(見俞紫芝)
俞紫琳(見俞澹)
俞紫芝(俞秀老、秀老)
正/27-34 正/27-35 正/27-37
正/27-54 别/15-21
魚朝恩(魚軍容、軍容、魚開府)
正/28-45 正/28-58 正/28-75
魚公(見魚周詢)
魚侯(見魚仲修)
魚軍容(見魚朝恩)
魚開府(見魚朝恩)
魚守(見魚仲修)
魚仲修(魚守、魚侯)
正/16-4 續/5-38 續/5-39
續/6-3
魚周詢(魚公)
正/16-4
虞(見虞世南)
虞公
正/12-11 外/14-5
虞卿
外/4-19
虞世南(虞永興、永興、虞)
正/28-24 正/28-25 正/28-26
正/28-27 正/28-70 别/7-56
别/9-2 補/8-39
虞永興(見虞世南)
虞仲

正/12-3　正/24-21
宇姐
續/4-44
宇文伯修(見宇文昌齡)
宇文昌齡(宇文伯修、伯修、宇文少卿)
續/2-42　續/2-43　續/6-12
宇文少卿(見宇文昌齡)
宇文招(趙王招、趙王、招、豆盧突)
補/8-56
禹(伯禹)
正/24-18　外/13-2
禹直(見章嗣功)
庾杲之(庾郎)
外/3-16　外/6-20　外/12-38
庾公(見庾亮)
庾肩吾
外/17-3
庾開府(見庾信)
庾郎(見庾杲之)
庾郎(見庾元鎮)
庾亮(庾公)
正/5-20　正/27-16　外/7-15
庾信(庾子山、子山、庾開府、庾義城、義城公)
正/10-24　正/14-18　正/25-50
外/3-19　外/8-22　外/18-11
外/24-13　别/4-25　别/6-60
補/8-56
庾義城(見庾信)
庾翼(庾穉恭)
正/28-77
庾元鎮(元鎮、庾郎)
正/13-58　外/18-11
庾穉恭(見庾翼)
庾子山(見庾信)
與迪(見黄彜)
與可(見文同)
與權(見吴履中)
玉父(見洪炎)
玉環(見楊貴妃)
玉泉長老
别/3-57
昱(見楊昱)
淯井劉君
别/19-38
喻陟
别/9-1
御史鼂大夫(見鼂錯)
裕陵(見宋神宗)
愈黎州
補/6-36
淵明(見陶潛)
元(見元公)
元(見祖元)
元操

續/8-10
元長(見蔡京)
元長(見王融)
元常(見鍾繇)
元城茂宰
外/16-3
元次山(見元結)
元存道
别/6-25
元道寧
續/6-1
元德秀(元魯山、魯山、紫芝)
正/22-6　外/3-17　外/12-45
元公(元監院、元、元師、元公)
别/15-38　續/1-73　續/6-34
續/6-36　續/6-38
元公亮(元氏)
别/6-25
元規(見狄遵度)
元翰(見魯有開)
元顥(顥)
補/9-1
元監院(見元公)
元結(結、元次山、次山、元中丞、漫叟、漫郎)
正/3-25　正/3-27　正/4-15
正/4-21　正/5-29　外/6-2
外/7-4　外/12-9　外/14-6
别/2-16　别/17-49　續/3-10
補/1-10　補/8-49
元君(見元聿)
元鈞(見吕元鈞)
元老(見歐陽獻)
元禮
續/1-45
元禮(見李膺)
元禮(見蒲大防)
元禮(見葉筠)
元亮(見陶潛)
元龍(見陳登)
元魯山(見元德秀)
元龍(見陳登)
元明(見黄大臨)
元明(見吕元明)
元朴(見李元朴)
元上人(見祖元)
元上座(石橋)
别/18-37
元聖庚(見元聿)
元師(見元公)
元師(見祖元)
元實(見范温)
元氏(見元公亮)
元叔(見李堯臣)
元肅(黄龍肅禪師)
補/8-1

元歎(見顧雍)
元微之(見元稹)
元翁(見周壽)
元熙使君
續/2-53
元獻(見晏殊)
元勳(不伐,一作元勛)
正/24-18 別/19-31 別/19-34 別/19-35
元祐(雲居、雲居祐禪師、雲居祐老子)
正/15-9 別/3-50 續/2-60 續/2-61
元愉
補/9-1
元輿(見陳軒)
元聿(元聖庚、聖庚、元君)
正/27-42 別/2-12 別/2-17 別/3-11 別/6-2 別/6-25 別/6-28 別/6-29 別/19-28
元章(見米芾)
元章(見周元章)
元稹(元微之)
正/25-33
元鎮(見庾元鎮)
元之(見黄淳)
元之(見王禹偁)
元直(見王箴)
元陟
別/14-34
元中丞(見元結)
元忠(見孫諤)
元仲使君
別/15-36
元胄
補/8-56
爰伐(見黄椅)
袁安國(安國)
補/10-6
袁彬(袁質夫、質夫)
正/29-8 補/10-1
袁耽
外/2-8
袁道人
續/6-34
袁端
別/19-43
袁天罡
正/27-41
袁藥院
別/6-11
袁陟
正/31-5
袁質夫(見袁彬)
袁州司法(見劉司法)
袁滋

別/17-49
原壤
外/20-31
原武郡楊夫人(見楊氏)
原憲
外/21-11
圓(見圓公)
圓公(圓)
續/3-51
圓鑑(見法遠)
圓亮
別/2-19
圓明(見無演)
圓通(圓通道人、圓通璣禪師、圜通和尚)
正/21-29　正/21-39　別/3-29
續/9-26　補/6-32
圓通道人(見圓通)
圓通璣禪師(見圓通)
圓照師(見修惠)
圜明(見無演)
圜明大師(見無演)
圜通和尚(見圓通)
遠法師(見慧遠)
遠公(見慧遠)
月(見泐潭曉月)
岳首座
續/5-25
悦(見文悦)
悦禪師(見文悦)
悦老(見文悦)
悦上人(見文悦)
説道(見陳説道)
越人(見秦越人)
樂伯
別/4-25
樂夫人(陳槩母,陳庸繼室)
正/30-13　別/10-10　別/13-12
樂羊
正/8-15　正/24-26
樂毅
正/4-9　正/26-12　正/26-21
正/26-25　正/26-37　正/27-8
正/28-21　正/28-37　正/28-42
外/16-21　外/23-39　別/11-12
云主簿
續/7-10
雲(見慧雲)
雲(見朱雲)
雲峰(見文悦)
雲峰文悦(見文悦)
雲夫七弟(見黄雲夫)
雲蓋智和尚(見守智)
雲居(見元祐)
雲居了元(見了元)
雲居膺禪師(見道微)

雲居祐禪師(見元祐)
雲居祐老子(見元祐)
雲門(見文偃)
雲門偃(見文偃)
雲卿(見孟雲卿)
雲巖禪師
續/1-68
雲巖和尚(見悟新)
雲巖教首座
正/19-44
雲巖老法清(見法清)
雲巖山主
續/6-16
雲巖西堂和尚(見惟清)
雲巖新老(見悟新)
允工(見李允工)
允言使君
補/4-29
允中(見高允中)
員氏(青陽簡妻)
别/10-7
運判大夫
續/2-29
運使中舍
别/16-33
宰平(見楊概)
宰予
正/20-1　續/5-10
載熙(見張光祖)
在純(純上人、純上座、純禪師、純老、純公、純翁、方廣)
正/18-8　正/21-36　正/23-18
外/24-37　别/4-9　别/7-53
别/12-19　續/4-5　續/4-25
續/5-5　續/6-15　續/6-24
續/6-27　續/6-31　續/6-34
續/6-37　補/5-28　補/9-16
在庭(見蘇元老)
贊皇(見李栖筠)
鄮侯
續/9-8
擇道(見李擇道)
澤辭(見王略)
曾布
正/30-9
曾誠
補/5-49
曾處善(曾都曹)
外/10-51　外/11-22
曾點(點)
正/26-9
曾都曹(見曾處善)
曾兒
續/10-25
曾㝢文
正/13-25

曾福州(見曾鞏)
曾公衮(見曾紆)
曾公卷(見曾紆)
曾鞏(曾子固、子固、曾舍人、曾福州、曾子)
正/15-12　正/25-42　别/2-3
曾閔(曾參、閔子騫)
續/10-20
曾參(曾子、子輿)
正/3-7　正/3-33　正/19-5
正/24-1　正/24-16　正/24-23
正/25-42　外/14-8　别/4-7
别/15-8
曾舍人(見曾鞏)
曾申
别/15-8
曾紆(曾公衮、公衮、曾公卷、公卷)
正/6-32　外/11-12　外/21-31
外/23-36　外/23-37　外/23-38
别/6-13　補/2-22　補/4-25
補/5-9　補/10-6
曾肇(曾子開、子開)
正/1-12　補/3-23
曾子(見曾鞏)
曾了(見曾參)
曾子固(見曾鞏)
曾子開(見曾肇)
札(見季札)
查公
續/2-62
齋郎(張和叔子)
續/2-28
宅父(見郭叵)
翟漕
續/7-28
翟方進(翟公)
正/2-17
翟公(見翟方進)
翟公巽(見翟汝文)
翟户部
續/8-8
翟汝文(翟公巽)
正/28-38　正/28-57
翟用
正/21-38
翟院深
别/15-57
展子虔
外/12-61
章楚材
外/22-16
章處士(見章應全)
章惇(章子厚、子厚)
别/6-2
章夫人(黄庭堅叔母)
外/22-16

章夫人(見章氏)
章公弼
別/10-6
章和甫
外/7-45
章積
外/22-16
章君庭(章明揚)
正/26-49　正/32-13
章明揚(見章君庭)
章慶
外/22-13
章如篪
正/32-13
章如壎
正/32-13
章上人(峨眉章上座)
補/8-1
章聖(見宋真宗)
章聖皇帝(見宋真宗)
章氏(章夫人,黄祖善妻)
外/22-13
章侍者
續/2-60
章淑
別/10-6
章嗣功(章禹直、禹直)
外/3-13　外/4-28
章望之(表民)
正/30-3
章文
別/10-6
章應全(保之、章處士)
別/10-6
章友直(張伯益)
正/28-56　別/6-55
章禹直(見章嗣功)
章與直
補/7-1
章元長
別/10-6
章元昶
別/10-6
章元徹
別/10-6
章元忠
別/10-6
章援(致平)
別/7-56
章子厚(見章惇)
張(見張耒)
張安
續/7-3
張八十外甥
補/10-6
張琫

正/31-13
張波若
續/3-33
張伯益(見章友直)
張不疑
别/10-4
張材翁
外/7-27
張粲
補/5-4
張昌(柱下相君)
補/9-2
張昌言(見張周)
張昌裔
别/8-30　别/19-22
張長公(見張摯)
張昶
别/7-56
張敞(張京兆)
正/16-10　外/6-27　外/9-34
外/12-45　别/13-10
張徹
外/23-29
張澄(張侯)
正/1-24
張持義
别/7-35　續/5-2
張處士(見張通)
張純(常父)
别/4-16
張從道
别/18-34
張倅(見張甡)
張大同
正/22-6　别/6-10　别/6-11
補/8-13
張大中(見張杰)
張待舉
正/2-26
張道濟
别/14-10
張道游
續/4-39
張德淵
别/8-40
張鄧州
别/1-22
張顛(見張旭)
張鼎
外/1-4
張董(張舜民、董敦逸)
正/8-24
張敦禮(張侯)
正/21-38
張法亨
補/8-54

張方平(文定公)
正/18-6
張放(公子)
補/9-2
張斐
正/31-7
張豐城
别/18-1
張夫人(黄長善妻)
補/10-23
張夫人(蒲遠猶妻)
正/32-10
張夫人(三妗太君,黄庭堅三舅母,李布妻,李秉彝母)
正/26-66
張夫人(王鞏妻)
續/4-44
張福夷(見張威)
張剛
别/10-2　别/10-17
張綱
别/10-4
張鎬
别/4-25
張耕
外/24-2
張耕老(張子)
外/24-20
張公
外/5-32
張公
外/13-16
張公(見張華)
張公(見張詠)
張公邵(張修孺)
别/10-4
張公裕
正/16-1　别/10-4
張公載(見張田)
張公子(見張叔甫)
張公子(見張詢)
張光嗣(張載暉)
正/24-9
張光祖(張載熙、載熙)
正/24-9　正/26-13　正/26-14　别/17-40　别/19-47　補/8-20　補/10-6
張廣之(廣之)
續/6-35　續/7-5
張圭
正/31-7
張瓌(唐公)
正/20-18
張貴州
補/10-6
張翰(張季鷹、季鷹)

正/11-21　外/2-17　外/9-35
外/9-39
張浩
正/16-1
張皓
别/10-4
張和父
外/9-34
張和叔
續/2-28
張和之
正/32-10
張侯
别/1-4
張侯(見張澄)
張侯(見張敦禮)
張侯(見張耒)
張侯(見張沙河)
張侯(見張商英)
張侯(見張聖東)
張侯(見張塤)
張侯(見張詢)
張垕
正/31-7
張后(唐肅宗廢后張氏)
正/5-27
張華(張公)
别/4-25
張奂
正/25-21
張晦叔
補/8-34
張基
正/31-7
張機(仲景)
别/2-3
張汲
正/30-5
張籍
補/9-2
張籍
正/32-12　外/18-15　外/23-29
别/8-13
張季鷹(見張翰)
張戩(張)
正/1-29
張杰(張大中、大中)
正/31-7　外/17-73
張介卿(見張祉)
張京兆(見張敞)
張景伯
正/30-5
張景憲(正國)
正/30-5
張景元
外/23-2

張九
續/10-25
張九齡
別/11-48
張九微
補/7-5
張君(見張渭)
張軍
正/19-7
張鈞
補/10-6
張楷(公超)
正/5-32
張亢(張退夫、退夫、太尉)
正/31-7　補/6-20
張克己
正/30-8
張寬夫(見張溥)
張老
補/5-15
張雷(張華、雷焕)
正/3-24　外/12-47
張耒(張文潛、文潛、張子、張侯、張)
正/1-5　正/1-17　正/2-15
正/2-30　正/4-8　正/4-19
正/5-23　正/5-24　正/6-14
正/8-25　正/11-12　正/12-16
別/6-42　別/6-69　別/11-10
別/17-23　續/1-38　續/1-40
續/1-76　續/8-32　補/3-27
補/7-53　補/8-63
張壘
正/31-7
張良(子房、留侯)
正/2-28　正/23-19　正/28-54
外/16-18　別/10-4
張龍閣(見張田)
張潞
正/30-11
張茂
別/17-33
張茂先
別/7-11
張茂宗(見張兟)
張夢得
正/26-4
張祕監(見張問)
張秘校
外/9-37
張南浦
續/5-28
張年定
續/5-19
張庖民(張翔父、翔父)
外/24-2
張溥(張寬夫、寬夫)

正/13-70　正/13-86　正/18-18　正/23-6　外/21-2　别/2-10　補/4-22　補/9-16
張祺(張子履、子履)
正/31-13
張頎
正/30-11
張喬
外/6-21
張去華
正/30-5
張慤(張士節、士節)
外/24-8　别/18-36　别/18-37
張僧繇(僧繇)
正/22-48
張沙河(張侯)
外/1-14　外/6-4　外/9-21
張商英(張天覺、天覺、張侯)
正/2-27　别/18-2　續/10-18
張牪(茂宗、張茂宗、張倅)
正/13-14　别/1-31
張聖東(聖東、張侯)
外/1-8
張師錫
正/30 5
張湜
别/10-4
張使君(見張詢)
張士節(見張慤)
張氏(單項妻)
外/22-11
張氏(華陽縣君,王默繼室)
正/30-4
張氏(李堯臣繼室)
正/31-10
張氏(劉禹初室)
正/30-11
張氏(蒲遠猶妻)
正/32-10
張氏(壽光縣君,韓復繼室)
正/30-10
張氏(宋班妻)
正/32-11
張氏(王肱妻)
正/31-2
張氏(張氏家姑、姑氏,黄庭堅姑母)
補/7-4　補/9-19
張氏家姑(見張氏)
張氏姨母
正/31-11
張侍禁
别/16-7　别/16-8
張室
正/31-7
張釋之(釋之)
正/22-4　外/1-16

張叔甫(張公子)
外/6-17　外/16-20
張叔和(見張塤)
張説(子難)
別/4-10
張槪(張子謙、子謙)
正/22-7　別/2-21　補/9-21
張松齡
正/14-7
張竦
續/6-19
張損(張益老、益老)
正/19-47　正/21-23　別/14-16
別/14-19　別/14-43　續/5-22
張泰伯
外/1-9
張堂
正/31-7
張天覺(見張商英)
張田(張公載、張龍閣)
正/24-9　正/25-21
張通(張處士)
外/24-19　補/7-28
張塗
正/31-7
張退夫(見張亢)
張威(張福夷、福夷)
正/28-25　正/28-26
張渭(象之、張君)
正/30-5
張文潛(見張耒)
張文正
別/10-4
張問(張祕監)
正/10-26
張先(張子野)
補/9-2
張翔父(見張庖民)
張向
補/2-1
張協(大同)
正/31-13　別/2-21　別/7-41
續/8-10
張頡
別/9-1
張澥(持遠)
別/2-21　別/10-4
張新婦(李秉彝妻)
別/18-32
張修孺(見張公邵)
張旭(張長史、長史、張顛、顛長史)
正/15-7　正/26-5　正/26-17
正/26-25　正/28-19　正/28-20
正/28-31　正/28-32　正/28-33
正/28-34　正/28-49　正/28-50
外/23-15　外/24-11　別/6-14

别/7-21　别/7-31　别/14-18
别/19-26
張宣徽(宣徽)
别/14-1
張塤(張叔和、叔和、張侯)
正/4-25　正/26-50　别/18-35
續/3-6　補/7-6
張巡(睢陽)
外/17-44
張詢(張仲謀、仲謀、仲謀騏驥、騏驥、張仲謨、仲謨、張侯、張使君、張公子)
正/1-7　正/2-2　正/10-15
正/14-18　正/14-24　正/25-9
外/6-17　外/7-23　外/11-45
外/15-13　外/16-2　外/17-4
外/17-43　外/17-45　外/17-74
外/18-2　外/18-5　外/18-6
外/18-15　外/18-17　外/19-36
外/20-1　外/23-23　續/1-34
續/1-37　續/1-39　續/3-61
補/2-10　補/2-11　補/6-21
補/7-25　補/7-26
張雅
别/11-16　别/18-17
張延禕
别/10-4
張顔(張旭、顔真卿)
正/28-36
張曜
外/22-11
張宜父
外/7-2
張儀
外/1-5　别/4-25
張乂祖
正/27-89
張益老(見張損)
張毅
正/8-1
張繹
正/30-11
張誾
正/31-13
張永弼
别/17-33
張詠(張公)
正/3-21
張友正
别/6-20
張又新
續/1-63
張俞
正/32-10
張羽
正/30-5

張禹(安昌、安昌侯)
續/1-5 補/9-2
張遇
别/11-18 續/3-6 補/4-39
張元弼
正/31-3
張載(景陽)
正/3-22
張載暉(見張光嗣)
張載熙(見張光祖)
張璪
别/12-31
張長史(見張旭)
張真
别/7-45
張芝(伯英、張芝叟)
正/27-11 正/27-33 正/28-12
外/16-21 外/16-22 外/23-24
别/1-45 别/7-56 别/14-19
張芝叟(見張芝)
張禔(張子安、子安)
正/17-8
張祉(張介卿、介卿)
正/5-16 别/2-20 别/2-21
續/6-9 續/6-11 補/8-18
補/9-21
張志和(玄真子、玄真)
正/14-7 正/14-78 正/27-35
張摯(長公、張長公)
外/1-16
張中叔
續/7-33 續/10-23
張中理
别/10-4
張仲吉
别/2-10
張仲謨(見張詢)
張仲謀(見張詢)
張仲蔚(仲蔚)
正/2-26 正/2-30 外/19-22
張周(張昌言)
正/7-16
張拙
别/8-14
張孜(冀國勤惠公)
正/30-10
張鼒
正/30-5
張子
外/19-21
張子(見張耕老)
張子(見張耒)
張子(見張溥)
張子安(見張禔)
張子發
補/10-6

張子列(子列)
外/19-37 續/1-41 補/2-10
張子履(見張祺)
張子謙(見張槪)
張子望
補/6-28
張子野(見張先)
張宗(道源)
補/9-17
張宗著
補/10-17
張祖祺
正/18-16
長老澄公
别/12-14
長老慶公(見黄龍慶老)
長老新公(浯溪長老新公)
别/2-16 别/17-49
長孺(見徐彦伯)
長史(見張旭)
長文(見趙子㵘)
招(見宇文招)
昭(見魏昭子)
昭德縣君(見李氏)
昭符(寶梵大師、寶梵師、寶梵)
正/22-53 正/32-5
昭華(昭華妓)
正/10-10 外/11-23 别/1-46
昭華妓(見昭華)
昭君(見王嬙)
昭陵(見宋仁宗)
昭陵皇帝(見宋仁宗)
昭明(見蕭統)
昭明太子(見蕭統)
昭慶道人
正/27-34
昭儀(見趙飛燕)
朝雲
外/7-26 補/8-41
照(見黄照)
趙安仁
正/32-9
趙安時(少莊)
正/24-7
趙抃(趙悦道、清獻趙公)
正/32-5
趙伯充(見趙叔盎)
趙昌
正/12-6 别/14-48
趙承幹(東平王)
别/9-2
趙承祐
别/9-2
趙大年(見趙令穰)
趙德修(趙都監)
别/14-40

趙都監（見趙德修）
趙都監（趙君）
續/6-2
趙盾
續/1-4
趙方士（見趙言）
趙飛燕（昭儀）
外/11-47
趙夫人（范祖堯母）
别/10-17
趙夫人（見趙氏）
趙高
别/11-1
趙公壽（見趙世享）
趙公佑
正/27-49
趙廣漢（廣漢）
外/17-19
趙國珍
正/25-22
趙侯（見趙挺之）
趙簡子（見趙鞅）
趙景道（景道十七使君、景道十七、景道）
正/25-24 正/26-8 别/4-1
補/5-1 補/7-20 補/7-21
趙景仁（見趙屼）
趙景珍（見趙令蠙）
趙君（見趙都監）
趙君舉
别/1-61
趙頵（魏王）
正/29-9
趙郡李氏二姨
别/13-7
趙克敦（公厚、和國公、和公、先公）
别/9-2 别/15-58 别/15-59
補/2-8
趙克艱
外/22-9
趙克臻
别/9-2
趙肯堂
續/10-20
趙良
外/1-17 外/16-19
趙令
外/19-4
趙令（葉縣令）
外/17-19 外/17-20 外/17-21
趙令蠙（趙景珍、東平侯、景珍）
正/5-9 正/24-19 正/25-24
正/26-8 外/18-11 外/18-12
外/18-23
趙令穰（趙大年、大年）
正/27-78 正/27-79 正/27-80

正/27-81　正/27-83　外/11-41
别/1-49　續/7-24
趙明叔(見趙士爚)
趙丕
正/30-10
趙蕤
正/25-60
趙潤甫
正/27-44
趙申錫
續/5-6
趙紳
外/22-12
趙升叔
别/8-2
趙十二
續/6-22
趙士常(士常)
别/14-40
趙士爚(趙明叔)
外/7-43
趙氏(安德縣君,劉禹繼室)
正/30-11
趙氏(畢憲父初室)
正/30-2
趙氏(黄仲熊妻)
正/32-8
趙氏(歐陽問妻)
外/22-6
趙氏(壽光縣君,李子平初室)
别/10-3
趙氏(趙夫人,李通儒妻)
外/22-12
趙世享(趙公壽、公壽)
正/6-28　正/25-24　正/26-8
外/9-28　外/11-43　外/18-8
補/4-26
趙叔盎(趙伯充、伯充)
正/5-2　正/7-10　正/14-58
外/21-16　别/9-2　别/15-56
續/2-46　補/2-6　補/2-7
補/2-8　補/2-9
趙叔諟
别/9-2
趙叔鉞
别/9-2
趙樞密(見趙瞻)
趙衰
正/19-18
趙挺之(挺之、趙正夫、正夫、趙侯)
正/25-7　正/28-1　正/28-27
外/14-20　外/14-21　别/8-24
趙佗
外/6-21
趙王(見宇文招)
趙王倫(見司馬倫)

趙王招(見宇文招)

趙文儀

正/14-20

趙屼(趙景仁)

正/22-24　别/6-35

趙咸

别/9-1

趙行父

别/6-18

趙言(趙方士)

外/6-7

趙彦若

正/20-15

趙鞅(趙簡子、簡子)

外/20-31

趙永年(見趙令松)

趙悦道(見趙抃)

趙允讓(濮安懿王)

外/22-9　别/9-2

趙瞻(趙樞密)

正/29-12

趙張(趙廣漢、張敞)

外/7-27

趙縝(子智)

正/17-12　正/18-18　外/21-2

别/17-37

趙正夫(見趙挺之)

趙正叔

補/8-18

趙仲爰

正/32-8

趙州(見從諗)

趙洙

正/16-9

趙駐泊

補/4-20

趙子充

正/10-10

趙子溋(長文)

正/24-19

趙子沆(彦澤)

正/24-19

趙子琇(聰玉)

别/4-1

趙子雲

正/27-47

趙宗閔(省郎)

外/20-15

肇(見王肇)

喆禪師(見慕喆)

謫仙(見李白)

謫仙人(見蘇軾)

真妃(見楊貴妃)

真皇(見宋真宗)

真浄禪師(見克文)

真浄老師(見克文)

真老
别/15-37
真人(見舜)
真宗(見宋真宗)
臻(見道臻)
臻道人(見道臻)
臻公(見道臻)
臻僧正(見道臻)
臻師(見道臻)
振(見石振)
振之
正/26-26
鎮(智氏夫人子)
别/10-18
征南(見索靖)
徵側
外/6-21
徵君(見周貞實)
正臣
别/7-10
正夫(見李正夫)
正夫(見趙挺之)
正輔(見程德孺)
正輔(見程之才)
正國(見張景憲)
正平(見蘇廉)
正叔(見黄正叔)
正翁(見韓漸)
正憲公(見吴充)
正仲(見王存)
正字(見陳師道)
鄭佽相
正/21-52
鄭當時
别/8-41
鄭殿直
别/15-50　補/2-31
鄭惇方(希道)
别/18-2
鄭防
正/8-20
鄭公(見魏徵)
鄭公(見鄭虔)
鄭閎中(見鄭穆)
鄭幾道
别/8-17　别/8-18
鄭交(鄭郊、鄭子通、子通、鄭居士、草堂丈人)
正/7-1　正/25-48　續/1-10
續/2-41　補/8-28
鄭郊(見鄭交)
鄭僅(鄭彦能)
正/4-11　正/5-5　外/5-40
别/14-31　續/7-48
鄭居士(見鄭交)
鄭康成(見鄭玄)

鄭明舉(見鄭少微)
鄭穆(鄭閎中)
正/10-7
鄭槩
别/10-3
鄭虔(鄭公)
正/9-14
鄭少微(明舉、鄭明舉)
正/23-24 别/2-2
鄭司農(見鄭衆)
鄭希道
别/18-2
鄭向
正/32-12
鄭獬
外/22-3
鄭宣
續/3-62
鄭玄(鄭康成、康成)
正/5-5 外/18-20 别/11-41
别/11-42 别/11-44 别/19-12
鄭彦能(見鄭僅)
鄭雍(公肅)
續/1-7
鄭預
正/28-22
鄭彰
正/28-23
鄭衆(鄭司農)
别/11-36 别/11-43
鄭子通(見鄭交)
之道(見晁詠之)
之美(之美運使)
别/17-36 補/3-23 補/4-5
之美運使(見之美)
之奇(見宫之奇)
之推(見介子推)
支遁(支郎)
别/13-10
支郎(見支遁)
芝公(見守芝)
芝上人(見曇秀)
知非(見史回)
知非子(見史回)
知海
正/26-64
知進
别/2-4
知信(福昌信禪師)
正/32-4
知郡大夫
正/19-28 别/1-30 續/1-43
知命(見黄叔達)
知命弟(見黄叔達)
知信(信禪師)
正/32-4

直方(見王直方)
直夫
續/1-3
執中公(見胡執中)
跖(盜跖)
外/12-68
職方大叔
續/1-64
志逢
補/8-55
志父(見宋完)
志父(見王陽)
志公院宰
補/2-27
志觀
補/9-5
志完(見鄒浩)
志秀
正/17-4
治平皇帝(見宋英宗)
致君(見蔡寶臣)
致平(見廖琮)
致平(見章援)
智夫(見陳崇)
智福(福公)
外/5-22
智果
正/27-18
智海
别/12-10
智航(法王航禪師、法王長老航公、天鉢長老、天鉢)
正/4-26　外/24-42
智氏夫人
别/10-18
智嵩
别/7-27
智悟大師(見懷謹)
智興
正/25-23　正/25-48
智永(永禪師、永師)
正/26-25　正/27-2　正/28-23
正/28-26　正/28-40　外/4-7
外/23-2　别/7-13　别/7-20
别/7-56　别/14-19
智遠
補/8-33
智珠(珠)
别/2-4
稚川(見韓易夫)
稚川(見王紘)
質夫(見袁彬)
中丞(見崔寬)
中和六祖禪師(見師範)
中郎(見蔡邕)
中立(見曹靖)

中令(見王獻之)
中散丈
補/5-16
中叔(見盛陶)
中書(見范百禄)
中書侍郎
補/2-12
中玉(見馬瑊)
中玉十三兄(見馬瑊)
中玉知縣
别/15-6
中允(見朱貺)
中正(見王中正)
中主(見李璟)
忠父
續/1-63
忠懿(見錢俶)
忠懿王(見錢俶)
忠玉(見馬瑊)
忠玉十三兄(見馬瑊)
忠玉提刑(見馬瑊)
鍾大理(見鍾繇)
鍾離(見鍾離景伯)
鍾離景伯(鍾離、鍾離壽州)
别/7-20　别/8-5
鍾離壽州(見鍾離景伯)
鍾期
外/1-17　外/2-17　外/3-4　外/16-25　外/20-30　别/17-23
鍾紹京
正/28-25
鍾世美
外/6-9
鍾王(鍾繇、王羲之)
正/18-13　正/28-2　外/16-15
鍾繇(鍾元常、元常、鍾大理)
正/26-6　正/27-13　正/27-21　正/28-13　正/28-66　外/23-42　别/6-66　别/7-56
鍾元常(見鍾繇)
种大諫(見种放)
种放(种明逸、种大諫)
正/26-40
种明逸(見种放)
仲安
補/3-12
仲本(見高仲本)
仲弼排岸
補/2-28
仲車(見徐積)
仲純
别/17-49
仲珪
正/17-5
仲簡(見王仲簡)
仲將(見韋誕)

仲景（見張機）
仲矩
補/5-2
仲堪（見黄仲堪）
仲良（見李漢臣）
仲良（見廖翰）
仲謨（見藍昌言）
仲謨（見張詢）
仲謨運句
續/2-7
仲謀（見裴仲謀）
仲謀（見孫權）
仲謀（見張詢）
仲謀騏驥（見張詢）
仲訥（見懷敏）
仲尼（見孔丘）
仲尼父（見孔丘）
仲年（見侍其佃）
仲俅
别/17-49
仲仁（花光仲仁、花光老、花光）
正/5-26 正/8-10 正/11-28 正/11-29 外/11-12 外/12-66 外/23-37 外/23-38 别/6-65 補/4-27
仲天貺
續/10-7
仲蔚（見張仲蔚）
仲由（由）
正/19-16 正/24-16 正/26-30 外/8-20
仲牖（見李仲牖）
仲輿（見蒲遠猶）
仲原甫（見劉敞）
仲璋
補/3-8
仲至（見王欽臣）
仲子（見范温）
仲子（見孟仲子）
重得（見黄重得）
重素（素師、素）
正/25-3
重顯（雪竇重顯）
正/32-6
舟（見法舟）
周渤（周惟深、惟深）
正/24-10 續/1-54 補/10-6
周成王（成王）
正/9-36
周達夫（達夫）
續/3-15 續/7-42 續/8-21
周道輔
外/18-48
周德夫（周郎）
外/4-26 外/13-27
周惇頤（周茂叔、茂叔、惇實、濂溪居

士）
正/12-13 正/26-63 續/5-28
周法曹（見周壽）
周昉
别/1-9
周撫（道和、周益州、建城公）
别/7-56
周公（見周公旦）
周公旦（叔旦、周公）
正/19-16 正/27-4 外/6-3
别/6-6 别/12-4 别/18-39
周翰
外/2-21
周金剛（見宣鑒）
周晉叔
正/29-23
周景和
别/10-13
周刊
正/31-8
周郎（見周德夫）
周郎（見周瑜）
周郎（見周元固）
周茂叔（見周惇頤）
周穆（見周穆王）
周穆王（周穆）
正/27-87
周嬭
續/5-19
周散騎（見周興嗣）
周膳部（見周越）
周召（周公、召公）
正/9-36
周紹邃
補/8-44
周石
續/5-23
周世範（表民）
别/2-18
周世宗
别/14-50
周壽（季老、周元翁、元翁、周法曹）
正/21-43 正/26-63 外/3-20
外/3-22 外/3-23 外/4-1
外/4-2 外/4-7 外/7-50
外/10-28 外/10-29 外/12-39
外/13-4 外/20-18 别/8-35
别/18-18 續/8-29
周燾（次元）
外/3-22 續/8-29
周通叟
續/9-18 補/10-6
周威烈王（威烈）
正/20-4
周惟深（見周渤）
周文王（文王）

正/19-5　別/4-6　別/6-6
周文之
外/12-63
周無晦
別/10-14
周武(見周武王)
周武王(周武、武王)
正/16-2　正/25-2　外/15-14
別/6-6
周顯臣(顯臣)
正/18-7　續/1-1
周興嗣(周散騎)
正/26-21　正/26-25　正/28-37
別/7-16　別/14-18
周虚己
別/7-14
周彦
別/10-6
周彦(見史周彦)
周彦(見王庠)
周彦公(見王庠)
周益州(見周撫)
周尹
正/31-13
周瑜(周郎)
正/5-24　補/1-34
周淵(邃夫)
別/4-19
周元功
別/3-16　別/3-20
周元固(周郎)
正/14-6
周元翁(見周壽)
周元章(元章)
別/8-7　別/8-21　續/7-33
周掾(黄庭堅表弟)
別/17-32　補/7-37
周越(周子發、周膳部)
正/26-9　正/26-25　正/27-10
外/23-15　別/6-53　別/7-5
別/8-31　別/17-13
周澤(太常)
外/6-20
周章
正/21-36　別/15-51
周貞實(徵君)
正/5-29
周秩(周重實、重實)
補/5-73
周重實(見周秩)
周子發(見周越)
周子文
續/2-8
紂(見商紂王)
朱昂(朱侍郎、朱公)
正/26-45

朱朝奉(見朱彦博)
朱篪
正/31-6
朱春卿
外/22-10
朱道人
外/19-11　補/3-22
朱方李道人
外/11-19
朱公(見范蠡)
朱公(見朱昂)
朱公(見朱公武)
朱公(見朱叔庠)
朱公武(朱公)
正/9-41
朱亥
外/13-15
朱和叔
正/19-37　别/15-4　續/1-57
朱宏夫
正/23-43
朱侯(見朱晛)
朱暉(朱文季)
别/8-41
朱激
補/10-6
朱君
補/5-48
朱晛(中允、朱侯)
外/16-8
朱樂仲
外/7-21
朱祁
别/12-9
朱三
正/28-33
朱聖弼(聖弼)
别/18-24　續/2-31
朱時發(時發)
續/2-34　續/2-38　續/5-25
朱侍郎(見朱昂)
朱侍郎(見朱叔庠)
朱叔庠(朱公、朱侍郎)
正/26-45
朱文季(見朱暉)
朱彦博(朱朝奉)
正/18-23　别/12-5　續/1-1
朱彦明
補/10-6
朱佾
正/30-5
朱應仲
别/8-6
朱掾
續/1-46
朱雲(雲)

正/2-18　外/6-22　外/11-32
朱章
別/7-13　別/7-14
珠(見僧智珠)
諸葛(見諸葛高)
諸葛(見諸葛亮)
諸葛方
正/26-17
諸葛豐
正/4-38
諸葛高(諸葛、宣城葛)
正/26-1　正/27-88　正/27-90
正/28-80　外/1-4　外/9-27
別/11-17
諸葛孔明(見諸葛亮)
諸葛亮(諸葛孔明、孔明、諸葛武侯、武侯、諸葛)
正/2-22　正/2-23　正/7-23
正/25-22　正/27-11　正/28-54
外/18-21　別/4-25　別/6-11
別/6-33
諸葛武侯(見諸葛亮)
諸葛言
外/24-19
諸葛元
別/8-6　別/11-18　續/6-1
主簿(見杜微)
主簿(見徐平仲)
主簿二十君(見徐平仲)
柱下相君(見張昌)
祝君(見祝林宗)
祝良
外/6-21
祝林宗(林宗、祝有道、有道、祝君)
別/2-19　別/4-2　續/6-37
補/7-56　補/8-10　補/9-19
祝天貺
別/11-24
祝翁
補/8-10
祝有道(見祝林宗)
著師
補/3-22
駐泊侍禁
補/4-1　補/4-2　補/4-3
顓孫師(師)
正/19-16
妝奴
別/18-34
莊帝(見魏莊帝)
莊公岳
別/9-1
莊老(莊周、老子)
正/31-5
莊生(見莊周)
莊叔(見王莊叔)

莊叟(見莊周)
莊舄
外/10-29
莊周(莊子、莊生、莊叟、漆園)
正/2-15 正/8-22 正/8-24
正/12-4 正/12-6 正/12-9
正/16-2 正/18-7 正/20-3
正/21-24 正/22-6 正/24-7
正/25-38 正/26-52 正/27-33
正/28-6 正/31-5 外/1-8
外/2-10 外/2-14 外/5-41
外/11-21 外/13-14 外/13-16
外/13-22 外/13-24 外/13-28
外/14-8 外/15-4 外/15-24
外/17-62 外/20-29 别/2-3
别/4-4 别/18-18 續/1-1
莊子(見莊周)
壯(見石壯)
壯輿(見劉羲仲)
準禪師(見令準)
棁(見黄棁)
卓令(見卓茂)
卓茂(卓令)
正/4-11 正/11-34
卓玘(卓僊)
正/9-44
卓文君(文君)
正/4-17 正/5-12 正/10-24
正/13-16 正/13-17
卓僊(見卓玘)
淄公(見晏殊)
資福長老滋公
補/4-19
資深
正/25-11
子安(見狄遵禮)
子安(見張禔)
子蒼(見韓駒)
子産(見公孫僑)
子長(見蕭景修)
子敦(見顧臨)
子發(見王震)
子範(見李觀)
子方(見曹輔)
子房(見張良)
子飛(見蔡曾)
子飛(見李士雄)
子飛(見王雲)
子高
外/18-26
子高(見陳子高)
子高(見謝子高)
子公(見陳湯)
子固(見曾鞏)
子顧(見黄子顧)
子國(見吴開)

子和(見郭中)
子厚(見柳宗元)
子厚(見章惇)
子華(見蔡子華)
子華(見公西赤)
子懷殿直(子懷市易殿直、監使殿直)
續/1-62 補/2-21 補/2-22
補/2-23 補/2-24 補/2-25
補/2-26
子懷市易殿直(見子懷殿直)
子家(見文安國)
子家(見吴閎)
子建(見曹植)
子建(見楊子建)
子漸(見曹登)
子漸(見孫彦昇)
子將(見許邵)
子晉(見王喬)
子進
補/7-34
子京(見宋祁)
子敬(見王獻之)
子均(見王霖)
子開(見曾肇)
子禮
别/7-56
子列(見張子列)
子陵(見嚴光)
子劉子(見劉明仲)
子劉子(見劉羲仲)
子履(見張祺)
子茂(見宋子茂)
子美
補/5-41 補/5-45
子美(見杜甫)
子美(見黎遠)
子美(見蘇舜欽)
子勉(見高荷)
子明
别/7-10
子明(見梅灝)
子明(見秦世章)
子默(見范正思)
子難(見張説)
子寧
補/5-22 補/5-23 補/5-24
補/5-25
子皮(見鴟夷子皮)
子平(見田鈞)
子期(見向秀)
子奇(見李子奇)
子謙(見張槐)
子仁
别/15-30
子桑(見公孫枝)

子山（見庚信）
子實（見孫端）
子思
別/14-35
子思（見黎遠）
子通（見鄭交）
子童（一作子重）
別/17-17
子畏
別/16-51
子温（見許子温）
子温知縣（江夏知縣）
補/3-14　補/3-15　補/3-18
子聞（見楊子聞）
子我
別/14-15
子西（見徐麐）
子夏（見卜商）
子先（見李子先）
子興（見寧子興）
子行
別/14-15
子修（見任栞）
子野（見師曠）
子儀（見柳平）
子雍（見榮輯）
子永
補/5-40　補/5-47
子由（見蘇轍）
子猷（見王徽之）
子輿（見曾參）
子予（見王雱）
子與（見王雱）
子雲（見揚雄）
子允
補/7-58
子臧（見曹子臧）
子澤（見席延賞）
子瞻（見蘇軾）
子真（見李夷伯）
子真（見梅福）
子真（見潘子真）
子正經勾宣德
別/19-22
子正使君（見子正通守）
子正通守（子正使君）
別/15-35　續/2-6
子政（見范正民）
子政（見劉向）
子智（見趙縝）
子中（見俞澹）
子中知縣
別/16-30　補/5-10
子衆（見王淮奇）
子舟（見范子舟）
子舟（見黄彝）

梓慶
正/30-7　別/6-42
紫琳(見俞澹)
紫髯將軍(見孫權)
紫堂山人(見王漸)
紫芝(見元德秀)
自然
補/5-7
自元
正/17-5
自源(見鮮澄)
宗(見紹宗)
宗本(慧林本)
正/17-1　正/25-48　外/22-11
宗炳(宗少文、少文)
正/18-8　正/27-92　續/1-8
宗測(宗茂深、茂深)
正/18-8　正/27-92　續/1-8
宗禪
別/2-7
宗成(見李宗成)
宗殆(無名、無名師)
正/26-64
宗德
別/7-9
宗廣
補/10-6
宗侯(見宗汝爲)
宗惠
正/17-9
宗雷(宗炳、雷次宗)
外/12-50
宗令(永新縣令)
外/7-1
宗茂深(見宗測)
宗鵬
補/8-19
宗喬
別/15-39
宗儒
補/2-13
宗汝爲(宗侯)
外/4-15　外/13-26
宗善
補/9-16
宗少文(見宗炳)
宗素
別/7-34
宗微(見聶師道)
宗玉
補/8-32
宗彧之(叔粲)
正/18-8
宗元(見胡堯卿)
宗元胡氏(見胡堯卿)
總公(見常總)

鄒(見鄒陽)
鄒柄(鄒得久、鄒德久、德久)
補/7-15　補/7-16　補/7-17
補/10-6
鄒得久(見鄒柄)
鄒德久(見鄒柄)
鄒好先
別/16-11
鄒浩(鄒志完、志完)
別/3-10　別/7-10　續/8-29
鄒君(見鄒餘)
鄒生
正/26-73
鄒氏(壽安縣君,狄遵禮妻)
正/30-3
鄒松滋(見鄒永年)
鄒天錫(見鄒永年)
鄒衍(鄒子)
正/4-25
鄒陽(鄒)
別/16-48
鄒沂
正/31-8
鄒永年(鄒天錫、鄒松滋、松滋)
正/9-40　正/9-42　別/2-4
別/6-35　續/8-11
鄒餘(損道、鄒君)
正/16-3
鄒至虚
補/10-6
鄒志完(見鄒浩)
鄒子(見鄒衍)
族伯侍御(見黄照)
祖道(見王世行)
祖夫人(潘大臨祖母)
別/19-15　續/1-10
祖母(見劉氏)
祖善黄氏(見黄祖善)
祖心(龍山祖心禪師、黄龍心禪師、祖心禪師、黄龍心、心禪師、心首座、心老、心公、黄龍、晦堂心公、晦堂老師、晦堂和尚、晦堂、寶覺大師、寶覺、西園)
正/15-11　正/17-3　正/17-4
正/23-44　正/23-50　正/26-34
正/27-72　正/32-3　正/32-5
外/22-16　別/7-27　別/8-29
別/18-18　續/6-22　補/5-62
補/7-45　補/8-1　補/8-39
補/10-20
祖心禪師(見祖心)
祖元(元上人、元師、元、王師)
正/5-15　別/1-14　別/1-15
別/7-21　別/12-4　別/17-21
續/6-22
醉許(見許道寧)

尊公團練(見王獻可)
尊用(見黄檟)
遵老
正/6-19
左藏旦(見高旦)
左丘明(丘明、左氏)
正/4-14 正/25-60 正/27-33 正/31-12 别/2-3 續/1-4
補/8-65
左氏(見左丘明)
左思(太沖)
别/8-11 别/11-48
佐才(見王定民)